逐香巧娘子 上

文創風 956

桃玖 著

風 文創 956

目錄

序文

桃玖

創作《逐香巧娘子》這套書之前，我的心情是很忐忑的。家長裡短的種田文看似平凡無奇，卻極其考驗作者的內心世界，我擔心會寫成流水帳，給大家帶來不好的閱讀體驗。

然而，真正著手書寫這套書的時候，我卻感到相當快樂。曾經，我寫過宮廷爭鬥、權謀愛恨，這是第一次以普通老百姓的生活為視角出發。我就像是身處三陸壩村那個溫馨又寧靜的謝家小院，謝紹和竺珂的每一天彷彿都有我置身於其中，每頓飯菜、每次外出，皆猶如身臨其境，令我感受到平淡日子中的美好。

在寫這套書的過程中，讀者經常留言跟我互動，告訴我今天做了什麼、吃了什麼；看到文中的美食，他們也想在現實生活中品嘗品嘗；為這家人的歡樂而高興、為他們的挫折而擔憂。

這也許就是創作的魅力吧，我心中湧現無比的平靜和愉悅。喧囂的日常中，每個人都面臨各自的壓力，或許已經很久沒有坐下來好好享受一頓飯、度過愜意的時光。當你打開這本書，也許能在文字之間讓自己進行一趟短暫的小旅行，跟隨謝家人的腳步，走進充滿溫暖的謝家小院，品嘗謝娘子料理的每一頓美食、聞一聞那些親手製作的香膏。

春桃、夏梔、秋菊、冬梅，在這套書的逐香過程中，我選擇跟隨季節的花朵，作為本文逐香的主要時間線。大自然的饋贈既美妙又珍貴，在那個簡單樸實的年代裡，用最純粹的原料，說不定能收穫不一樣的好心情。

當初之所以選擇這個元素，也是為了一圓自己心中的嚮往。鄉村或田園生活未必枯燥無味，只要懷抱熱情，也能過得有滋有味。希望有緣閱讀到這套書的朋友們，不僅能在書裡尋到片刻平靜、發現生活中的美景，也能打從內心深處體會到真正的喜悅。

第一章　僥倖脫逃

「跑！讓妳跑！再跑打斷妳的腿！」

竺珂縮瑟在角落裡，看著青樓老鴇用鞭子狠狠地抽著面前的一個姑娘，直打得人是連聲求饒。

「柳嬤嬤，我再也不敢了……」

竺珂看著香竹的下場，心中泛過一絲寒意。前些天她就知道香竹想跑，也不是沒動過心思，但她明白，在沒有萬全的準備下逃跑，下場就會和香竹一樣。

柳嬤嬤絕不允許自己花錢買來的人，就這樣溜了。

看著面前的這一幕，竺珂心情已經從害怕變成了平靜。

被舅母賣過來以後，她至今還未尋死，就是等待一個報仇的好機會。這凝玉樓是什麼地方？男子尋歡作樂之處，進了凝玉樓的女子說白了就是妓子，從今往後再也抬不起頭來的女人，只能在凝玉樓靠著取悅男人活下去。

她這輩子算是完了，但她還有心願未了，不能這樣平白無故地死去。

那柳嬤嬤是個有名的老鴇，自然知曉姑娘不願意，強扭的瓜不甜。所以進來的姑娘們，先要在她的手底下好好搓磨一陣子，等她們脾氣消了、心思沒了，這才會安心地培養起來。

竺珂慶幸自己還在這所謂的「搓磨期」，日子雖是苦了些，卻沒必要擔心接客的事。

再等等，相好時機。

凝玉樓是青山城有名的花月場所，每日的開支就如流水一般，酒菜佳餚供應不斷，食材自然也要大批購入。

負責食堂採購的趙叔就正在跟一個男人討價還價，那男人身材壯碩、皮膚黝黑，此刻正一言不發地站在趙叔面前，眉頭緊鎖，即使不開口說話，氣勢也怪嚇人的。

「你說現在青山城誰收野豬肉？乾脆少點兒賣我得了，一來二往，往後有好東西你都往這兒送！」趙叔手中盤著兩個圓潤的核桃，瞇著眼睛道。

那男人思索了片刻，倔強地開口道：「五十兩。」

「我說你這後生怎麼這麼不識好歹？給你二十兩都算多的了！現在鬧饑荒，哪有人吃得起野豬肉?!離了我這兒，你肯定賣不出去！」

男人一言不發，也不跟他多費口舌，背起地上的簍筐就要走。趙叔見人真的要走，立刻急了，趕緊拉住他的胳膊道：「三十兩！」

那漢子充耳不聞。

「四十兩！」趙叔氣得吹鬍子瞪眼。

漢子終於回了頭，語氣卻是冰冷。「我去城東酒樓賣五十兩，肯定有人要。」

趙叔被他的話一哽，急道：「不行！你賣我，五十兩就五十兩！絕對不能送去給城東！」他顯然是真怕那漢子走掉，只好咬著牙妥協了。

那漢子聽他鬆了口，也不坐地起價，將筐子一卸，放在地上道：「現銀。」
趙叔恨得牙癢癢，但也拿這漢子沒法子，只好命小廝去取銀子來，自己則上前掀開筐子檢查他用五十兩白銀換來的半扇野豬肉。
小廝很快便取來銀子，趙叔戀戀不捨地將錢遞了上去，那漢子單手一接，輕輕一掂量心中就有了數，也不多跟他廢話，轉身就走。
「等等！」趙叔叫住了人。「我說謝紹，你也別那麼死心眼，往後你得了好東西，都先考慮我們凝玉樓，價格定虧待不了你。」
那名叫謝紹的漢子回了頭，一雙黑眸沒有半分感情，說出來的話也是冷冰冰的。「誰給的錢多就歸誰。」說完再也不理趙叔，逕自往外走。
趙叔一聽，在後頭氣得又吹起了鬍子。
這凝玉樓多的是已經認命又開了竅的的窯姐兒，突然見到一個身材壯碩又高大的男人，免不了想上去撩撥兩下，可惜人還沒靠近，就被男人冰冷的眼神給嚇退了；有不知死活的姑娘伸出了手，也被那堅硬如鐵的胳膊給擋了開去。
「呿，窮光蛋一個，老娘還看不上呢！」被拒絕的窯姐兒面子上過不去，甩了句刻薄話就走了。
謝紹充耳不聞，沒有因為這點插曲停留腳步，他大步走出凝玉樓正門，正準備揚長而去時，突然聽見了一陣騷動。
「快！將這裡圍住！」

見到是一群捕快，謝紹眉頭不可遏制地皺了起來。他不願摻和官府的麻煩事，只好火速轉到一旁，想從暗巷中脫身。

青樓裡頭自然也聽到了動靜，柳嬤嬤的臉色瞬間就白了。這花月場所本是官府許可經營，可近年來青山城處處鬧災，凝玉樓的生意一落千丈，她沒法子，暗地裡沾了些不上道的營生，怕不是官府知道了？

竺珂從屋內的小窗看到這一幕，眉梢一挑——機會來了。

她迅速地換裝成男子，這衣裳是她用一支簪子跟一個小廝換的。換好衣服後，趁著外頭鬧成一團，她悄悄溜了出去。

捕快頭子帶著人不由分說地一窩蜂闖了進來，大吼一聲「給我搜」，手底下的捕快就全拿著刀散開了。

瞬間尖叫聲、腳步聲此起彼伏，大堂亂成了一鍋粥。

竺珂迅速從房內出來，她低著頭混到幾個小廝那邊，假裝慌亂地往外跑。她沒從正門逃，而是衝往側門的方向，這個門出去便是暗巷——她早就摸清楚了路。

順著人群逃竄，竺珂竊喜，她運氣不錯，一路都很順利，側門早就被人打開，竺珂只覺得光明就在眼前，顧不得許多，拔腿就往外跑。

接下來「咚」的一下，她撞到了一個人。

竺珂額頭被撞痛了，她一抬起頭，就看見一雙冰冷的黑眸。

被她撞上的男人結實得可怕，一身的肌肉似乎要撐破衣裳，看上去蘊含著力量。此刻男人正皺著眉頭俯視她，讓她生出一種壓迫感。

「大……大哥，借個路……」竺珂下意識地磕巴起來，那男人也沒說話，立刻側過身子給她讓了條路。

竺珂一心想遠離這個地方，悶著頭就往前跑，只是剛逃幾步，就看見了巷子口的捕快。臉色一白，她轉頭換了方向跑，然而她的動作太明顯，引起捕快的注意，喊道：「什麼人？站住！」

竺珂小臉嚇得慘白，跑回那漢子身邊，用帶著哭腔的聲音道：「大哥……我是被我舅母賣到凝玉樓的，今天好不容易有機會能逃跑，還求大哥幫幫我！」

謝紹打量了眼前的人一眼，眉頭蹙起，他雖然不願蹚這趟渾水，但看著一雙含著淚的眸子眼巴巴地望著他，不禁猶豫了一瞬。

「你們倆！什麼人！」那捕快迅速走到他們跟前，竺珂立刻躲到那漢子身後，小手還緊張地揪住了他的腰帶。

「三陸壩村西頭，謝紹。」男人答道。

捕快顯然聽過他的名號，繼續問：「你來這兒幹什麼，他是你什麼人？」

一聽這話，竺珂幾乎是乞求般地拽了拽他的衣裳。

「賣肉，一個朋友幫我引薦的。」謝紹答道。

「朋友？」捕快狐疑地看了看竺珂的衣裳，問道：「你可是這凝玉樓的小廝？」

竺珂心頭一慌，謝紹倒是先答話了。「是對面慶德樓的。」說著，他也不知從袖子裡取出什麼，朝那捕快手中一塞。

捕快眉毛一挑，臉色瞬間不那麼難看了，只道：「現在朝廷有令，要搜查凝玉樓，你們沒事離這兒遠點！」

竺珂鬆了口氣，迅速跟在謝紹身後走出了巷子。

「大哥，多謝你……你放心，我會報答你的。」她對眼前人的感激，是發自內心的。

「不用。」謝紹沒什麼表情，背起地上的簍筐就轉身走了，一句多餘的話都沒說。

竺珂看了看他的背影，猶豫了一下，還是先朝城東跑去了。

她三日前在外頭晃蕩到舅舅回來的時間才返家露面，讓她的舅舅李全跟舅母陳氏都吃了一驚。

竺珂坐在自己的房間，靜靜地聽著外面的動靜。

「哐啷！」是碗盞摔碎的聲音。

竺珂沒給陳氏留半點面子，將她這一個多月的經歷全部說了，包括她是如何被賣、又是怎麼逃出來的，聽得李全眉頭直跳，當下就跟陳氏大吵一架。若不是外甥女回來，他還以為她是去拜訪她家遠房姑母了。

陳氏不過就是個市井婦女，做事哪能想得這麼周全，只以為進了青樓就再也沒機會出來，誰知道凝玉樓也有被朝廷抄了的一天。

「她在咱們家白吃白喝了一年多，咱家家底都快空了！再說，那凝玉樓都是吃香的喝辣的，有什麼不好?!」陳氏吼道。李全家並不富裕，只在城郊有個小小的宅子，一家子過得緊巴巴。

李全被她激怒，當下差點動手，怒道：「她是我外甥女！妳還算是個人嗎？陳氏，我最後一遍警告妳，少打她的主意！」

他說完就拂袖而去，留陳氏一個人在屋裡哭哭啼啼的。

竺珂聽了心煩。

她向來不是以德報怨的性子，陳氏賣掉她的那一刻，就不再是她舅母了。至於舅舅，竺珂知道他心裡還是有她這個外甥女的，只是家家有本難念的經，說白了，她就是個外人。這次能僥倖從凝玉樓逃出來，她早已做好和這個家一刀兩斷的準備，只是未來要去哪兒，還是個問題。

陳氏在屋子裡哭了半天，飯也沒做，李全有些愧疚地推開外甥女的房門，走進去安慰她。

「舅舅，不用說了，您想個法子將我送出青山城吧，我想換個地方，就算去大戶人家府裡做丫鬟也可以。」竺珂開口道。

李全一聽，立刻拒絕。「胡說什麼！珂兒，妳就安心住下，妳舅母那邊不用管！」

竺珂苦澀一笑，她倒是想安心住下啊……

「珂兒，是舅舅不好，妳放心，舅舅一定會替妳找一門好親事，讓妳風風光光出嫁！」

竺珂心頭更酸澀了，她從青樓跑回來的事，街坊四鄰全都知情，她的名聲早已毀了，還奢望什麼好親事呢……

轉過了身，到底沒忍住，竺珂擦了擦眼角的淚道：「多謝舅舅。」

李全心裡也是難受得很，只好先離開房間。李全走後，竺珂關上了門，陳氏的哭啼聲，她半點也不想聽見。

陳氏有個兒子，今年十一、二歲，是個整天只知道吃喝拉撒睡的孩子，老是叫著「餓餓餓」。過去都是竺珂做飯，這次她回來，連廚房都沒踏進去半步，陳氏再不甘願，也只得進去廚房。

竺珂當作不知道外頭有什麼事，她從自己的箱子裡取出一包糕點，慢條斯理地吃了起來。

李全這次是鐵了心要讓陳氏長一點記性，連著三日都未回家，陳氏終於耐不住性子向竺珂妥協，可惜竺珂完全不買她的帳。

陳氏罵罵咧咧地從竺珂房裡離開，她早瞧出來了，這個小蹄子性子硬著呢！看來她得早點想辦法把這事解決了才行……

竺珂不想吃陳氏屋子裡的東西，她戴了面紗，準備去集市上買點糧食。

果然，一出院子門口，鄰居的眼神都跟了過來，陳氏許是沒想到她會出門，在屋子裡大聲喊叫。「這都什麼厚臉皮的人啊！我們老李家還要臉哪！」

一些平時愛說閒話的立刻附和起陳氏的話。

「就是，小姑娘家家的，臉皮還真是厚，我要是她啊，恨不得天天在屋裡把自己埋起來呢！」

「什麼小姑娘呀，是不是姑娘家，還不一定呢……」

惡毒的諷刺和嘲笑，一聲聲地傳到竺珂耳中，她只當沒聽見，但還是忍不住咬住下唇，努力抑制自己的情緒。

走到街巷口的那家糧食鋪，竺珂終究還是沒勇氣繼續前行了。

「麻煩您給我三斤白米、兩斤綠豆。」她不想再吃陳氏屋子裡的一分糧，但是她的積蓄只夠買這些，勉強能撐一撐。

還好這家的糧食鋪掌櫃是個老人，沒興趣聽街巷裡的八卦和閒聊，只收自己該收的錢、秤著該給的糧。竺珂心頭才稍稍放鬆，剛接過裝著大米的布兜，就感覺到有人從她身邊走過，狠狠地撞了一下她的肩膀，她一時滑脫了手，大米瞬間掉到地上。

「妳！」

「妳什麼妳，自己沒拿穩當，怪我嘍？」撞她的是住在竺珂她舅舅家斜對面的大花嬸，體格壯實、性格潑辣。前些年她家男人沈迷煙花之地，又染上了賭博惡習，敗光了家產，所以她對煙花巷裡的女子一向是痛恨至極，平時若是遇到，都要在背後狠狠罵一頓。

「妳撞了人，都不知道道歉嗎？」

大花嬸等的就是竺珂的頂撞，她立刻陰陽怪氣地拉大嗓門喊：「喲喲喲，大夥兒都來瞧瞧，這年頭的女子真是厲害啊！才從凝玉樓出來，就敢當街頂撞人了！我看妳也別戴這面紗了，反正都已經被男人──」

話音戛然而止，竺珂將手上剩下的一袋綠豆直接從大花嬸頭上倒了下去。大花嬸臉上出汗出油，沾了一臉的綠豆，不可思議地看著面前的人。

竺珂拍了拍手道：「這糧食髒了，我不要了。」說完轉身就走。

等她往前幾步，大花嬸那邊才反應過來，哭天嚎地、咒罵之聲如她剛才倒豆子一樣從後頭傳來。

竺珂走得飛快，她只是想出口惡氣，並不想跟人當街打起來。只是才走到背巷，終究還是忍不住紅了眼，她死命咬著下唇，指甲都要將掌心戳爛了。

第二章　婚訊突至

竺珂緩了好久，鎮定下來後才發現自己走到一條不知名的小巷子，已經不是回李全家的路了。不過現在她要是回去，免不了繼續受人奚落，索性從這安靜的小巷子穿過去，漫無目的地往前走。

走了沒多遠，竺珂就抵達城郊邊上的一條小河，吹吹河風，讓她感到一陣舒爽。沒多久，竺珂就瞥見河邊有個身影，她快速躲到樹後。

是個男人，正在河邊洗什麼東西，他身上只穿了一件褂子，背影看起來有點熟悉。

等那個男人忙完轉身的時候，竺珂才驚訝地發現，這就是那日在凝玉樓背巷裡幫過她的人！

竺珂不怕了，而是有些忐忑地從樹後站了出來。前方的男人也下意識地轉過身，四目相對之時，竺珂沒從他眼裡看到一絲波瀾。

他很麻利地幹完手上的活兒，提著竹筐和麻繩就準備離開，竺珂看見他的背影，忍不住喚了一聲。「這位大哥。」

前面的背影一僵，停住了腳步。

「是我，前些天你幫過我的，在凝玉樓後面的巷子。」

竺珂話說得有些小聲，那人轉過頭，冷峻的面龐上閃過些許探究，但很快就消失不見。

「天色馬上暗了，妳趕緊回家去吧。」說完他就大步朝前走了。

竺珂本來想向他致謝，不過她現在身無分文，口頭的謝意顯得蒼白無力，又見那人不是很願意搭理自己的樣子，只好將到了嘴邊的話嚥回去，自嘲地笑了笑。

她是從凝玉樓出來的女子，這輩子這個污點都抹不掉了，別人對她指指點點或避之唯恐不及，也是情有可原。

竺珂暫時不想回去，心想河水涼涼的，可舒緩情緒，便脫了鞋走到淺水區，輕輕地踩著水，準備再過一會兒從小路回李全家。

謝紹路走到一半，停了下來。

他想起來了，是那個從凝玉樓逃出來的女子，那天他順手幫了她，未曾留心她的言辭，好像是說被人賣了進去……謝紹緊緊蹙起了眉頭，她一個人跑到河邊，怕不是想不開，要輕生？

謝紹將手中的筐子一丟，轉身就朝河邊原路返回，他走得很快，像一陣風。

竺珂瞧見他身影的時候僵住了，提著裙襬就那樣愣愣地站在河裡，只見那人走得飛快，眉頭皺得非常緊，一眨眼的工夫已經到了她跟前。

「你——」

她動都沒動，才剛開口，胳膊就已經被人抓住，用一種提小雞的姿勢被人拎回岸邊。

「妳做什麼?!」

男人的語氣很凶，竺珂一時沒能反應過來。直到方才她那小巧玲瓏的玉足劃過河邊粗糙的石粒造成的傷口傳來疼痛感，她才清醒過來。

竺珂趕忙把裙子放下遮住雙腳，這個動作過於明顯，把男人的視線引了過去，她手忙腳亂沒能遮好那雙白如玉脂的雙足，倒教人看清了腳底沁出來的一絲絲鮮紅。

謝紹眸色一暗，這才意識到他剛才過於使勁，這姑娘的腳應該是被石頭劃破了。他懊惱地蹙起眉，左右看了看，發現了放在岸邊的鞋。

他大步走過去，將鞋拿到她面前，一言不發地蹲下，竺珂當場嚇了個激靈道：「不……不用，我自己來。」

謝紹手一頓，他沒太多男女大防的意識，不禁有些尷尬地站起來，轉過了身。

竺珂緩了口氣，忍著痛穿上鞋。看見旁邊那道僵硬的背影，她試探性地問：「你是以為我要輕生嗎？」

那人緩緩地點了點頭。

竺珂眼底漫上一絲笑意，她意識到這人應該是面冷心熱，便道：「你放心，我不會的。我就是不太想回去，又起了玩心，在這兒踩踩水罷了。」

聽見她的話，男人緊繃的肩頭明顯一鬆。

「謝謝你啊。」竺珂輕聲道謝，嗓音甜糯糯的，一點也不像下午在街頭凶巴巴的樣子。

男人沒再說話，也沒轉身看她，只留下一句「早些回吧」，就朝前走了，跟之前的態度一模一樣。

竺珂微微一怔，隨即笑了，這可真是根木頭樁子……

此刻，竺珂坐在自己房間裡刺繡，刻意忽視陳氏和李全的爭吵。

「有什麼不好的？那可是員外家！她過去之後吃香喝辣，咱們家也能得到一大筆銀子！寶兒明年就要上學堂了你知道吧，處處都要花錢！她現在這個樣子，能做個妾就不錯了，何況是員外家！」

陳氏話剛說完，又是一陣打罵聲，竺珂聽得心煩，手下的針法也凌亂起來，愈繡愈快，後來她乾脆用繡籃裡的剪刀將繡布全部劃爛了。

兩滴淚水，打濕了手中的繡布。

「你以為你這外甥女是什麼好貨色嗎？前天白天自己跑出門去，當街和對面的花嫂子吵了起來，又不知道在外面幹什麼，鬼混到天黑才回來，放眼這青山城，還有誰會要她！」

「妳給我住嘴！」

竺珂再也忍不住，將手中的繡籃一扔，趴到了床上。

劉員外那人她是見過的，色瞇瞇的一個老頭子，家裡小妾三、四房，還是凝玉樓的常客，肥頭大耳的，讓她一想起來就反胃。

竺珂被陳氏賣進凝玉樓的時候沒想不開、被人指指點點的時候不想死，可要是真讓她進了員外府，成了那頭豬的妾，她就不想活了！

謝紹很少來員外府送肉，只是劉員外這次給的錢夠多，他便來了。

員外府廚房的人看著那頭剛剛斷氣不久的鹿，連連搓手道：「真不錯啊，這樣肥的鹿，好久沒見過了。」

「看好了嗎？看好了就結銀吧。」謝紹道。

廚房的人抬頭看了他一眼，似乎對他的態度嗤之以鼻，只道：「通知帳房，給他結銀！」

謝紹不多話，頭也不回地走了。此時身後傳來一陣議論聲——

「把鹿鞭燉湯給老爺喝，馬上就要再來一房姨太太了，你們都給我打起精神來！」

「嘿嘿，羅哥，我聽說新來的這個是窯姐兒？老爺怎麼看上她的？」

「胡說什麼！那是城郊李書生家的人，只是進過窯子，後來跑回來了，要真的是窯姐兒，怎麼可能還接進門？」

「那可不一定！是李家那外甥女吧？我年前見過一回，長得可水靈了！」

幾個男人的對話一字不落地傳進謝紹的耳朵裡，他不自覺地停下腳步，蹙起眉，似乎在思索什麼。

竺珂兩天沒吃飯了，李全愧疚得不得了，正發愁的時候，三陸壩村那邊的媒婆上門了。看著媒婆帶來的二十兩白銀，竺珂愣住了，至於陳氏，眼睛都紅了。

「唉唷，姑娘給個準話呀，我還等著給人回覆呢！那謝家獵戶雖然住得偏遠些，但好歹能賺錢呀，他能獵野豬、獵鹿，有一回還獵著熊瞎子了呢！這些東西，哪一樣不值個一百兩唷！」

笙珂震驚到隔了一會兒才開口說話。「您說是誰來提親？謝紹?!」

「對對對，謝家獵戶今天一早就過來拜託我了，不過他說了，姑娘您要是願意，婚期可能緊些，得委屈姑娘了，不知道您願不願……」

「憑什麼！我家如花似玉的姑娘，就這樣便宜他了？二十兩太少了，劉員外可是給了三十五兩！」陳氏忍不住高聲說道。

那媒婆上門前就聽說了這家的事，雖然想不通謝紹為啥突然要娶人，但她也是從骨子裡瞧不起陳氏這樣的人，此時聽到陳氏這番話，忍不住暗暗翻了個白眼。

倒是笙珂，氣笑了。

她大大方方收下媒婆送來的聘銀，笑道：「煩勞嬸子傳個話，就說我願意嫁，其餘禮節什麼的一概不需要。要是他也願意，明日黃昏麻煩到城郊河邊接我，我跟他回去。」

陳氏和媒婆都愣住了，不過那媒婆是個有眼力見兒的，忙笑道：「行！行！我這就去給謝家獵戶傳話去！」

媒婆一出門，陳氏就開罵了。「什麼意思呀，妳就這麼應下了?!劉員外那邊怎麼辦?!就算妳願意嫁，也得把劉員外的銀子錢給賺回來吧！」

笙珂收起了笑意，看著她道：「舅母，我最後一次喊妳舅母，是看在我舅舅的面子上，從今以後，我跟這個家沒半分關係了。劉員外那門親事不是我應下的，銀子也不是我收的，妳最好原樣還回去。這聘銀，是我收的，和妳也沒有關係，我在妳這兒一年多了，吃穿用度我都有記下來，算起來最多花了二兩銀子，這二兩銀子給妳，收好。明天我就離開了，好自為之。」

一口氣說完這些話，竺珂壓在心口的大石頭終於落地，頭也不回地返回房間。

李全一直默默站在一邊一言不發，頭都沒抬。他沒臉面對自己的外甥女，也沒臉面對自己已經去世的妹妹。

陳氏呆了半晌，才嚷嚷起來。「你聽見沒？這就是你外甥女！」

「妳給我閉嘴！」李全抬起頭，無法抑制地吼了陳氏。「明天就去把劉家的銀子給退了！再多說一句，這個家不要也罷！」

陳氏到底還是怕自己丈夫的，被李全兩嗓子一吼，察覺到他是真的生氣了，當場就閉了嘴，只敢私下嘀嘀咕咕兩句。最愁的是劉員外給的銀子中，她已經花二兩買了根新簪子，這下可好，竹籃打水一場空，竺珂給的，全補回去了。

竺珂回了房，一顆心還怦怦直跳。她想不通謝紹為何突然提親，但不得不說，這在一定程度上救了她的命。

那個結實寬闊的背影慢慢浮現在腦海裡，竺珂當下就拿定了主意。就算是嫁給一個乞丐，也比繼續留在這裡好！

那邊，媒婆得了準信就火燒火燎地回三陸壩村給謝紹回話。

謝紹家在三陸壩村西頭的山上，方便他打獵。那裡只有一間木屋，不過謝紹的木工活做得極好，房屋遮風避雨、南北通透。廚房設在木屋外頭，油煙順風，還有一個不大的院子，院裡一口井、一個雞籠，還養了隻大黃狗，日子很是樸實。

自小謝紹就靠山吃飯，除了木屋，他還在屋子後頭開闢了一個不大的山洞，平時用來處理獵物和儲存東西。

金嬸到的時候，謝紹正在院子裡劈柴，她跑得快，氣喘吁吁道：「事成了！事成了！」

謝紹一愣，手上的動作停了下來。

金嬸滿臉堆笑道：「嬸子沒白跑這一趟，那姑娘當下就答應了。」

謝紹點點頭，繼續劈柴。

「那姑娘可是個心裡有主意的，我原本以為她還要考慮，誰知她馬上就說成親禮節什麼的都不要，你要是點頭，她明天就跟你過來過日子！」

謝紹又停了下來，眼底閃過一絲詫異。不過細想也就明白了，那樣的境遇，換成是誰，都巴不得快點逃出來。這樣也好，省了他許多事。

「雖說那姑娘進過那種地方，不過我瞧著倒像是好人家出身的。你一個人在這山上，平時沒人照顧你，以後有個知冷知熱的在身邊，嬸子也放心！」

謝紹轉頭進了屋裡，取出一個錢袋子，遞給她道：「收著吧。」

金嬸一愣。那錢袋子一看，裡面少說有十貫銅錢，她忙道：「用不了這麼多！你以後有了媳婦兒，花錢的地方還多著呢，省著點，好好過日子。」

謝紹不接話，只是不容拒絕地將錢袋子遞給她，金嬸看拗不過，只好接下，又道：「人家姑娘說了，你要是願意，明日黃昏到城郊河邊接她。」
「知道了。」謝紹轉身拿起斧頭，專心劈起柴火。
次日正午，竺珂靜靜坐在床邊收拾行李，家門口突然響起了一陣喧鬧聲，只見謝紹就像一堵牆一樣，站在門口道：「我來接人。」
竺珂要出嫁這事動靜不大，街坊知道的人也少，李全打量著眼前這個後生，倒沒想到他會親自上門來接人，竺珂就更不用說了。
「既然來了，就進屋坐坐吧。」李全想招呼人進來吃頓飯。
陳氏滿臉寫著不樂意，但她作不了主，只是拿著一把菜刀在廚房剁得震天響，唸道：「家裡本來就沒多少米和糧，還要招待一個外人！」
竺珂從房間裡趕了過來，一眼就瞧見站在堂屋的謝紹，那高大的身影頓時給了她很多安全感。先前兩次遇著人都覺得沒啥，這會兒倒生出了幾分羞澀。
「你怎麼親自來了？」她嗓音輕輕的，還帶著一絲甜軟。
謝紹猛地抬頭，就看見竺珂一雙大大的杏眼正直直望著自己，那雙眼彷彿會說話，水汪汪的。他不自覺地別開眼道：「幫妳拿行李。」
讓她一個姑娘家拿著行李在河邊等他，這事兒謝紹做不出來。青山城不大，隨便打聽一下就能知道李家的位置，多走幾步路而已，他並不覺得有什麼。
竺珂一愣，兩朵紅暈飛上臉頰，忍不住咬了咬唇。她這親成得是古往今來第一人吧，新郎官上門替她搬行李……不過眼下這情況，她也沒奢望過什麼，他肯登門已經很好了……

「你吃飯了嗎？」竺珂覺得陳氏的剁刀聲有些煩人，偏著腦袋小聲問謝紹。

謝紹看懂了她的意思，回道：「吃了。」他本來就沒想留飯。

「舅舅，等有機會回門的時候再吃吧，今日我想先過去，還得收拾收拾東西。」竺珂道。

李全嘆了口氣，知道自己外甥女的意思，他也沒那個臉留人，只好把人送了出去。

第三章　受寵若驚

竺珂剛出屋子，就聽見了李全和陳氏的爭吵聲。她不耐煩地捂了捂耳朵，轉過身卻立刻換了個表情，開心地對謝紹道：「我們走吧。」

謝紹「嗯」了一聲，也沒多說什麼，一個人輕輕鬆鬆就拎起三大筐行李。竺珂跟在他身後，兩人朝著城郊出發。

如今正值秋天，不過秋老虎的威力還是驚人。正午出門，太陽火辣辣的，走沒多久，竺珂臉色就有些紅了。謝紹人高腿長，走得飛快，竺珂漸漸跟不上他，走在後面沒一會兒就累到不行，喘了起來。

謝紹聽見動靜，這才回頭。剛一轉頭就看見嬌滴滴的姑娘被太陽曬得臉頰發紅，瑩白的小臉上有細密的汗珠，烏黑的髮絲黏在額角，即便如此，還是掩不住她的美貌。

「我走慢點。」謝紹抿了抿唇，刻意放慢腳步。

竺珂一顆心甜滋滋的，就知道他這人是典型的面冷心熱。

等到進了山，竺珂就傻住了。她沒走過山路，今天還穿了雙軟底繡鞋，好看卻不護腳。她不禁問道：「你家還有多遠……」

謝紹這會兒也出了點汗，他用袖子擦了擦額頭道：「快了，還有幾里。」

幾里的山路?!竺珂差點沒站穩。不過她看謝紹一個人拿著那麼多行李，實在說不出

「累」這個字。

謝紹這路經年累月走慣了，對他而言自然沒什麼，雖說提了些行李，但還沒有他之前扛過的野豬重，當然體會不到姑娘家的難處。

竺珂哭喪著臉跟在他身後，硬著頭皮往上走。

腳底板開始火辣辣的痛了，竺珂靜靜咬著牙不吱聲。走過最陡峭的一截山路，終於到了一座橋下，橋下有一條小溪，溪水清澈、流水潺潺，山風不時迎面拂來，舒爽得緊。

竺珂已經滿頭大汗了，被這涼爽的山風一吹，當場就想坐下休息，但她只敢偷偷打量謝紹，沒敢開口。

倒是謝紹也正有此意，他將行李往溪水邊一放，說道：「休息一下吧。」

竺珂聞言，大鬆了一口氣。

她一靠近那條小溪，立刻感到撲面而來的清涼，溪水清澈得能看見底部的水草，還有透明的小魚小蝦。

竺珂從懷裡取出帕子投進溪水，擰了兩把，就開始擦起臉來。冰涼的溪水按在臉上，著實讓人有了精神，到最後她乾脆用手掬水直接往臉上潑，熱氣頓時消了一大半。

謝紹也在不遠處痛快地洗了把臉，水珠沿著他那鋒利又英挺的輪廓往下滴落，一時把竺珂給看愣了。其實她沒仔細看過謝紹的長相，只知道他身材高大，如今細細一看才發現，他長得很是英俊，只是皮膚有些黝黑，但這也讓他有股野性的陽剛味。

察覺到她的視線，謝紹看了過來，竺珂連忙別開視線，佯裝自己在擰帕子。

發現頭頂罩下一片陰影，竺珂下意識地抬頭，就看見謝紹遞給她一個小竹筒道：「喝完上路。」

她連忙伸手接了過來，打開蓋子淺淺地抿了一口——是沁甜的泉水，應該是謝紹剛剛走到山岩上的泉眼處接的。泉水冰冰涼涼、帶著甜意，竺珂忍不住彎了彎眉眼。

謝紹回頭的時候就瞧見這一幕，微微一愣。不過是一些泉水，就能讓她這麼高興？剛這麼想，他就注意到竺珂小臉通紅，明顯是被曬的，往下看，她衣裳上都有了汗水的痕跡，再往下——謝紹的瞳孔劇烈地收縮起來。

竺珂本來正美滋滋地喝著泉水，忽然看見謝紹大步朝她走來，嚇得她立刻把竹筒一闔道：「我馬上好！」

謝紹唇角緊抿，走過來看著她的鞋子道：「為什麼不說？」

「啊？」他語氣冷冰冰的，竺珂一時心慌，沒明白他說的是什麼意思，順著他的眼神看下去，才明白他是瞧見了自己的腳。

這樣的軟布鞋根本不適合走山路，竺珂的腳底現在全是水泡，剛才被泉水分散了注意力所以不覺得，此刻回過神來，才感到火辣辣的疼從腳底蔓延上來，右腳邊緣甚至有了血跡，把藕粉色的繡鞋給染紅了。

「我、我怕拖你後腿……」竺珂垂著腦袋，活像一個做錯事的小孩子，沮喪極了。

她原本以為謝紹會生氣，卻見他突然蹲下來，握住她的腳踝道：「妳坐下，我看看。」

竺珂臉「轟」的一下就紅了。

男人粗糙又滾燙的大掌覆在她肌膚上那一刻，就像是被什麼東西爬過一樣令人戰慄。

謝紹也愣了一瞬，手上的觸感有如撫摸一塊羊脂玉般，又滑又嫩。他懊惱地蹙了蹙眉，立刻鬆開手道：「妳別誤會，我就是看看妳的傷。」

竺珂沒有誤會，就是有一些不太適應……她乖乖地坐下，紅著臉脫了鞋。

「我可能會碰到妳，妳別介意。」

竺珂輕輕搖搖頭，道：「不會。」他很守規矩，她相信他。再說兩人很快就是要做夫妻的人了，她沒什麼可介意的。

謝紹很小心地避免直接碰到竺珂，看到她腳底傷口的時候，臉上忍不住浮現自責之意。他走山路走慣了，完全沒意識到她的情況，也沒注意到她的鞋子。這樣軟的繡鞋，只適合在家裡穿。

眉頭不可遏制地皺了起來，他常年不苟言笑，一皺眉頭就顯得嚴肅，竺珂不自覺地往後縮了縮。她的反應讓謝紹回過神來，替她穿好了鞋。

「妳不能再走路了，上來，我背妳。」他一邊說一邊背過身子，蹲在竺珂面前。

竺珂整個人愣住，囁嚅道：「不……這山路這麼陡……我不能再麻煩你了，我能走的。」

謝紹顯然很不喜歡她的逞強，語氣也冷了幾分。「妳再逞強，腳就廢了，到時候麻煩我的更多。」

竺珂咬住了唇，內心多了幾分愧疚。「可是那些行李……」

她不覺得自己有多瘦，比起很多同齡的姑娘，她該有肉的地方都有，況且那些行李那麼重，謝紹就是再強壯，也不可能同時把她和行李都帶上。

「謝紹哥……謝紹哥！」不遠處傳來陣陣呼喊聲。

謝紹和竺珂同時看了過去，只見石橋上跑了一個人來，是個少年，瞧著只有十五、六歲的樣子。謝紹立刻站起來把竺珂擋在身後，尤其是她現在還露在外面的腳。

「謝紹哥，我娘喊我過來給你幫忙，說是嫂子進門肯定有很多行李！」這少年是金嬸的兒子，名叫金元寶。

竺珂沒能忍住好奇心，悄悄地從謝紹身後探了半張小臉出來，那少年見了，立刻愣在原地。

謝紹注意到了，輕輕蹙眉，側過身子擋了擋，回道：「不用。」

元寶不好意思地撓撓頭說：「謝紹哥，你這麼多行李呢，還是讓我幫你吧。」

擱在平時，謝紹一定會拒絕，可現下……他回頭看了看竺珂的腳，抿了抿唇道：「你待在這兒幫我看著行李，我一會兒回來拿。」

元寶先是一怔，然後點頭道：「行，沒問題，謝紹哥，你慢些！」

謝紹回頭，重新蹲下道：「現在可以上來了吧。」

竺珂揪了揪裙子，有幾分羞意，元寶很是識趣地背過身去，竺珂這才慢吞吞地趴在謝紹背上——寬闊、結實、溫暖，是竺珂最先感受到的。

她趴上來的一瞬間，謝紹腦中也「轟」了一聲。馨香、輕盈，還有不可避免的柔軟壓在他背上，讓他不自覺地啞了聲音。「抓好。」

竺珂自然沒敢摟人家的脖子，只是緊緊抓住他肩膀上的衣襟。謝紹穩穩地站起，就朝前大步走去了。

「我……是不是有點重啊？」竺珂忐忑地問道。從這條小溪到他住的地方大約還有五里山路，她有些擔心。

「不重，沒有野豬一半重。」

謝紹話音剛落，四周好像一下子靜了下來。

竺珂瞪大了眼，不敢置信地瞪著他的後腦勺。他、他剛才說什麼？拿她和野豬比?!

謝紹顯然沒有察覺她的情緒，竺珂很輕，他走得又快又穩，毫不吃力，過了一段時間，兩人就回到了謝紹的屋子。

籬笆院子的門一開，大黃狗就衝上來搖頭擺尾，顯然對主人的歸來十分高興，竺珂卻被嚇了一大跳，下意識地抓緊了謝紹的領口。謝紹察覺到了，沒說什麼，只將人背著進屋，放在凳子上。

「那是阿旺，很乖，不咬人。」謝紹放下竺珂，招了招手，阿旺就從院子裡進了屋。

對於新來的女主人，阿旺顯然充滿了好奇，東聞聞西看看。竺珂動也不敢動，僵硬地坐在凳子上，任由阿旺圍著她不停的嗅。

謝紹發現她有點害怕，便給了阿旺一個指令，阿旺隨即走出房子，乖巧地臥在門口。

「牠很聽你的話……」竺珂說道。

「嗯，阿旺救過我。」謝紹走到廚房，拎來一壺水放在桌上道：「妳就坐在這兒別動，我去把行李拿回來，很快。」

竺珂仰著脖子看他，乖巧地點了點頭。

她一雙眼看人的時候像在說話，長長的睫毛一撲一撲的，因為熱，白嫩的小臉上還帶著粉霞。

謝紹不自覺地別開了眼，他示意竺珂自己倒水喝，自己則走到牆邊取下繩子，準備出門。

「謝紹哥……謝紹哥！我把嫂子的行李都搬來了！」謝紹剛走到門口，就聽見元寶氣喘吁吁的聲音。

竺珂往門外看，元寶顯然沒留在原地等謝紹，而是自己把竺珂的行李全部都搬來了。

謝紹臉色一沈，推開院門迎上去道：「怎麼上來了？」他蹙著眉，模樣有些凶。

元寶把東西放下，擦了擦汗道：「沒事兒，這些東西也不重。」

謝紹顯然不太習慣接受別人的善意，死死地皺著眉頭，不知道的人只怕誤會他是嫌人多管閒事。

此時竺珂從屋裡一瘸一拐地走出來道：「元寶，謝謝你。」

謝紹從懷裡掏出幾枚銅錢給元寶，元寶一愣，連連擺手道：「謝紹哥，我不是這個意思！」他緊張極了，連忙推辭。

「拿著。」謝紹聲音一沈，帶著不容拒絕的意味。
元寶有些無奈，求救般地望向不遠處的竺珂。
竺珂雖覺得自己不好作謝紹的主，但還是開口說道：「算了，元寶也是好意，過兩日我做些糕點給他當謝禮，可好？」
謝紹沈思片刻，才收回了手。元寶長吁了口氣，遞給竺珂一個感激的眼神，忙不迭地把東西放下道：「那嫂子、謝紹哥，我先走了，我娘還在等我！」
竺珂看著他逃命似的背影，心裡暗暗發笑，不禁打量起院門口那個漢子。說他面冷心熱還真是沒錯，否則怎麼老是冷冰冰、凶巴巴的，卻又主動幫她這個才見過幾面的陌生人呢？
謝紹把東西都搬進了屋子，見她在門口站著不動，又蹙了蹙眉道：「腳不疼了？」
竺珂一愣，回過神道：「疼……」剛才沒留神，這會兒注意力全集中在腳上，才發現腳底火辣辣的疼，直鑽心，她瞬間紅了眼眶。
謝紹有些無言，一會兒才緩緩道：「過來。」
竺珂慢慢地挪著步子走到謝紹面前，男人的高大和她的嬌小形成了鮮明的對比。
謝紹讓她坐下，然後拿來一個木盆說道：「妳腳受傷了，要泡藥水。等著。」
竺珂一愣，接著就看見謝紹在盆中先倒了熱水，又走到院子裡取了一些晾曬的乾草放入盆中道：「等水溫涼了、水色變深，再泡腳。」
聽到他說的話，竺珂好奇道：「你還懂醫？」
「不懂，只是一個人經常進山，有時難免受傷，所以懂一些簡單的處理方法。我去弄飯，妳就坐在這兒，別起身了。」

竺珂很是聽話地點點頭，看著他的背影，一顆心暖暖的。見謝紹進了廚房，她才開始打量起這個住所。

院子跟木屋都不大，雖然家具不多，卻收拾得井井有條。東西分門別類歸置得妥妥當當，其中最多的就是工具，可見他製作能力極強，包括竺珂現在泡腳的這個木盆，一看就是親手打造的，木頭被打磨得光滑細緻又圓潤，是上好的木工活。

見整個地方都透露著一種安貧度日的氣氛，竺珂心中忍不住泛起一絲絲甜意——這就是她以後生活的地方了。雖比不得城區的繁華，卻意外地讓她安心，令她歡喜。

晚飯是謝紹做的，竺珂雖然很想去幫忙，但腳底一直痛著，謝紹也沒說腳要泡多久才行，甚至中途又來為她加了兩次熱水，她就一直沒起身，直到晚飯擺上桌子才換了位置。

行李還沒收拾，謝紹找了半天，才替她找到另一雙鞋，竺珂穿上鞋，小心地走到飯桌前。

「好些了嗎？」

「好多了！」竺珂驚喜地抬頭看向謝紹。她的腳已經沒有下午那麼痛，也能勉強走路了。「你的藥真管用，謝謝！」

「那過來吃飯吧。」

竺珂開心地走到飯桌前，看到一碟青翠的醋拌黃瓜、一碟鹹菜、四個玉米麵窩窩頭、一盆又鮮又香的菌菇湯，外加兩碗白米粥，十分簡單樸素，卻洋溢著一股家常味。
「想吃肉的話要等到明天，今天來不及做了。」謝紹解釋道。
竺珂連忙搖頭說：「不用，很好了，很好了……」
謝紹沒說什麼，遞了一副碗筷給竺珂，就坐在她對面一聲不吭地吃了起來。
窩窩頭意外的香軟，菌菇湯也相當鮮美可口，竺珂小口小口吃著窩窩頭、喝著湯，不禁對面前這個男人又生出幾分探究之心。
他一個人生活，所以才這樣十八般武藝樣樣精通嗎？不僅會打獵，還會做木工，甚至連飯菜都做得不錯？

第四章　小露兩手

山裡村民都歇得早，吃完晚飯，一天的活計基本上都幹完了。夕陽餘暉照在山上，家家戶戶都炊煙裊裊，時不時傳來幾聲狗叫。

吃完飯，竺珂想主動收碗，謝紹攔住她道：「我來。」

謝紹做什麼活兒都乾淨索利，幾下將碗筷收到廚房，又拿出抹布，將桌子也擦得乾乾淨淨，竺珂不好意思地說：「實在是給你添麻煩了，我的腳好多了，我來洗碗吧。」

「不用。」他依然拒絕讓她動手。

這下，竺珂完全不知道自己應該做什麼，有些坐立不安了。說真的，她十分感激眼前這個男人，如果是和他過日子，她並不排斥。

謝紹從廚房走出來，擦了擦汗，又不知道從哪兒找出一把竹篾，坐在院中編起了竹筐。

竺珂坐不住了，她從屋內的凳子上站起來，緩緩走到院中道：「那個……」

謝紹猛地回頭，見她又從凳子上起身，眉頭不禁蹙了起來。看他有些凶的模樣，竺珂一瑟縮，立刻解釋道：「我、我不知道該幹什麼……」

謝紹一愣，看了看天色，只道：「去睡吧，沒什麼活兒需要幹。」

竺珂小臉一紅，她怎麼好意思一個人去睡啊……

謝紹頓了頓，似乎明白了過來，又道：「我忘了家裡只有一張床，我先給妳換上妳的褥子。」

「我、我不是那個意思……」竺珂忙道。

謝紹挑眉，不解地看向竺珂。

「我去睡了，那你呢？」

謝紹一愣，回道：「我習慣了，不會這麼早睡。」說完，他轉身進了屋子，開始找竺珂行李當中的褥子和被子。

竺珂有些不理解他的行動，但她咬了咬唇，沒好意思問。

「那妳早些休息。」謝紹轉身出去，順便帶上了門。

謝紹出門後，竺珂看向那張質樸的木床。床的樣式很老，但看得出是親手打磨的，床沿光潤沈鬱，竺珂忍不住伸手摸了摸——這床和謝紹那個人有點像，硬邦邦的。

此刻，床上鋪著很不和諧的小碎花褥子，還有一床紅色繡被。

紅色繡被……竺珂縮了縮耳邊的頭髮，有些羞意。

她這就算是成親了，跟一個才認識沒多久的男人……明天，就算他們的大婚之日吧。她慢慢挪到自己裝行李的箱子旁，取出了一些基本的日用品——帕子、面脂、漱口的杯子和鹽晶。

謝紹坐在院中舒展著長腿，手指靈活地編著竹筐，雖然竺珂的動作輕緩，但他的耳朵靈敏異常，屋內的一舉一動，都透過細碎的聲響傳進他的耳裡。

水聲、衣服的摩擦聲……謝紹的心神頓時有些不穩。過了好些時候，屋裡終於安靜下來了。謝紹回過神來，才發現自己手裡的竹篦編錯了好大一截，他蹙起眉，似乎有些懊惱。

「我先睡了，你早點休息。」竺珂上床後，緊張地朝著窗外喊了一聲，有些忐忑地等著屋外人的回應。

「嗯。」良久，男人低沈的嗓音才傳了進來。

竺珂垂下眸，輕輕地蓋好被子。她累極了，來不及想些其他的，便沈沈睡了過去。

一直快到三更天的時候，謝紹才終於推門而入。

原本質樸空曠的大床上現在隆起了小小的一團，僅僅一下午的時間，這個房裡就多了很多女兒家的小東西，就連空氣中，似乎也飄著一股淡淡的女兒香。謝紹按了按額角，有些頭痛。

他走到櫃子前，取出一張草蓆和一床薄被，出了裡屋，在外頭的堂屋打起了地鋪。雖然是秋天的夜晚，他卻不覺得冷，隨意裹了裹身子，便閉上了眼睛。

竺珂是被雞叫聲給吵醒的，天還沒亮，只泛著一絲魚肚白。她揉了揉眼睛，從床上坐了起來，這才發現她身邊的被子和枕頭竟是絲毫未動，整整齊齊。竺珂猛地反應過來，掀開被子就下了地。

泡過藥水、經過一夜的休息，竺珂腳底的傷竟已恢復得差不多了。她依稀聽見院子裡傳來劈柴聲，當下也不敢耽擱，急急忙忙穿好衣服，一邊用五指靈活地捋順頭髮，一邊朝院子走去。

謝紹習慣每日天還沒亮就起來劈柴、打水、餵雞餵狗，村裡其他人家剛剛起床的時候，他已經完成很多事了。

「怎麼起這麼早，也不叫我？」

謝紹渾身是汗，正撩起身上的褂子擦汗，一道軟糯的嗓音在身後響了起來。他下意識地回頭，撩起的褂子都忘了放下去，竺珂的腳步一頓，呆呆地看著他。

察覺到她的眼光，謝紹的耳根像被燙著了，猛然轉過身整理好衣服，說道：「怎麼出來了，腳好了？」嗓音中泛著一絲嘶啞。

「嗯……好多了……」竺珂也有些不好意思，她剛才不是故意看他的，而且謝紹飛快轉身，她其實沒瞧見什麼，就只是方方正正的幾塊……而已。

竺珂垂著眼，走過去道：「需要我幫什麼忙嗎？」

她一走近，謝紹只覺得空氣都發燙了，還帶著香風，他馬上回道：「不用。」語氣乾澀，還帶著拒人千里之外的冰冷。

「喔……那我去廚房準備早飯吧。」

謝紹又要開口拒絕，卻被竺珂搶了先。「沒有你幹活我歇著的道理，我住在這裡，就要出一分力，別多說，我去忙了。」

要說的話在舌尖上滾了滾，被謝紹嚥了下去。

算了，她喜歡做就做，也不是他逼她的。他收回注意力，開始劈柴，只是現在似乎帶著火氣和焦躁，動作也快了幾分。

廚房裡有雞蛋、黃瓜、胡蘿蔔與青菜，菜都是早上才從地裡摘下來的，還沾著露水。竺珂悄悄看了看院子，心裡有了主意。

黃瓜拍碎切段，撒上鹽，放在一旁醃著，竺珂又取出另外一根黃瓜，和胡蘿蔔一起切成細丁放在碗裡備用。末了，她看見牆角竹筐裡有新鮮的筍子，底部沾著土，一看就是才挖出來沒多久的。她將筍子拿了過來，兩三下去除外皮，切成細碎的筍丁。

接下來，舀出一勺白麵放進麵盆，又加上一勺玉米麵，再取出兩個雞蛋，單手磕進麵盆裡，加入適量的清水仔細攪勻後，竺珂便用筷子細細地攪打，將麵糊裡的疙瘩一一攪散，過沒多久，細膩均勻的麵糊就做好了。加入剛才備好的蔬菜丁拌勻，竺珂開始熱鍋。

鍋裡起油，冒煙，蔬菜麵糊在竺珂的手裡精準地倒進鍋底，淋了一圈，就成了一個圓圓的麵餅。等餅的一面成形後，竺珂就用鍋鏟翻面，麵粉還有豬油的香氣很快就從廚房飄了出去。

謝紹幹完院子裡的活兒，走到井邊痛快地大口喝起了水，此時廚房的香氣飄了出來，他意外地揚了揚眉，放下水瓢，望向廚房。

竺珂心情很好，一張張完美的麵餅在她嫻熟的動作中迅速成形，一張張摞在盤子裡。謝紹早上熬的粥此刻剛剛好熟了，取出醃好的黃瓜，淋上醋、辣椒末與少許香油，一頓簡單又美味的早飯，將人的饞蟲和口水都引了出來。

「吃飯啦！」清脆甜美的嗓音傳了過來，讓謝紹感受到了一絲不真實。

竺珂把麵餅和菜端上桌子，又舀了兩碗稀飯，招呼謝紹過來。「吃飯了！」
謝紹走到飯桌旁，修長的眼眸掃向桌上的菜色，露出幾分驚異的表情道：「妳做的？」
「不然呢？」竺珂嗔他，這屋子就他們兩個人，不是她，難道是鬼？
她瞪人的時候眼波如水，透露著一股自己也未曾發覺的親暱，謝紹移開眼道：「沒有，就是有點驚訝。」
竺珂笑了笑，沒說什麼，將稀飯端過去道：「趁熱吃吧。」
香氣撲鼻又鬆軟的麵餅，配上辣椒醬和醃黃瓜，還有暖人脾胃的稀飯，謝紹的眼神都亮了。他自己做飯一向只圖簡單快速，像這樣精緻又麻煩的蔬菜雞蛋麵餅，他不會做。
「好吃嗎？」竺珂見他吃得又快又滿足，忍不住彎了彎眉眼。
謝紹手一頓，意識到自己吃相粗魯，說不定會影響她的胃口，不禁微赧道：「很……好吃。」
竺珂開心笑道：「那你多吃些！」她把麵餅全都推到謝紹那邊，自己只留了一小張。
「妳也吃。」
「我吃不完，你多吃點。」
謝紹瞄了竺珂巴掌大的小臉一眼，沒多說什麼，低下頭，幾口就把剩下的食物掃乾淨了。
「碗筷我來收拾，妳歇著，腳還沒好全，別到處走。」
「欸。」竺珂乖巧應下。

吃完飯，謝紹又開始準備下午要用的柴火，劈完柴，竺珂見他又拿出一些刀箭之類的工具開始打磨，想來是進山打獵的時候用得上。

她內心著實佩服這個男人，既然她幫不上什麼忙，索性收拾起自己的行李。

竺珂的東西不多，一個大竹筐裡面有幾層竹隔，除了衣裳、鞋子那些，還有一些竺珂平日打發時間做的刺繡、絹花，竹筐下面還有……她把剩下的物品拿了出來，是一面銅鏡，還有一小盒茉莉花香膏。

她啞然失笑，她有多久沒好好打扮過自己了？

今天……她忍不住又看了看窗外。

取了一件淡粉色底繡小白花的褙子加一條月牙白的長裙，竺珂把烏黑的長髮散了下來，沾了一點點茉莉花香膏在手心捂熱，然後手指靈活地穿過長髮，均勻地塗抹在髮絲上。

這種香膏的用法，是竺珂從她娘那裡學來的，既有香氣，還能養護頭髮，氣味也不會過於濃郁。她在凝玉樓那段日子，那些窯姐兒一般都喜歡直接往身上塗香膏，隔著老遠就能聞到濃烈的香味，反而讓人有些不適。

竺珂底子好，膚色白如凝脂，唇色是自然的薔薇紅，不需要塗脂抹粉，也是美人胚子。簡單綰了個隨雲髻、簪了一支銀釵，竺珂起身出去了。

金嬸來了，正在和謝紹說話，當竺珂走出來的時候，金嬸不禁愣在原地。

謝紹一回過頭，就看見竺珂略帶羞意地站在門口，粉衣白裙，遠遠看去，就像池塘裡一朵隨風搖曳的荷花，讓人心生愛憐。他的目光像是被燙到一樣火速轉過去，呼吸急促。

金嬸到底是過來人，很快就回過神，笑著跟竺珂打招呼。「謝紹可真是好福氣，瞧瞧這娘子，可人得緊！」

青山城一般稱呼出嫁的姑娘為「娘子」，竺珂直到這時才發現，原來金嬸就是那日去李家說親的媒婆。

「您……」

金嬸滿臉堆笑道：「我啊，早就認識謝紹了，不過說媒的確是我的正經活計，這不，那天謝紹託我去李家，一去，這事兒就成了！」

竺珂不好意思地笑了笑。

金嬸將手上提著的食盒交到竺珂手上，說道：「我知道你們的喜事，自然要來道賀，別的好東西也沒有，就親手做了兩道菜，算給你們添一添喜氣。」

竺珂連忙接過食盒道謝，金嬸順勢拍拍她的手，放低聲音道：「謝紹他啊，性子就那樣，看著冷冰冰，卻是個疼人的。況且謝紹肯吃苦又上進，嬸子可以打包票，往後啊，你們日子不會太差的。」

聽了這些話，竺珂點點頭道：「謝謝金嬸，我知道。」

兩人在門口說話的時候，謝紹一言不發地磨刀，竺珂時不時就會偷看他兩眼，金嬸瞧在眼裡，喜上眉梢。「行了，任務完成，我也該走了，孩子他爹還等著我呢。」

見金嬸要離開，謝紹終於抬起頭道：「等等。」

他拿著剛磨好的彎刀走到雞圈裡，單手抓住一隻公雞，飛快地割斷牠的喉嚨放血，然後提過來給金嬸。

竺珂看出來了，他這個人真的是半點都不喜歡欠人情。金嬸一開始拒絕，後來硬是拗不過他，只能提著那隻雞走了。竺珂偷偷抿唇笑了，提著金嬸給的食盒進了廚房。

食盒裡面的兩道菜，一道是臘味合蒸，一道是糖蒸酥酪，竺珂不禁眼睛一亮。這在普通的農家裡，也算是逢年過節才吃得上的菜品了，尤其竺珂喜甜，看到有糖蒸酥酪，忍不住彎了彎眉眼。

「今晚我做飯，好嗎？」竺珂走到院子，徵求謝紹的同意。

「好。」男人簡單地回了一個字。

院子旁邊有一塊小菜地，不大，但東西卻多，而且被謝紹照顧得很好，青椒、茄子、蒜苗、白菜，長勢喜人。菜地旁邊還有一道籬笆，上面纏繞著一些南瓜苗。

青椒切絲，蒜苗切段，再把蓮藕的皮刮乾淨，露出白白胖胖的身子，切成細丁備用。天色漸漸暗了下來，家家戶戶飄出了飯菜香味，竺珂也在廚房裡忙得不亦樂乎。臘味合蒸的臘腸，趁著米飯七分熟的時候鋪在米飯表面繼續燜，臘肉則單獨拿出來下油鍋，加入蒜頭、青椒和豌豆苗一起炒。時蔬緩解了臘肉的油膩，配上米飯，直教人香掉了舌頭。

竺珂早上發現謝紹愛吃辣，蓮藕丁就做成酸辣熗炒，等菜炒好、米飯熟了，竺珂就在米飯上磕了一個雞蛋，再燜上一盞茶的工夫，就可以吃飯了。

謝紹忙了整整一天，已是饑腸轆轆，飯菜香早早就從廚房飄了過來，讓他這樣一個堂堂七尺男兒也忍不住探了好幾次頭。

「吃飯啦。」竺珂從廚房走出來，和早上一樣笑盈盈地站在門口喊他。

此刻她還穿著那件粉色褙子，俏生生的，美得不真實，一點兒也不像應該在廚房待著的姑娘。

「好，這就來。」謝紹放下手中的活計，走到井邊打水洗手，再一次體認到竺珂的美……他還是趁著今晚，把話說清楚吧。

第五章　恍然大悟

臘肉米飯、酸辣藕丁，謝紹吃得痛快極了，額頭都冒出了汗。竺珂笑咪咪地坐在他對面，小口小口吃著那碗酥酪，心裡也是甜甜的。

「我做的飯是不是很好吃啊？」

謝紹抬起頭，竺珂正對著他笑，杏眼帶著一絲撒嬌的意味，快把人的魂都勾了去。他說不出話，只能點頭。

竺珂更高興了，說道：「那我以後天天給你做飯，好不好？」

這句話，無情地將謝紹拉回了現實之中。

一頓簡單的家常飯，竺珂卻吃得很是開心。這道糖蒸酥酪不算是她吃過最好吃的，但一顆心仍舊甜蜜蜜、美滋滋。

謝紹也把飯菜吃得精光，飯桌上只剩下幾碟空盤跟空碗。「我來收拾。」他站起身，往廚房走。

竺珂看了看天色，時候不早了，謝紹一如既往從井中打了幾桶水放進鍋裡燒開，竺珂在屋裡有些扭捏，不是為了別的，就是想洗澡。

謝紹正在廚房忙活，就聽見門口傳來了竺珂略帶羞澀的聲音。「那個……」

他回過頭，只見竺珂垂首，有些無措地說：「我想洗澡，所以……」

謝紹一怔，喉結上下滾動了一瞬，轉過了身。他是個男人，洗澡這種事，夏天一般都在水潭裡解決，冬天最多打上一桶熱水在後院裡簡單處理，從來沒仔細考慮過這個問題。

「家裡沒有浴間，在裡屋洗，可以嗎？」

「會不會把地面弄濕……」竺珂有些猶豫。

「沒事。」

見他堅持，竺珂沒再多說什麼。謝紹走到後院，取來一個不算大的木桶，雖然不是真正的浴桶，但估計夠她用了。

謝紹替竺珂打了三大桶熱水，又提進來一壺備用。「有事叫我。」說完就出去了。

竺珂紅著臉走到木桶旁邊，這木桶雖然不大，但她身子嬌小，已是堪用，夠讓人滿意了。竺珂解開長髮，用水一寸寸打濕，慢慢絞著。

謝紹回到了院子裡，不過今日的活兒都幹完了，只見阿旺趴在他的腳邊，愉快地擺動著尾巴。

窗子那邊傳來了窸窸窣窣聲，謝紹從來沒覺得自己的耳力竟如此之好——衣衫脫下的聲音、水花撩動的聲響，空氣中甚至傳來一絲絲香氣……

謝紹無奈地站起身，阿旺不解地跟上他，就見自己的主人取下弓箭，朝山洞的方向走了。

等謝紹回來的時候，竺珂已經洗好澡了。她換了一身淺藍色的中衣，坐在床邊擦著頭髮，雙頰被水蒸氣熱得紅撲撲的，睫毛上還掛著一滴水珠，要墜不墜。謝紹一進門，瞧見的就是這幅情景。竺珂一個人搬不動水，他自然要幫她把水提出去倒掉，想避也避不了。

「謝謝你啊。」她輕聲道謝。

「沒事。」謝紹盡可能不去看她，單手拎著木桶就往外走。

竺珂的目光落在床上，突然想起今早那整整齊齊的被褥和枕頭，一時有些納悶地問他。

「昨晚你睡在哪兒？」

謝紹原本正拎著木桶，聞言，手輕微一抖，水面有些蕩漾。他低聲道：「打地鋪。」

地鋪？竺珂睜大了眼，似乎有點不可置信。

謝紹收拾好東西，心想正好藉這個機會跟她說清楚，便走到竺珂身旁。竺珂坐在床沿，杏眼圓睜地看著他，很是不解。

握了握拳，謝紹在她對面坐了下來。

「我有個妹妹，與妳年紀差不多大，她七歲的時候被人販子拐跑，至今下落不明。我找了她很多年，杳無音信，所以那天看到妳時，想起了妹妹。」

竺珂有些訝異，但還是靜靜坐在那裡聽他把話說完。

「我娶妳，沒有私心。那天去劉員外家送肉，無意間聽見妳要進員外府的事，就託了金嬸去李家提親。」

話說到這裡，竺珂已經聽懂了七、八分。「所以你提親只是為了救我，沒有半分跟我過日子的打算？」

謝紹愣了愣，隨即開口道：「我是個粗人，條件也不怎麼樣。妳放心，我不會碰妳，來日等妳的處境好一點，覓得了良人，再走也不遲。」

聽到這裡，竺珂不禁睜大了眼。

謝紹說完這些話，便準備起身朝外走，只道：「不早了，妳早些睡。」

此時身後忽然傳來了一聲很輕的笑聲，謝紹回頭，卻見竺珂面無表情地看著他，臉上並未有笑意。

「我明白你的意思，既然你只是為了救我，那萬萬沒有我睡床，你打地鋪的事情。今晚你睡床，我去打地鋪。」竺珂說著，就要去拿床上的褥子和枕頭。

謝紹的眉頭深深蹙了起來，說道：「這是做什麼？妳是個姑娘家。」

竺珂回頭看他，杏眼裡此刻泛著淚花，她輕聲道：「你把我當姑娘看嗎？」

謝紹沒聽懂她的意思，但看著她的眼，胸口竟猛然一抽，他迅速別開臉道：「當然。妳早些睡吧，屋外晚上風大，我不可能讓妳出去睡。」

話一說完，謝紹便快速走出裡屋，獨留竺珂一人。她猛地捂住臉，往床邊坐了下去。

方才謝紹的話就像一記重錘，狠狠砸在竺珂心上。她用力掐著自己的掌心，才沒讓自己當場哭出來。關於未來美好的一切，原來竟是她自作多情。

謝紹心裡亂糟糟的，不知道自己做錯了什麼，竟惹得她快哭了。他出了門，又猶豫地回頭看了一眼，覺得有些煩悶。

一個在屋裡頭翻來覆去，一個在屋外頭睡不著覺。

竺珂翻了個身，眼淚早已把枕頭打濕，她極力控制情緒，才沒有抽泣出聲。嫌棄她不如直說，這樣到底算什麼嘛……他不願意娶她，所以她只是換了個地方寄人籬下而已。

至於謝紹，根本不知道竺珂在難過什麼。他沒有娶妻生子的打算，那日叫金嬸上門求親是一時衝動，也抱著想要拉她一把的心思。當時他心想，萬一成了，就是用二十兩銀子換了一個姑娘的前程；萬一不成，那他也盡力了。

可如今等人真的進了門，謝紹才發現這是一樁麻煩事。他從來沒跟女人一起生活過，這讓他不太習慣，更何況竺珂那麼美，美到讓他覺得不真實，這樣的月亮，不是屬於這個山溝裡的。

謝紹徹夜未眠，而竺珂到後半夜則是哭得有些累了，朦朦朧朧間睡了過去。

天未亮，謝紹就和往常一樣起來了。他剛把褥子和蓆子收拾好，裡屋的門就開了，只見竺珂走了出來。

對上謝紹有些疑惑的眼神，竺珂逕自走到他面前道：「多謝你救我，我很感激。你提親的銀子，我暫時還不了，但是我想，既然這段時間我會住在你家，總不能白吃白住，以後就由我來做飯好嗎？家裡的活兒，能幹的我都會去幹，等我想辦法攢了銀子，會盡快走的。」

謝紹皺起眉道：「我不是讓妳還錢。」

「但是我不喜歡欠人，你已經救了我，說不定還會惹上什麼麻煩，這個錢我是一定要還的。」竺珂說完就拿起放在桌上的水壺，朝廚房走去。「我不是什麼千金大小姐，家務活我都會幹。」

謝紹看著她的背影，聽著她說的這些「合乎情理」的話，明明沒有哪裡不對，他卻更加煩悶了。

竺珂走到廚房，謝紹也跟著走了進來，點火、燒水，就像往常一樣。

從米筐裡舀了一勺白米，竺珂又打開櫃子，舀了一勺綠豆道：「今天喝綠豆粥，成嗎？」

謝紹正在添柴火的手一頓，回道：「妳安排。」

竺珂一聽，便不再說話了。

「我要出去一趟，大概下午回來，午飯妳自己吃。」

「嗯，好。」竺珂頭也沒抬，只攪弄著鍋裡的米和綠豆。

謝紹走到櫃子前，從裡面拿了兩個乾巴巴的饅頭，又取了掛在牆上的水壺，便出門去了。

等他一走，竺珂才放下手中的勺子，走到櫃子前，打開查看那些饅頭。

饅頭不知道是什麼時候做的，硬邦邦的跟石頭一樣，他竟吃得下去？算了，這跟她有什麼關係……竺珂撇了撇嘴，將饅頭放了回去。

既然謝紹不在，竺珂早飯只舀了一碗綠豆粥喝，剩下的她放在一旁放涼，這個時節綠豆已經不多了，再要喝，得等到來年夏天。

她又打開櫃子看了看，發現謝紹家裡最多的就是肉，為了保存得久一些，大部分都是臘肉和醃肉，口感跟味道肯定不如新鮮的肉。

竺珂想了想，拿出一塊風乾的醃五花肉，洗掉表面的鹽粒和香料，放在熱水裡泡著。接下來，竺珂走出廚房，來到院子裡。謝紹出門前已經為阿旺和院子裡的雞餵過食，阿旺看見新來的女主人，親熱地跑上去搖尾巴。

逗弄了阿旺一會兒，竺珂拿了菌子返回廚房，把泡過的肉拿出來仔細清洗乾淨，然後切成兩半放進鍋裡，又加入了蔥、薑、蒜，慢慢燉了起來。

菌子乾切碎備用，醃五花肉煮開之後切成肉丁，再放入糖和香料炒糖色，加水用小火熬製，放入菌子乾後開大火收汁、勾芡，放入辣椒、豆豉跟香料，最後再加一勺油封頂。這條風乾的醃五花肉，就這麼變成了整整一罐的菌子肉醬，香氣撲鼻、味道好又下飯，也可以保存很久，最重要的是方便帶出去。

竺珂收好了肉醬，心想自己只是不願意欠謝紹人情罷了。

做完肉醬，又揉了些麵，竺珂午飯簡單地將就了下，就回到裡屋取出繡籃。昨晚她幾乎沒怎麼睡，也算想明白了，依附別人，永遠只能被命運主宰。謝紹不願意跟她過日子，她不強求，只有賺進自己荷包、實打實的銀子，才能給她帶來安全感。

想通了，竺珂也不氣惱了。她繡活不錯，都是跟著她娘學的，不論是帕子、絹花還是荷包，繡得都不比那些集市上賣的差，若是能換點錢……

竺珂一面想，一面鋪上新的繡布。

「有人在嗎？謝紹哥？」

院子裡有人來了，阿旺也「汪汪」叫了起來。竺珂連忙把繡布一放，起身走了出去——是元寶。

元寶一看只有竺珂在，頓時變得拘謹不少，小聲喊道：「嫂、嫂子。」

竺珂笑著朝他點點頭說：「他出去辦事了，現在不在，可能晚上才會回來，你有什麼事嗎？」

「沒什麼，我娘說天馬上冷了，山裡冷得快，讓我給你們提前送點炭火過來。」

元寶手上提著一個竹筐，竺珂這才注意到裡面黑黑的，原來是木炭。

「好，多謝。」

竺珂正上前準備去接木炭，元寶立刻道：「我來，我知道謝紹哥一般把這個放哪兒。」

元寶把木炭放在山洞門口，說道：「行了嫂子，東西我送到了，我先回去了啊！」

「你等等！」竺珂叫住他。她算是了解謝紹的脾性，他半點不願意欠人。

竺珂飛快走到廚房，取了個乾淨的罐子，倒入上午剛做好的菌子肉醬，擰好蓋子，拿了出來。

「拿著吧，你謝紹哥不喜歡欠人。這東西是我自己做的，不值幾個錢，也算是謝謝那天你幫我搬行李了。」

元寶猶豫了一下，撓了撓頭，接過來道：「嘿嘿，謝謝嫂子。這是什麼？」

「是肉醬。」

元寶打開蓋子，一陣濃郁的肉香味撲鼻而來，帶著菌子特有的香味，簡直要讓人流口水。「好香啊，嫂子手太巧，我都餓了。」

竺珂被他逗笑，說道：「行了，快回去吧，你娘還等你吃飯呢。」

元寶再次道了聲謝，收好罐子就立刻撒腿跑遠了。竺珂見他離去，便把院子裡的籬笆門關好，這才回到屋子裡。

午後的陽光從窗戶細細碎碎地照了進來，灑在地上，也灑在竺珂的繡布上。她專注的眼神全部集中在面前的繡布上，小臉被日光籠罩，顯得乾淨、美好。

她過於專注，以至於沒聽見外面的聲音。

謝紹已經返家，在院子裡把東西放下後就推門走了進來，裡屋的門沒關，他走到堂屋裡側過身子，就剛好看見坐在床邊忙著做繡活的竺珂。柔和的陽光打在她身上，遠遠看去，就像一幅美人圖。

竺珂這時才抬頭看見謝紹，她連忙起身，把繡布放在一旁朝他走去道：「回來了？」

謝紹點點頭，收回了視線。

「吃飯了嗎？我揉了點麵，給你下碗麵吃？」

謝紹今日去集市購入棉花被，又買了米、麵、油，這些全是重物，一路扛回山上，正是饑腸轆轆的時候。他一個年輕小夥子，一天只吃兩個饅頭，連墊底都不夠。聽見竺珂的話，謝紹並未過度矯情，而是點了點頭。

竺珂走到廚房，中午揉好的麵這會兒正用得上。她取出砧板，將白軟發好的麵團放在上面搓圓、揉扁，接著甩動、拉長，三下五除二地就扯好了麵。新鮮的麵煮起來很快，快熟的時候放入青嫩的白菜，燙一燙，便能盛出來了。

撈出了麵跟菜，竺珂又拿出白天做好的肉醬，澆了上去。只要這一樣東西，不需要別的調料，味道就夠好了。

謝紹早已聞到了香味，不禁問道：「這是什麼？」

「是我今天做的肉醬。」竺珂解釋道，她端著麵走出廚房說：「去堂屋吃吧。」

謝紹將東西從她手中接過來道：「我來吧。」

第六章　狹路相逢

兩人走到堂屋，竺珂在他對面坐下，解釋道：「這是我今天用一塊醃五花肉做的肉醬，裡面放了菌子。這樣做出來的醬便於保存，你可以帶出去。」

謝紹點點頭，早已被這碗香噴噴的麵吸引了全部的注意力。這村裡的男人每日拚命出去幹活掙錢，唯一的念想就是太陽落山後回屋能吃上一頓熱熱的飯菜。以前一個人不覺得有什麼，回來只是簡單將就一下，但這樣用心做出來的飯菜，吃過一頓，就忘不掉了。

一大碗公的麵，謝紹很快便吃得乾乾淨淨，竺珂又給他倒了一碗涼茶，放在他手邊。

「對了，今天元寶來了，送來了一些炭火。」竺珂將白日元寶來過的事告訴他。

謝紹一頓，微微蹙起了眉。

「我也給了他菌子肉醬，沒有白拿他的。」竺珂連忙道。

謝紹低頭，看見他吃得一乾二淨的碗，想起那肉醬的味道，突然覺得還不如直接給元寶肉就好了。

「行，我知道了。」按照往年的天氣，最多再過十日，天氣就要冷下來了，他原本也打算明日再去集市換一些炭火的。

「我明日還要去集市一趟。」謝紹起身收拾碗筷進廚房。

「你還要去？」竺珂有些疑惑。

「嗯，馬上要入冬了，不囤夠糧食不行。」尤其是現在家裡多了一個人，他至少要再去補一次貨，甚至打算入冬前再進林子一趟，看能不能再獵回點什麼，畢竟入了冬就無法進山了。

竺珂想了想，問道：「那明日我能跟你一塊兒去嗎？」

「妳也要去？」謝紹回頭，神色不解。

竺珂垂下眼眸，有些小聲地開了口。「我想著要攢錢的話，應該賣些繡品……我先買一點材料回來，打個樣。」

為什麼要賺錢——這句話，謝紹差點脫口而出。轉念一想，怕是小姑娘因為他昨日說的話思考過了。自己說的那些話，聽起來像是要她賺錢嗎？謝紹皺起了眉頭。

竺珂看不透謝紹的想法，但見他不點頭，又問了句。「可以嗎？」

謝紹猶豫了一下才說道：「去集市的話，妳的腳不方便，我去金叔家借輛牛車吧。」

「不用，我能走！」竺珂生怕給他添麻煩，立刻說道。

謝紹看了她的腳一眼，剛才走路的時候分明還有些跛，這會兒倒是逞強……他說道：「就這樣定了，正好重新給妳買雙鞋，這繡鞋在山上不經穿。」

竺珂聞言看了看自己的腳，一張臉瞬間又紅成了大蘋果。

謝紹出門去借牛車，臨走前，他取下掛在外頭的一條臘肉，準備帶給金叔他們。這山裡家家戶戶都不富裕，倒是謝紹出手很大方。

不出半個時辰，謝紹趕著牛車回來了，那條肉，金叔說什麼也不收。

謝紹安頓好牛車，轉身去了山洞，搬了好些大塊的木頭，又取出鋸子在院子裡鋸了起來，竺珂看著他的背影，不知道他要做什麼。

鋸木頭不是輕鬆的活計，就算是入了秋的傍晚，謝紹也很快就出了一身汗，浸濕了身上的褂子。

竺珂看不下去了，她倒了一大碗涼茶，走出去道：「你歇會兒吧，今天已經扛了一天的貨。」

謝紹袖子捋了起來，露出健碩的胳膊，看上去充滿了力量。他渾身是汗，但竺珂靠近他時卻聞不到什麼汗味，相反的，還有股淡淡的藥草氣味，不難聞。

「多謝。」謝紹接過了碗，一飲而盡。

「你在做什麼？」竺珂還是忍不住開口問道。

「做床。」謝紹回答得倒也乾脆。

竺珂沈默了一會兒才說道：「那你給我做張小的吧，屋裡那張床太大了。」

謝紹手一頓，目光轉向裡屋。他原本是想給自己重新做張床的，但竺珂這麼一說……做張小床確實比大床省事得多。

「就這樣定了吧，我受了你那麼多恩惠，這樣多少能讓你輕鬆一點。還有，你做好之後就放在裡屋吧，我瞧著裡屋寬敞，還放得下。」

謝紹皺眉道：「那怎麼行？」

「有什麼不行的。」竺珂苦笑道：「入了冬，你也要一直睡在堂屋嗎？對外而言，我本就是嫁進你家的人了。」

說完這句話，竺珂就獨自一人進了屋，留謝紹一個人在院子裡，腦子有些懵。

對外而言，本就是嫁進你家的人了……

謝紹沒體會到這句話的深意，而是想到竺珂在青山城受了不少委屈，往後再嫁，估計也不可能回青山城，他們只是暫時待在同一間屋子裡罷了……謝紹想了想，算是認了。等來年開春她要是還沒走，他大不了再多蓋一間房子就是。

次日第一聲雞啼響起，竺珂就醒了，堂屋那邊傳來了窸窸窣窣的聲音，想必謝紹也醒了。竺珂憶起今日要跟他一起進集市的事，當下不敢再耽擱，立刻從被窩裡出來換衣洗漱。

竺珂剛穿好衣服，謝紹就來敲門了。

「我起來了，馬上就好。」竺珂說道。

「不急。」謝紹的聲音過了一會兒才傳進來。「今天冷，多穿些。」

竺珂看了看窗外的天色，回道：「好。」

謝紹先到院子裡去拉牛車，將東西全都收拾好之後，竺珂也從屋子裡出來了，她手上拿著東西說道：「我帶了點昨晚蒸的包子，路上吃。」

點點頭，謝紹在牛車上為她騰出一塊還算寬敞舒適的地方，跳下來道：「上來吧。」

竺珂看著快跟她差不多高的牛車，有些犯難，這……她一步也跨不上去啊！

謝紹見她半天不動，這才注意到她的為難之處。他抿了抿唇，大步走到她跟前，從牛車上取出一個木頭椅子，放在她腳下。

「謝謝……」竺珂踩上那個木頭椅子，沒想到還是低了一截，她想學謝紹用雙手撐上去，卻一點辦法都沒有。

竺珂有些委屈和害怕地看向謝紹，見他唇角緊抿，明顯一副不太耐煩的樣子，不禁更著急了。

謝紹看了看天色，嘆了口氣道：「我拉妳，可以嗎？」

竺珂猛點頭，這會兒還有什麼好不同意的。謝紹長腿一跨，先站了上去，接著伸出大掌，竺珂便握住他的手。

軟軟嫩嫩的小手和他帶著薄繭且寬厚的大掌形成了鮮明的對比，幾乎沒費什麼力氣，竺珂被輕輕鬆鬆一拽，就坐上了牛車。

竺珂剛剛坐穩，謝紹便像被什麼東西燙著一樣鬆開她的手，動作之快，活生生將竺珂的道謝給堵了回去。

「坐穩了。」

回過神來的竺珂忙抓好一旁的圍擋說道：「喔，好的。」

謝紹坐在竺珂前面，手上拽著牽牛繩，輕輕揮了一鞭子，牛車便緩緩前行。手上那細膩溫潤的觸感尚在，還帶著一絲絲茉莉花香，他有些懊惱地搖了搖頭，開始專心趕車。

牛車行走的速度不快，竺珂坐在車上也覺得不顛簸，天色逐漸亮了起來，鳥兒在枝頭歡快地跳躍，道路兩旁的野花上還沾著清晨的露珠。

竺珂聽見有人在喊他們，謝紹也聽見了。他停下牛車一回頭，就看見元寶和金嬸在不遠處的身影。

「謝紹哥！嫂子！」

金嬸笑咪咪地走上前道：「元寶他爹咳疾犯了，讓元寶跟你們一塊兒進城抓點藥，成不？」

謝紹自然答應，竺珂連忙起身給元寶騰出塊地方來，元寶輕輕一跳，就靈活地坐上了牛車。

「金嬸不去嗎？」謝紹問道。

「不去了，我還得留在家裡做飯，你們路上慢些！」

牛車繼續往前趕路，竺珂取出隨身帶著的油紙包，遞給元寶兩個熱騰騰的包子道：「還沒吃早點吧，給。」

元寶不好意思地撓頭道：「還沒，謝謝嫂子。」

竺珂笑了笑說：「不客氣。」

昨晚竺珂特地將包子籠屜放在灶火旁煨著，這會兒溫度雖然比不上剛出爐時高，但恰巧適合入口。她將油紙包遞給謝紹道：「你現在吃嗎？」

謝紹沒回頭，只說：「我不餓，你們先吃。」

竺珂默默收回手，元寶在一旁吃得兩眼發光道：「嫂子，妳手藝也太好了！這粉條包子我吃過我娘做的還有集市上買的，可都比不上妳做的一半好吃！還有那罐菌子肉醬，我娘和我爹都讚不絕口！嘿嘿，不瞞嫂子，那罐已經快被我們家吃完了。」

「行，你喜歡的話，下次做的時候再給你送點過去。」

「太好了，謝謝嫂子，麻煩妳了……」

元寶傻乎乎的，為人卻是真誠，竺珂很喜歡他。

收回了視線，竺珂悄悄地看了眼謝紹的背影，他彷彿沒聽見他們的對話一樣，專心駕著車，一句話也未說。

竺珂低下頭，別過臉，默默看著沿途的風景。

到底是入了深秋，竺珂的衣服不厚，等到了集市外圍的時候，她一張臉已經凍得有些發白了。謝紹拴好牛車，一回頭就看見在寒風中瑟瑟發抖的竺珂，像朵小白花一樣，纖纖欲斷。

「謝紹哥、嫂子，謝啦，我先去藥鋪給我爹抓藥了，等完事後咱們再會合！」

謝紹冷峻的面龐上看不出什麼表情，只點了點頭道：「過了午時，就在此處會合。」

元寶連聲應下後便走遠了，竺珂小聲問道：「你是要買糧食嗎？」

「嗯，趁著有牛車，一次把糧食買完。」

竺珂點點頭，跟在他身後準備去集市，誰料謝紹沒朝集市的方向走，倒是先往巷子口一家飯鋪走了過去。

知道竺珂肯定覺得奇怪，謝紹便回頭道：「先去喝點熱的，妳不冷嗎？」那家飯鋪主營餛飩和湯麵，竺珂瑟縮著抱了抱胳膊，跟了上去。

「我要一碗餛飩，妳要什麼？」謝紹問她。

「我、我也吃餛飩好了。」

「兩碗餛飩！」

「好咧，兩碗餛飩，客官您稍等！」

謝紹選了個避風的位置，竺珂坐下後，小二先端上熱茶，捧著燙燙的熱茶，竺珂這才覺得渾身的寒意退了些。

餛飩很快就送了上來，冒著滾燙的熱氣。竺珂用勺子舀了一顆，濃郁的香氣撲鼻而來，一口咬下去，皮薄餡多、又燙又鮮，她差點燙到舌頭。

竺珂有些窘迫地抬起頭，謝紹正盯著她看，漆黑的眼珠沒什麼情緒，可不知為何，她彷彿看到了一閃而過的笑意。

「喔，對了。」她把油紙包取了出來，遞給謝紹道：「給。」

謝紹這回沒再客氣，接過來大口享用。這一碗餛飩對竺珂而言已經足夠，對謝紹來說卻只是半飽，連著吃了兩個包子，他才終於感覺到一絲飽腹感。

他吃東西的速度很快，包子和餛飩都下肚之後，竺珂才吃了小半碗。餛飩太燙，每吃一顆竺珂都要吹好半天，又擔心謝紹等她等得不耐煩，忍不住著急了起來。

看到竺珂額角急出了汗，鼓著嘴吹氣的樣子像極了一隻著急上火的兔子，謝紹有些無奈，語氣不自覺地軟了下來。「慢些吃，不急。」

等竺珂吃完，謝紹已經把牛車全都安頓好了。

兩碗餛飩一共十個銅錢，竺珂正準備打開荷包，謝紹便把錢遞上去道：「走吧。」

竺珂只好趕緊跟了上去。

青山城的集市分內外兩場，外場是尋常百姓交易的地方，像是柴米油鹽醬醋茶之類的；再往暗巷裡面走，有一個內場，內場裡面賣的，一般都是稀奇貨。普通人家吃不起的珍稀動物、罕見藥材、獸皮，還有一些不被官府允許流通的什物，都在這內場悄悄流通。

竺珂注意到謝紹帶了一張獸皮，光澤上好，價值應該不菲。

「你要去裡面？」她悄聲問道。

謝紹看了看竺珂柔弱又嬌小的身板，眼神沈了沈道：「今日不去。」

竺珂愣了愣，這是顧慮她，怕她去龍蛇混雜的地方嗎？「若你要去的話，一會兒我可以和元寶在一處等你，沒關係的。」

謝紹猶豫的看了看內場的方向，說道：「先買糧食吧。」

到了糧店，謝紹將麻布袋往門口一放，掌櫃的立刻笑臉相迎道：「來了？老規矩？」

謝紹點了點頭，掌櫃的立刻招呼夥計道：「六十斤大米！」

夥計一聽，麻溜地拿著布袋子進去裝米了。

竺珂不是不會過日子的人，心中一算便知道，謝紹這是將她的口糧也算進去了，否則他就算再怎麼會吃，一個冬天也用不了這麼多糧。
那夥計裝好糧食，謝紹單手接來稍稍一掂量，也不用過秤，心裡便有數。「剛好。」
掌櫃笑道：「那是，您可是行家。」
謝紹結了銀，將麻袋往車上一放，就繼續趕往下一家。陸陸續續把糧食採買完，兩人到了一家布莊。
竺珂見謝紹停了下來，疑惑地看向他。
「馬上就是冬天了，妳要買幾疋棉布才行。」
竺珂愣了愣，連忙擺手道：「不用，我有棉衣。」
謝紹看了竺珂身上的衣衫一眼，抿了抿唇說：「山上不比城裡，妳的衣裳太薄了。」
竺珂低頭看了看，又想了想自己現有的那些棉衣……的確，在山上的話，可能無法撐過這個冬天。
「那……那我去扯兩疋棉布？」
「去吧。」
謝紹在布莊外頭等候，竺珂獨自走了進去。
挑選了一陣子，竺珂看中兩疋藕色和碧色的月牙素紋布料。「掌櫃的，麻煩幫我包——」她話還沒說完，轉頭就瞧見了熟人。
冤家路窄，沒想到在這裡又遇上了大花嬸和她的閨女小花，那兩人顯然也瞧見了她。

第七章　共處一室

大花嬸的臉色一下就變得古怪極了，喊道：「喲，快來瞧瞧，這是誰呀！」

竺珂不願搭理她們，想繞路去結帳，誰料那小花也不是個省油的燈，兩步一跨就站在竺珂的面前道：「妳手上的布，我看上了。我要買，妳給我。」

「憑什麼？」竺珂下意識地頂了回去。

大花嬸還記得上次的綠豆之仇，當下就提高了音量。「就憑妳上次敢在大街上撒我綠豆！還有，妳本來就不是什麼正經的人了，裝什麼裝！連個過門的儀式都沒有，就直接跑到山上去跟野男人過日子去了！現在還敢出來，真不知道是哪來的臉！」

竺珂緊緊咬著牙，無數次告訴自己不必跟這樣的人一般見識，但大花嬸見她不說話，更是囂張道：「怎麼不說話了？上次瞧妳不是還挺有能耐的嘛！」

她聲音大得嚇人，布莊裡其他人的視線全都被吸了過來。

就在竺珂緊緊捏著手上的布，準備直接扔到她臉上的時候，謝紹進來了。他陰著臉皺著眉，一看到竺珂便大步走了過來。

大花嬸還要繼續撒潑，身體卻被狠狠一頂，她肥碩的身子頓時支撐不住，朝旁邊的櫃子撞了上去。

「砰」的一聲，櫃子整個倒了，掉下來的布還砸到她和小花的頭上。

這下原本不打算管這齣戲的掌櫃立刻沈下臉說：「怎麼回事，鬧什麼啊！」

竺珂一時之間目瞪口呆，謝紹則走到她面前沈聲道：「走吧。」

她呆呆地點了點頭，立刻將布料往旁邊一擱，跟在他身後要離開。

「妳別走！撞了人還不道歉?!」小花擋在謝紹面前。本來她還氣勢洶洶，待看清眼前這個男人的臉時，氣勢瞬間洩了一半。

謝紹皺著眉的樣子的確很凶，但他還沒說話，竺珂就先開了口。「妳哪隻眼睛瞧見是我們撞了人？妳和妳娘剛才明明都背對著大門！怎麼，背上長眼睛了？再說了，妳無理取鬧在先，我也是打算買東西的人，現在妳不僅毀了這樁生意，更砸了人家布莊，還想繼續胡鬧下去嗎？」

布莊掌櫃被竺珂這番話煽動，當下跳腳道：「妳們娘兒倆給我留下！我這一櫃子可都是新進的布料，賠錢！」

謝紹拉著竺珂，在一陣混亂中頭也不回地走了。

等到出了布莊，竺珂忍不住打量起謝紹的神情，只見他緊繃著下巴和側臉，模樣嚇人。竺珂想跟他道謝，但看到他的臉色，到底一句話也沒說，只是乖乖地跟在他身後。

快到晌午了，該買的東西基本上也都買完，竺珂心裡有些愧意，沒再說要買別的，只去繡鋪簡單買了幾個繡樣，便準備回去了。

元寶已經抓好了藥，老遠就在約好的地方跟他們打招呼。「謝紹哥！嫂子！」

謝紹拉著牛車走近元寶，對竺珂道：「妳和元寶在這裡等我，我去去就來。」

竺珂有些不解，見謝紹卸下了車上那張獸皮，當下便明白了，只道：「好，你小心些。」

謝紹點點頭，將獸皮一扛，重新朝集市的方向走去，元寶羨慕地說：「嫂子，妳都不知道謝紹哥可厲害了，我看那是張熊瞎子的皮，老值錢了！」

竺珂悄悄看了看前面男人寬闊的背影，喃喃道：「他是很厲害。」

「那當然，嫂子以後肯定能跟謝紹哥過上好日子的！」

對於元寶這句話，竺珂只是淡淡地笑了笑。視線一轉，瞧見了不遠處的煎餅攤。

「要吃煎餅嗎？」竺珂問道。

眼看是要吃午飯的時間了，元寶一上午就吃了兩個包子，剛才肚子就咕嚕叫了起來，見竺珂發現，不好意思地撓撓頭說：「我去買！嫂子妳要嗎？」

「買兩套吧，我給你錢。」一套煎餅有兩張，夠吃了。

元寶一開始拒絕，但竺珂說是幫謝紹買的。「拿著吧，還是你等會兒想讓謝紹拿錢給你？」

此話一出，元寶脖子一縮，乖順地接了過來。

這個集市上的煎餅也就是簡單的麵糊做的，一鍋麵糊裡面最多捨得放三個雞蛋，撒上蔥花、芫荽，刷點辣椒醬就算完事。好在剛出鍋的煎餅還帶著熱氣，能果腹散寒。

「嫂子，給，挺燙的！」

「謝謝。」竺珂小心地接了過來，沒立刻打開來吃，而是用油紙包包好，看了集市的方向一眼。

「放心吧嫂子，謝紹哥一會兒就會回來！」

「嗯。」竺珂輕輕應了聲，還是忍不住往集市的方向眺望。

大約過了兩炷香的工夫，謝紹的身影終於出現在巷子口。竺珂的眼神瞬間亮了起來，定睛一看後才發現，他似乎又買了點別的東西回來。

等謝紹走近，竺珂愣住了——一大包東西塞得鼓鼓的，裡面竟是幾疋棉布。

「走吧。」謝紹把東西往牛車上一放，回頭對元寶和竺珂道。

回去一路上，謝紹又跟來時一樣沈默了，竺珂看著那一包棉布，心裡有些疑惑。她瞧得出，這幾疋布料比她當時看上的要貴，但這是為什麼？謝紹是為了她又去了一趟布莊嗎？

還不待竺珂想明白這個問題，老天爺先跟他們作起了對來。前半天還是萬里無雲，這會兒卻突然烏雲密布，下起了大雨。雨點噼哩啪啦毫不留情地砸了下來，不出片刻，三人的衣衫都濕透了。

謝紹面色一沈躍下了牛車，元寶也趕緊下去幫忙，兩人取出遮雨用的油布，搭在牛車後頭。

「妳別動。」謝紹叮囑竺珂坐在原處，將油布蓋過她的頭頂，也覆住今天新買的東西。忙活了好一陣子，總算把遮雨的油布紮好了。竺珂坐在裡頭，只聽見豆大的雨珠砸在油布上的聲音——雨勢還沒轉小。

冷風颼颼地颳，因為這場雨，天氣更冷了。竺珂瑟縮在油布底下，緊緊地抱著胳膊，一張小臉凍得慘白，嘴唇打起顫來。

牛車的速度不減，一直到元寶家的時候，雨勢才稍微停了下來。金嬸和金叔擔憂地在門口等著，一瞧見牛車的影子，都趕緊上前幫忙。

元寶下了車，金嬸就對謝紹跟竺珂喊道：「先來我們家喝杯熱茶歇歇吧！」

謝紹看了牛車的後頭一眼，拒絕了。「不了，先回去吧，這會兒雨快要停了。」

雨是沒再下了，倒是冷風還在不停地颳，金嬸瞄了瞄油布底下竺珂的身影，說道：「行，那你先帶小珂回去換衣服吧，別受涼了！」

牛車繼續前行，又走了一會兒，才總算回到謝紹家門口。謝紹跳下車，一把掀開油布，把手遞給竺珂。

竺珂手心冰涼，微微顫抖地握住他的大掌，被他輕輕一提，人就下了地。她身上的衣裳濕透，這會兒緊緊地貼在身上，將姣好的身段完全勾勒了出來，加上她瑟瑟發抖的模樣，任誰看了都會心疼。

謝紹別過了頭，嗓音沙啞。「進去換衣裳，我去燒水。」

竺珂哆嗦著點頭，進了裡屋。她身上的衣裳已經濕透，輕輕一絞都能滴出水，當下也不敢耽誤，將衣物全脫了下來，又拿出乾淨的帕子，擦了擦頭髮和身子。

外頭廚房傳來嘩嘩的水聲，是謝紹在幫她燒水，竺珂換上一整套乾淨的衣裳，又將頭髮用布巾絞著，才走了出去。

「我來看著水，你去換衣服。」竺珂說道。

謝紹的衣裳也都濕透了，還沒顧得上自己，只道：「我去卸貨，一會兒再換。」

還好今天買的糧和布被淋著的不多，謝紹將東西全部搬了進來，又將牛車安頓好，這才換下一身濕衣。

水燒好了，謝紹拿來木桶道：「妳先去洗，祛祛寒。」

竺珂靜靜看著謝紹忙活，內心有些說不上來的情緒。若說他娶她回來只是為了救她，那現在完全可以讓她收拾包袱走人，可他卻沒有，不僅沒有，今天他為她做的這些事，甚至還稱得上是對她不錯。他之所以不願意跟她過日子，除了嫌棄她是青樓出來的人，竺珂實在想不出其他原因了。

水溫剛剛好，整個人泡進蒸氣繚繞的熱水裡，全身的毛孔都舒服得一震。竺珂伸手從竹籃裡取出一盒皂莢丟進盆裡，她仔仔細細洗了頭髮和身子，換好衣服後，從裡屋走了出來。

看到門口竟然多了個火盆，竺珂有些吃驚地望向在堂屋裡忙活的男人。

「漏風，怕妳冷。」這回答再簡潔不過。

「謝謝……」

「沒事。」謝紹見竺珂洗完，便從她身邊走過，準備把水提出來，只是掀開簾子那一瞬間，屋裡專屬於姑娘家剛洗完澡的香氣和熱氣瞬間撲面而來，令他不由得屏住了呼吸。

謝紹提水的動作很快，甚至看上去有些急，竺珂不明所以，只見他不過是提了幾桶水的工夫，額頭上卻有了汗意。

提完水，謝紹將門口的火盆挪了進去，說道：「進去烘烘頭髮吧。」

「好，你也去洗洗……」

竺珂走進裡屋，方才洗完澡的水霧雖然還沒徹底散完，空氣卻有點冰涼，此時有了火盆，溫度便不一樣了，她忍不住伸手靠到火盆旁取暖。山上的天果然很冷，看來的確該買厚一點的布。

兩人忙完以後，雨也停了。「我去金叔家還車。」謝紹說著就準備出門。

「好，你慢些。」竺珂送他到門口。

謝紹剛剛駕著車離開，她的肚子就不爭氣地響了。

竺珂悄悄地紅了耳朵，這才想起除了早上那一碗餛飩，到現在她其他什麼都沒吃，這會兒餓了倒也正常。她有些可惜中午買的兩張煎餅，它們早就被雨水淋透，沒法吃了。竺珂嘆了口氣，走到了廚房。

昨天還剩下一些米飯跟竹筍、青菜，她從櫃子裡取出一小包乾的粉條，用水泡上，準備煮個青菜粉條湯，再做個炒飯。

打散兩個雞蛋，金黃的蛋液連同鬆散的米飯攪勻，讓蛋液牢牢地裹住每一粒飯粒，接著熱鍋，爆香蔥蒜，米飯下鍋。半截竹筍被竺珂切成均勻的筍丁一起倒入鍋裡，翻炒幾下，又放了些新鮮的川椒和豆豉，香氣便立刻充斥了整個廚房。

另一口鍋裡熱起了豬油，豬油煲湯最是香，放入簡單的青菜粉條已是足夠。湯出鍋前和炒飯一樣撒上青翠的蔥花，簡單又迅速的一頓家常飯就算齊活兒。

這廂竺珂剛剛把飯、湯都盛了出來，院門口就傳來了謝紹的聲音。

竺珂笑著走出去招呼道：「回來得剛好，正好吃飯！」

見到謝紹往桌上放了新鮮的薑仔，竺珂便問道：「一會兒要熬薑湯嗎？」

謝紹點了點頭，直接坐下來吃飯。鬆軟的炒飯入口那一瞬間，謝紹只覺得半天的疲憊全被掃去。自從竺珂到了這個家，每天的吃飯時間竟成了他最期待的時光。

「慢些吃，別噎著。」竺珂胃口小，很快就吃飽了。吃完以後，她為謝紹盛了一碗湯，便起身去了廚房。

新鮮的薑仔已經被清理乾淨，她取出一口砂鍋，將薑仔跟蔥白切段後丟入鍋中，加清水進去煮，等水微微煮沸之後，再加入紅糖。小火慢慢地熬，砂鍋發出咕嚕咕嚕的聲音，辛甜的氣味也隨之飄了出來。

紅糖暖胃，生薑祛寒。這一碗薑湯入肚，大部分寒意都被驅散，只剩下全身的暖意。

今天天氣似乎有些反覆，到了下午又颳起風，飄起了小雨，一直到晚上都沒停。

竺珂在屋子裡面靜靜納著鞋底，她想趕緊把繡鞋換下來，也好盡快適應山上的生活。

此時風勢有些大，吹到窗戶上，發出了聲響。竺珂抬起頭，從簾子下看見謝紹去落鎖的腳步，又聽見他把打地鋪用的草蓆拿了出來。

竺珂坐不住了，她起身撩開簾子走了出去。「今晚這麼冷，你還要在堂屋睡嗎？」

謝紹的背影驀地一僵，回頭看著她，一語不發。

「進屋睡吧。」竺珂輕聲開口。

巨大的震驚和不可置信朝謝紹襲來，他幾乎僵在了原地。

「進來吧，風這麼大，地上又這麼涼，就算你在裡屋照樣打地鋪，至少也能暖和些。」

竺珂看著他的臉，平靜地說道。

這番話說完以後，對面的男人還是一動也不動，像個雕像。

她嘆道：「你要是著了涼，明天大家會怎麼看我？今日在集市上你也見到了，我本來就是——」

「不是！」男人急切地打斷了她。

謝紹唇瓣艱難地動了動，嗓子有些乾。「妳不是她們說的那樣，不必將那些話放在心上。」

竺珂呆呆看著他，良久，垂下眸道：「沒關係，反正我也不在乎。你對我有恩，就進屋吧。」說完，她就轉身撩簾子進了裡屋。

其實她內心有些忐忑，要是謝紹真的連跟她在同一個空間睡覺也不願意，那她乾脆早點離開，省得最後還要被人笑話。

幸好，外頭的男人雖然掙扎了很久，還是進來了。

竺珂一瞬間垂下眼，若無其事地坐在床沿繼續繡著手中的鞋墊。

平時做什麼都十分麻利的男人，這會兒竟然破天荒地有些窘迫，他躊躇了半天，才將蓆子鋪在離床最遠的門口處躺下了。

竺珂也將繡籃一擱，吹了燈上了床。

相顧無言，屋裡安靜得只能聽見呼吸聲和外頭的風雨聲。

「早些睡吧。」竺珂輕輕說了一句，另一側傳來了淡淡的一聲「嗯」。

風勢不減，竺珂翻了個身，用被子裹住自己，閉上了眼。

這段日子對她來說變化實在是太大了，以至於她自己都忘了一件很重要的事。睡到半夜，她身下忽然開始抽抽的疼，沒多久就是一片濕冷。

竺珂半夢半醒，開始哼唧了起來。

第八章　體貼入微

謝紹最近相當疲累，尤其是今日那一陣忙活，就算他體力再好，此刻也是很快便進入了夢鄉。

屋子裡正燒著火盆，空氣中還飄著淡淡的茉莉花香氣，無孔不入地將謝紹包圍起來，睡著睡著，隱約聽見了輕微的哼唧聲。

他作夢了。

高大茂密的森林裡大雨瓢潑，他像往常一樣，進山追趕獵物。一路跑，一路只能聽見自己的心跳聲和喘息聲。此時身後突然傳來了窸窸窣窣的聲音，他拿著弓箭，猛地轉頭，瞄準。

那是一輛牛車，車板上坐著纖弱瘦小的竺珂，她渾身被淋得濕漉漉的，抱著自己的膝蓋，睜著一雙水汪汪的杏眼看著他，模樣好不可憐。

「謝紹哥……」

聲音忽然從背後響起，謝紹轉過頭，只見她膚色白似雪，唇紅如櫻桃，腳上不知為何沒穿鞋，赤著足嬌滴滴地喊他。

「謝紹哥，我好冷……」

嗓音帶著哭腔，精準地在他心上撓了一把，謝紹自虐般地強迫自己不去看她。

「妳先下來，我帶妳避雨。」

「我下不來……」又是軟綿綿的一聲哭訴。

謝紹無奈地看了那輛牛車一眼，那個高度……她的確不方便下來。他掐了掐掌心，慢慢朝她走了過去。

「我拉妳。」他把繩子遞給竺珂，想用繩子拽著將人拉下來。

竺珂委屈巴巴地伸過手去，卻一個沒站穩，倒了下去。

謝紹眼疾手快地接住她，然後著魔般地伸出手，竺珂就這樣跌進了他懷裡。

她身子好輕盈、好柔軟……就像他第一次背著她時感受到的，那一朵潔白的花兒，即將在他懷裡綻放開來……

謝紹猛地睜開了眼，大口大口喘著氣。

周圍縈繞著淡淡的香氣與帶著熱度的空氣，身上的褂子濕透了，全是汗水，他懊惱地按住了頭。

耳邊傳來了真切的哼唧聲，謝紹頓時渾身僵硬，緩緩轉過頭以後，才確認了這不是夢，真的是竺珂的聲音。

黑暗裡，謝紹就像一隻敏捷的豹子瞇了瞇眼，隨後敏銳地察覺到竺珂有些不對勁。

掀開被子，謝紹沒有猶豫，迅速走到了床邊。

竺珂額頭上全是汗，借著月光，謝紹看見她小臉蒼白，神情不禁沈了下來——她這是病了？

他輕輕地拍了拍被子，竺珂隨即迷迷糊糊地睜開了眼。
她睜眼那瞬間，謝紹別過了身子。「妳病了。」
竺珂立刻沒了睡意，她忍著腹痛坐起身，身下冰涼又帶著濕意的感覺頓時讓她一僵。
完了，她把小日子給忘了。
「那個，你別轉過來。」竺珂一張臉瞬間紅得像熟透的番茄，她悄悄掀開被子一看，果然……
「你能不能先出去？」眼前這個情況讓竺珂想哭。
謝紹背對著竺珂，聽見她的聲音帶著哭腔，有些疑惑地說：「妳病了，需要我幫忙。」
「不、不，你出去就好！」這會兒，嗓音中還帶著焦急。
沈默了一會兒，謝紹道了聲。「好。」他沒回頭就走了出去，只是人就站在簾子外，並未走遠。
竺珂見謝紹離開，終於鬆了口氣，她從床上爬了起來，有些犯難。
月事帶是有的，只是現在這褥子和被子……竺珂懊惱極了。她這幾天過得渾渾噩噩，完全忘了這碼事，現在月事不僅來了，還小腹抽痛、手腳冰涼。
「沒事吧？」謝紹的聲音傳了進來。
竺珂艱難地開了口。「能不能麻煩你幫我打一盆熱水來？」
「好。」謝紹幾乎沒有猶豫地應了下來。
竺珂鬆了口氣，悄悄將髒掉的褥子和墊子換了下來，又取出包裹裡的月事帶，紅著臉穿好了。

熱水沒多久就燒好了，謝紹問道：「我能進去嗎？」

「嗯，可以。」竺珂的聲音細如蚊子。

謝紹幫她送了一盆熱水進去，他一進門，就看見竺珂換下來的被褥，表情不禁有些疑惑。

「謝、謝謝你。」

謝紹看到竺珂臉紅的模樣，又看了看換下的被褥，瞬間明白了。喉結迅速滾動了幾下，他感到口乾舌燥，方才在夢裡那種被火燒的感覺又來了，他猛然轉身走了出去。

竺珂臉更紅了——他應該是知道了。

嘆了口氣，她默默褪下裙子，開始清理。

謝紹站在門外，急促地喘氣。女人家這些事他懂得不多，只是以前在城裡幫人蓋房子時，工地上的男人嘴裡向來沒個顧忌，雖然他一般當沒聽見，但這不代表他什麼都不知道。

水聲嘩嘩作響，謝紹懊惱地走遠了。喝了兩大杯涼水，他才將胸口那股燥熱壓制住。

這樣下去不行……他朝裡屋的方向看了看。在黑暗中靜靜坐了一會兒，謝紹打定了主意。

竺珂很快就打理好自己，她端起木盆，想自己把水端出去，剛掀開簾子，謝紹就走了過來。「我來，妳進去。」

「不，這個——」竺珂剛要拒絕，謝紹已經把木盆接過去轉身走了。那盆裡還有血污啊……竺珂臊得慌，扭頭鑽回了房裡。

過了一會兒，謝紹回來了，手上還提了一筐子的木炭，朝裡屋的火盆添了幾塊。屋裡的溫度，更高了。

「熱，我出去睡。」謝紹把蓆子一裹，還是回到了堂屋。

竺珂看著那個火盆，手腳冰涼的感覺稍稍褪去了一些。沒了褥子，要是沒有這火盆，她今晚肯定難捱。

下半夜，謝紹再無半點睡意；竺珂下腹疼痛，卻獨自咬著牙，再沒吭氣。兩人像回到第一晚，一個在裡屋一個在外頭，各自睡不著覺。

天快亮時，竺珂仍舊睡得極不安穩。白天受涼淋了雨，半夜小日子又突然來臨，經過這兩下折騰，她竟是真的病了。

次日一早，竺珂醒來的時候就覺得渾身滾燙，軟綿綿的沒力氣，小腹也抽痛著，但她還是強迫自己穿好衣服，走了出去。

謝紹正在院裡砍柴，聽見身後的動靜，轉過頭去看，一眼就瞧出她眼下的烏青和蒼白的臉蛋，不禁皺了皺眉，道：「還沒好？」

竺珂愣住，忙道：「沒事，我沒事。」

她小臉明明慘白得很！謝紹當下臉色一沈，丟掉斧頭，大步朝她走了過來。

「怎、怎麼了……」竺珂有些慌張。

謝紹也沒多說，大掌輕輕在她額頭上一探，又飛快地收了回去，眼神更沈了。

「妳病了。」謝紹語氣堅定。

竺珂避開他的眼睛，說道：「沒、沒事，我沒那麼嬌氣。」

謝紹也不多說，轉身去了廚房。過了一會兒，他便從堂屋喊她。「過來。」

聽見他的呼喊，竺珂走了過去。

桌上放了一個碗，冒著白白的熱氣，她走近一看，是一碗滾燙的紅糖薑湯，裡面還窩了兩個雞蛋。除此之外還有一根山參，被切得薄薄的，上頭裹著糖水，是剛從鍋裡盛出來的。

「在山上病了不好請大夫，妳先把這個喝了，我知道一個祛風寒的方子，等會兒熬藥給妳喝。」說完他又轉頭走了，留竺珂一個人在堂屋。

竺珂被那白濛濛的霧氣模糊了視線，她慢悠悠地坐下，嘗了一口薑湯，紅糖的清甜帶著濃濃的參味，很好喝。

也不知是霧氣還是別的，啪嗒一聲，一滴水珠，落在了碗裡。

過了晌午，太陽終於露臉了。昨日還是大風大雨，今日山間的花草樹木就像是洗了一場澡，在陽光的照耀下閃閃發光，生機盎然。

此刻太陽不毒，曬在身上暖意融融，讓人倍感舒坦。謝紹坐在院中繼續忙活，阿旺則懶洋洋地趴在一旁搖尾巴。

「謝紹哥！你要的東西！」

原本寧靜的氛圍，被元寶的叫喊聲打破。

竺珂中午喝了紅糖薑湯配雞蛋跟山參，沒胃口再吃別的東西就回屋睡覺了，這會兒被元寶的聲音叫醒，睡眼惺忪地坐了起來，隨即感到有些驚訝。

謝紹的藥方效果意外的好，此時除了月事引起的些微不適，風寒似乎已經好了大半。竺珂整理了一下頭髮和衣裳，走了出去。

元寶拉了整整一牛車的材料，是些石塊、木頭還有土料。竺珂看了謝紹一眼，有些疑惑。

「謝紹哥，你需要我幫忙就儘管說。」

謝紹想了想，回道：「好，那你明日過來吧。」

「行，沒問題！」元寶笑呵呵地答應了，他轉頭看見竺珂，笑著打了招呼。「嫂子好！」

竺珂微微一笑，點了點頭。元寶離開以後，她疑惑地問他。「這是要？」

謝紹的目光瞥向那些材料，答道：「蓋房子。」

竺珂瞳孔猛然收縮——蓋房子?!

「天氣冷，重新蓋一間，給妳打個炕。」

「炕？」

「嗯，有了炕就不冷，現在不做床了，到時候妳睡炕。」謝紹走到牛車旁，開始打理那堆材料。

竺珂當然知道炕是什麼，可是蓋房子……她怔怔地站在原地，顯然沒想到這一齣。

蓋房子不是件小事，一般人家都會選擇在開春開工，但這時候已經快入冬了。謝紹這個決定做得急，只好叫金叔家的人來幫忙。

謝紹的名字在三陸壩村叫得響，他一蓋房，左鄰右舍就都知道了消息。

「謝家不是剛娶了媳婦，咋就這麼急著要蓋房了？」

「誰知道？你別看謝紹平時不聲不響的，手頭有錢著哩！」

「唉唷，誰讓人家剛娶了媳婦？聽說那女子……」

鄉間小路上，兩個婦人正嚼著舌根，卻被人從後方狠狠撞了一下，回頭一看，是眼神冷冰冰的金嬸。

大家都知道金家和謝家走得近，那些長舌婦不怕金家，但是害怕謝紹，當下立刻閉上嘴，提著籃子灰溜溜地快速走遠了。

金嬸朝她們的背影啐了一口，朝謝家的方向走去。

元寶和謝紹兩人此刻大汗淋漓，忙得熱火朝天。

竺珂的風寒已經好了，男人們在院子裡忙活，她自然就在廚房裡張羅。涼好了三大壺的茶水，竺珂拿了幾個碗走到院子裡喊道：「都歇歇，來喝點茶吧！」

謝紹停下手邊的工作擦了擦汗，元寶則是一溜煙跑過來道：「謝謝嫂子！」

竺珂也盛了一碗茶，遞給了謝紹。

「謝謝。」謝紹單手一接喝了起來。他喝得很急，茶水從嘴角溢出，順著下巴、喉結往下流，流到結實的麥色胸膛上，把褂子襟打濕了。

「慢些。」竺珂重新為他倒了一碗，說道：「中午我做紅燒肉，你還想吃什麼？」

「妳安排。」謝紹擦了擦嘴，把空碗遞給了她。

「都在啊？累壞了吧！」金嬸也到了，笑著推開了院子的籬笆門。「我就說今天天氣還算好，趕在這秋天把房子蓋好，冬天也不遭罪。」

「女人家懂什麼！蓋房子那是要看日子的，哪能光看天氣啊？」一旁的金叔吹著鬍子瞪她。他對蓋房子挺有心得，卻不像元寶天天都會來。

金嬸也不惱，笑著拍了他後背一下說：「就你懂得多！」接著便走到竺珂旁邊道：「走，嬸子幫妳做飯。」

「欸，好。」

金叔家來幫忙，自然是要留飯的，五個人的飯做起來不容易，竺珂一早就起來準備了。

謝紹大方，家裡也不缺肉，竺珂挑選了一塊上好的五花肉，肥而不膩，才剛剛處理好而已。

金嬸進來一看，咋舌道：「咋還弄這麼好的肉，給他們爺兒倆吃點糠菜得了！」

竺珂笑著說：「家裡什麼都缺，就是不缺肉，謝紹哥肯定讓做肉。」

金嬸想了想謝紹那倔脾氣，點點頭道：「那正好，我給妳帶了點曬乾的梅菜，既然做肉，那就一起蒸了，也不用別的菜了。」

竺珂驚喜地打開金嬸帶來的籃子，裡面放著曬乾的梅菜。她原本打算做紅燒肉，現在卻有了別的主意。「嬸子，那就煩勞您幫我洗洗，今天吃梅菜扣肉。」

肥瘦剛好的五花肉上湯鍋，加蔥、薑、黃酒、香料，煮透撈出，帶皮的那一片朝下，用油煸至金黃上色，放涼後切成筷子一般粗細的薄片，再刷糖漿、蜂蜜、醬油上色醃製。金嬸帶來的梅菜泡軟以後擰乾水分切成細末，再切紅椒線圈入油鍋煸炒。梅菜炒香盛出，鋪在碗底，醃好的肉濾掉湯汁，仔細整齊地鋪在梅菜上，然後上鍋蒸，用大火蒸小半個時辰，便可出鍋。

金嬸從沒用這麼細膩的手法做過菜，在一旁看得入迷。

鍋裡蒸著肉，竺珂走到後頭的粗陶罈裡掏了根酸蘿蔔切長條備用，再取出事先洗乾淨的莧菜汆燙，調味拌了拌，幾個紅皮雞蛋則是丟到鍋裡煮。

肉好了，米飯也熟了。金嬸喜孜孜地淨了手，跑到外頭喊道：「開飯啦！」

竺珂掌握火候的功力極佳，米飯不硬不軟、韌勁恰到好處，燉得軟糯的梅菜扣肉鋪在上面，底下埋著半熟荷包蛋，用筷子一戳，橙黃的蛋液就流了出來，和著米飯，香氣撲鼻。醃得剛好的酸蘿蔔很是開胃，涼拌的莧菜去火爽口。

這一頓飯，直教大夥兒半晌都沒了說話的意思，只剩下碗筷碰撞的聲音。

元寶吃得飛快，大口大口朝嘴裡扒飯，金嬸不禁恨鐵不成鋼地狠狠拍了一下他的後背。

「我平時餓著你了?!」

元寶一邊躲，一邊仍不放下手中的筷子，說道：「嫂子做的飯太好吃了嘛！那罐菌子肉醬，娘還不是讚不絕口。」

竺珂脆生生地笑著說：「慢些吃，廚房還有。」

金嬸略帶歉意地對她笑道：「我這個兒子實在沒出息，不過小珂手藝是真的好！那個菌子肉醬咋做的，妳一會兒也教教我？」

「行，沒問題。」

謝紹悶頭吃飯不說話，用心感受舌尖傳來的美味，只有挨過餓的人，才會特別珍惜這種滋味。一頓飯菜下肚，他全身湧現幸福舒適的感覺，平時銳利冷漠的眼神也多了幾分柔情，忍不住望了望那抹俏麗的身影。

她就像天上的月亮那般明晃晃的不真實，意外墜落到這個窮山溝裡，洗手為他作羹湯……眼前的景象雖然美好，不過謝紹深知這只是暫時的。

竺珂背對著謝紹，似乎是察覺到有人正在看她，下意識地回過頭。謝紹隨即慌亂地別開眼，低頭繼續吃飯。

抿了抿唇，竺珂回到廚房把剩下的米飯都舀了出來。男人們的飯量奇大，一鍋米飯最後全吃了個精光。

第九章　招人眼紅

蓋房子不是一朝一夕的事，更何況謝紹還要打個炕。炕下冬天費炭火，這山裡有炕的都是條件還不錯的人家，尋常人家有火盆就挨過去了。那些村裡的婦人，聽說謝紹要給竺珂打個炕，一個個帶著酸意，背後都說她是狐狸精。

這些話自然沒人敢在謝家門口說，竺珂當然也不知道，她正在廚房裡忙著熬糖水。秋天的金銀花曬乾，和菊花一起泡水，加黃糖用小火熬，糖不用太多，煮出來的糖水清潤入口、去火解熱，解渴最好。

金叔和金嬸先回去了，元寶一直幫忙到太陽落了山，也準備返家了。「謝紹哥，我明天再來！」

元寶走後，謝紹轉身又拿出木頭，在院子裡鋸了起來。

竺珂對這個男人有些沒轍，無奈地走過去說：「你就不能歇歇啊？忙了一天了。」

「沒事，我不累。」

竺珂拿他的倔脾氣沒辦法，只好又端了一碗金銀花露給他解渴。

甜甜的金銀花露帶著沁人心脾的味道，在舌尖縈繞。謝紹從小到大對食物的追求不過是填飽肚子而已，但自從竺珂到來，他才了解什麼叫人間美味。

吃人嘴軟，他為她蓋房打炕是應該的，謝紹心想。

他在院子裡幹活，竺珂就在屋裡做繡活陪他，她這幾天打了好幾個繡樣，都比集市賣的好看。鴛鴦戲水、蝴蝶牡丹……她撫了撫這些刺繡，若是綴在鞋面或團扇上，應該能賣個好價錢。

月亮悄悄爬上了枝頭，竺珂放下繡布走到廚房燒水。今天做了一天的飯，油煙大，竺珂愛乾淨，一定要洗個澡。謝紹顯然也有同樣的想法，兩人在廚房打了照面。

男人今天也出了一身的汗，竺珂斂了斂杏眼道：「你先洗。」

「不用，我提一桶水去後院沖一沖就行。」謝紹一邊說一邊把水倒進木桶，倒完以後順便幫竺珂提了水。

女人家洗澡麻煩，他一般只是隨便沖沖，但竺珂每次都要洗小半個時辰，也不知到了冬天怎麼受得了。

謝紹看了放在角落那個木桶一眼，這木桶比竺珂大不了多少，要是他，可能半個身子都坐不進去。之前是為了應急，現在想到她可能還要住上一段日子，他心裡有了想法——乾脆再給她打個浴桶。

木頭已經鋸好打磨了，架子費不了多少木頭，打個寬敞些、深一點的浴桶，冬天來了，也不會受了風寒。

竺珂不知道謝紹的想法，有這樣一個木桶，她已很是知足。

慢慢解開辮子用手指捋順，竺珂輕輕用水浸濕頭髮，抹上香脂。她最是愛惜自己這一頭烏黑又柔順的秀髮，平時捨不得用的香脂都願意用在上頭。

若是有香潤油就更好了……摻著香露的芝麻油，用來潤髮或擦臉，在冬天幫助極大。只是香潤油在市面上小小一罐就要幾百文錢，竺珂暫時還買不起。

洗完頭，竺珂開始淨身，她膚質好，身上不用潤膏也是手感軟嫩。之前在凝玉樓，她見過那些女子為了保持皮膚的彈性和光滑，日日使用昂貴的香潤油搽身，還要細細保養女子的私密之處。拿女子的月事來說，有的女子小日子來時味道重，柳嬤嬤便會在平時為她們調理，有一種香露就是專門呵護那處的。她偶然聽柳嬤嬤說過，那樣的香露和香潤油，品質好一點的，能賣一兩金。

絞乾頭髮、穿好衣裳，竺珂走到火盆旁烘頭髮。烘頭髮這事也有講究之處，烘到半乾的時候，她便不肯再烘了，免得頭髮過於乾燥，容易變得像稻草。

她忙活了一個時辰，堂屋裡的男人早已沈沈入睡。白日裡幹活辛苦，哪裡會像女子這般仔細呵護自己。竺珂入睡前覺得有些口渴，走去堂屋倒茶，竟發現他在草蓆上隨意躺著，身上只搭了一條薄薄的被子，睡得正香。

竺珂躡手躡腳靠了過去，也不知著了哪門子的魔，竟是走到他身邊蹲了下去。

謝紹一向警覺性高，今日看來是累極了，身邊近了人也不知。竺珂細細地看著他英俊鋒利的眉眼，眼中閃過了一絲心疼。

嘆了口氣，竺珂回了裡屋，心想早些賺夠錢要緊。她在江南有個遠房姑母，雖然好多年未曾聯繫了，但只要攢夠盤纏，或許還能去尋一尋。

次日天還未亮，謝紹便早早醒來，收拾好了草蓆和被子，照慣例來到院子裡。不過今日竺珂起得比他還早，正在雞圈旁蹲著，不知在擺弄什麼。

「怎麼起來了？」謝紹走近問道。

竺珂聽見聲音回頭，朝他脆生生一笑道：「睡不著，起來餵雞。」

她今日將頭髮梳成兩條辮子，穿了一件鵝黃的褙子，站在深秋的晨光中，就像一朵含苞待放的花兒，可愛得緊。

謝紹別開眼，看向她手中那個缺了豁口的瓷碗，伸手接過來道：「我來，妳去洗手。」

竺珂洗完手後進入廚房，準備做早飯。太陽一出來估計元寶就會到了，竺珂連他的分也備上。

麵粉和水揉捏成白胖的麵團，發兩炷香的工夫，秋天最後一茬韭菜剁碎，磕上幾個雞蛋，攪勻攪散，加鹽粒、香料跟少許油，上勁，放在一旁備用。麵團發好後揉成長條，切成大小一般的劑子，擀成中間厚、周圍薄的麵片，包進一大勺餡料，兩邊捏緊往中間一擠，一個白胖胖的餃子就捏好了。

開水下鍋，竺珂自己吃十個就夠了，謝紹胃口大，她一次為他煮了三十個。餃子在鍋裡沸著，竺珂又調了醋碗，她那碗只放了醋、醬油跟香油，給謝紹的還加了剁椒，辣味十足又開胃。

醋碗調好，餃子也熟了，竺珂把東西盛到堂屋，喊道：「我包了餃子，先吃早飯吧。」

誰知謝紹還沒開口，外頭就傳來了一道聲音，酸溜溜的。「好香啊！你們今天吃餃子啊？」

謝家院門口不遠處的小路上站著一個婦人，年紀看上去不算大，只是打扮得有些刻意。塗脂抹粉就不說了，一頭長髮還高高地豎起，用了不少頭油綰了一個不太合適的飛天髻，此刻她正朝謝紹家的院子裡張望。

竺珂來到村子之後，除了金嬸，還沒見過其他鄉親鄉鄰，她下意識地想和對方保持友好的關係，但那婦人就像沒瞧見她似的，直勾勾地盯著院子裡的謝紹，像是餓狼看見食物一般。

謝紹只回頭看了她一眼，就轉過身來朝屋裡走去道：「吃飯吧。」

竺珂有些疑惑，卻聽那婦人還在喊：「謝獵戶！上回你幫我挑的水沒了，能不能再麻煩你一下呀？」

這語氣稱得上是婉轉嬌吟，竺珂瞬間就明白了，她看了看謝紹的臉色，轉頭朝那婦人喊道：「嬸子，不好意思啊，他這兩日忙著蓋房，有些累！」

那婦人看清竺珂的模樣後臉色就稍稍變了變，一聽見這聲「嬸子」，臉立刻垮下來三尺長。

「誰是妳嬸子！」

竺珂裝傻，露出吃驚的神情說：「啊，那是……嫂子？」

謝紹眼底閃過一絲不易察覺的笑意，說道：「走了，進屋吃飯。」

竺珂收回視線，對謝紹露出一個燦爛的笑，答道：「好。」

兩人進了屋子，站在院門外的婦人氣急，跺了跺腳，低聲咒罵了幾句，這才轉身離去。

「她誰啊？」

謝紹面無表情，坐下端起碗筷道：「村東頭的薛寡婦。」

一聽說那人是寡婦，竺珂心裡便有數了。當下沒再說什麼，只是朝謝紹碗裡又撥了幾個餃子。

「嫂子！謝紹哥！」元寶來報到了。

「快進來！」竺珂熱情地招呼他。

元寶手上提著幾條還在扭動的活魚說：「嫂子，我娘讓我給妳帶的，今天剛撈上來，新鮮著呢！」

竺珂想上前去接過來，見活魚還不停掙扎，有些不敢伸手。謝紹便走過去接下，然後走到院子取了個盆子，將魚放到裡面去了。

「謝謝啊。」竺珂向元寶道謝。「還沒吃早飯吧，我去下餃子。」

元寶有些不好意思，但他實在是喜歡竺珂做的飯菜，撓了撓頭嘿嘿笑道：「謝紹哥可真的太有福氣了，天天都能吃到嫂子做的飯。」

竺珂笑了笑，沒說什麼，只是心念一動，問了句。「村東頭的薛寡婦，你知道嗎？」

謝紹還在院子裡處理那些魚，聽不到竺珂的聲音。

元寶一聽，立刻回道：「當然知道了！那個薛寡婦在我們村名聲不太好，我娘每次見到她都會繞路走。對了，嫂子妳問她幹什麼？」

「沒什麼。」竺珂搖了搖頭，忍不住又看了謝紹的背影一眼。

元寶馬上懂了，說道：「我給忘了，那薛寡婦老纏著謝紹哥來著。妳說她一個婦道人家，也沒點廉恥心……不過嫂子別擔心，謝紹哥從來沒給她一個正眼，再說了，就她那模樣，哪能和嫂子比！」

竺珂垂眸，輕聲道：「沒事，我就隨便問問。」

煮了頓餃子的工夫，謝紹已經把魚給清理好了，總共殺了兩條，開膛破肚、刮洗魚鱗，幫竺珂拿了進來。

「妳看著做。」

竺珂看了魚一眼，不得不佩服他的速度。「剩下的先養著嗎？」

「嗯，就在院子裡養著吧，隨殺隨吃。」

竺珂應了一聲，將那兩條剛宰殺的魚接了過來，往上撒了點鹽粒，覆上生薑、花椒跟蔥段，醃著去腥。

謝紹送完魚就出去忙了，元寶吃完餃子進來送碗，稱讚道：「這餃子太香了！」

「還要嗎？」

「不用不用，飽了！」

竺珂笑著接過了碗，元寶走上前小聲道：「對了，我之前聽我娘說，有一回薛寡婦想讓謝紹哥幫她挑水，知道要是她出面，謝紹哥肯定不答應，就讓自己才十歲大的兒子去挑水。

謝紹哥見了於心不忍，就替那孩子把水挑回去了，走到他家門口才發現，那是薛寡婦的家。從那之後，薛寡婦逢人就把謝紹哥幫她挑水的事掛在嘴上說，嫂子要是聽見了，可千萬別多想。」

元寶這麼一說，竺珂就明白了，原來剛才薛寡婦說的挑水是這麼回事。

「不會，你謝紹哥的為人我知道。」竺珂忙著醃魚，有些漫不經心地回道。

「那就好，那嫂子我先去忙了！」

男人們又熱火朝天地在院子裡忙了起來，竺珂則待在廚房處理那兩條魚。這是鰱魚，肉質細嫩，謝紹和元寶都喜歡吃辣，乾脆做個水煮香辣魚。在這樣的陰天吃，能發一身汗，不容易著涼。

說做就做，竺珂刀功極好，肥美的魚肉在她刀下被片成厚度一致的均勻肉片，接下來她又朝魚片倒入少許黃酒繼續醃製。

竺珂發現，謝紹一個大男人，泡菜醃得卻很不錯。她撈了幾根酸蘿蔔，見罈子裡面還有酸豇豆和酸白菜，就又各拿一些出來切好備用。豬肉剁成細末，和酸豇豆一起炒，今天沒做米飯，烙了餅子配著吃，正合適。

還不到吃飯的時間，金嬸就過來了，她見到竺珂後便神神秘秘地湊近道：「小珂啊，我剛才在來的路上，聽到薛寡婦說了些不太好聽的話，妳知道，這個薛寡婦啊……」

「我知道，她早上在院門口喊了幾句，我們沒理她，她就自己走了。」

金嬸一聽，臉色立刻變了。「呸！難怪呢！小珂啊，妳要是聽到什麼風言風語，可千萬別往心裡去。嬸子可以打包票，謝紹他絕不可能——」

「嬸子別說了，沒事的，我知道，我心裡有數。」竺珂看見謝紹走近的身影，連忙打斷金嬸。

金嬸回頭，也看見了謝紹，便道：「我跟小珂嘮家常呢。」

謝紹沒說什麼，點點頭，走到廚房拿起角落的一把斧子，又轉身回院子去了。

「嬸子，您來得剛好，我有件事可能要麻煩您。」竺珂走回裡屋，取來了幾個她剛繡好的繡樣。「嬸子幫我看看，這些要是賣給繡莊，能賣多少錢？」

金嬸低頭接過，仔細瞧了瞧，說道：「呀，這麼好的繡樣，肯定能賣個好價錢啊！」

竺珂眼神亮了亮，問道：「真的？」

待在李家那段時間，竺珂只負責做飯，雖說她以前從過世的母親那邊習得不少技藝，卻沒打算拿來養家。若是陳氏知道她的能耐，不知道會怎麼壓榨她，所以她對這方面的行情不甚了解。

「嬸子還能騙妳不成？我一個姓蘇的表姪女要出嫁了，她家算是富貴人家，尋了整個青山城的繡娘也沒找到合適的，最後勉強定了一家，那鴛鴦繡得沒妳的好看，還談了一個繡樣五十文的價格，那繡件嫁衣，不得要十幾兩？」

「那嬸子，您說我這個……能賣是嗎？」

金嬸翻來覆去地看，回道：「肯定能！不過小珂妳咋要賣到繡莊？繡莊收的話，肯定給妳壓價嘛。」

竺珂有些為難地說：「我也不認識什麼人……能賣出去就行。」

「怎麼了小珂，缺錢？」

「沒有，家裡的開銷和支出都是謝紹在管，我閒著也是閒著，能夠貼補貼補也好。」竺珂怕金嬸誤會，急忙解釋道。

「哦……」金嬸略有所思。「這樣吧，妳要是信得過嬸子，就把這繡樣給我一個，我幫妳問問去。」

竺珂大喜道：「太好了，謝謝嬸子！」

她連忙把繡籃裡繡好的繡樣都給了金嬸，每樣一個，看得金嬸是連聲讚嘆。

「小珂啊，憑妳的手藝真是屈才了。對了，妳要是真想賺錢，上次那個肉醬也能賺一波回來。」

竺珂笑道：「一步步來吧，先看看這些繡品如何。」

金嬸點點頭說：「是是是，只要一心往前走，日子肯定愈過愈好。」

第十章　落落大方

金嬸和竺珂在裡屋說了會兒貼心話，日頭也漸漸爬上來了。竺珂淨了淨手就到廚房去做飯，金嬸也打算回去了。金叔腰不好沒來幫忙，金嬸自然不會留下來吃飯。

魚肉已經醃製入味了。蔥、蒜切段，泡薑、泡椒切碎，鍋裡熱油，下了切好的作料，用豆瓣炒香，成了香噴噴的紅油。先將魚頭下鍋加水熬煮一小會兒，沸騰後再放入剩下的肉片，加入糖跟黃酒少許，丟一些乾辣椒，一邊燒魚一邊晃動鍋子，待料汁入味，再加醋和醬油提味。

竺珂還燙了一些新鮮的時蔬，放了一小塊嫩豆腐，最後將煮好的魚撈出，放在盤中擺好，鋪上蔥段和辣椒，淋上少許滾燙的熱油，就可以上桌了。

剩下的酸豆角肉末起油鍋趁著大火翻炒，為了中和辣味，竺珂還簡單炒了個小白菜。多虧今日元寶送來的鮮魚，吃得倒比平時奢侈些。

竺珂將烙好的餅子端了出來，招呼他們進屋吃飯。元寶看到眼睛都直了。

「除了餅子還有玉米麵窩窩頭，願意吃哪個就吃哪個。」竺珂主動遞了個窩窩頭給謝紹，裡面還填了一大勺的酸豆角肉末。

謝紹接過來道：「妳也坐下吃。」

元寶羨慕的眼神在兩人之間穿梭，忍不住說道：「嫂子和謝紹哥關係真好。」

竺珂抿唇笑了笑，坐到謝紹對面用飯，一盤香氣四溢的水煮香辣魚，很快就在碗筷聲中見了底。謝紹和元寶吃得滿頭大汗，爽快異常，竺珂端來一壺涼冷的菊花茶，幫兩人都倒了一杯。

太陽落山後，今天的活兒全幹完了，元寶臨走前，竺珂還將鍋裡的烙餅備了一份給他。謝紹累極了，吃完飯後沒再擺弄那些木頭，鋪了床倒頭就睡。

竺珂有些心疼他天天這麼疲累，卻不肯上床去睡。她走到謝紹跟前，見謝紹那床薄被已經洗得有些發白了，她便輕手輕腳地取了自己一床新的小褥子搭在他身上。

這幾日愈來愈冷，謝紹早就把自己買的新被子給了竺珂，他既然不願意進裡屋，竺珂就只好用這種方式表達一下自己的感激。那床新褥子是淺藍色的，上面還綴著白色的百合花，帶著淡淡的香氣，肯定比男人的薄被要舒服些。

做完這些，竺珂才躡手躡腳地回了房。她不累，加上聽了金嬸那番話，心裡燃起了一絲絲希望，想趁著晚上再多趕幾種繡樣出來。再說，上次謝紹幫她扯的棉布還沒開始動手做，她決定做成砍袖的夾襖，不顯臃腫，也夠暖和。

屋裡的煤油燈一直燃到了二更天，竺珂揉了揉眼睛，吹了燈，這才睡下了。

後半夜颳起了狂風，有些搭房子用的材料被風吹落，發出了聲響，謝紹幾乎是瞬間就驚醒了。

黑暗中，他像頭獵豹判斷眼下的情況，撩起被子準備出去查看。結果他手一摸，頓時就停住了。帶著馨香的一床褥子，鬆軟、溫暖，明顯不是他的東西。謝紹眯了眯眼，看向裡屋的方向。

屋外的事要緊，謝紹推開門走了出去。竺珂後半夜一睡，睡得有些沈，並不知道外面發生的一切。

謝紹在院中將那些材料擺到避風的位置，又鋪上油布，四角用重石壓住，這才重新回了屋子。

走到鋪前，他看了那床褥子一眼，有些糾結猶豫，但最終還是蓋上了。淡淡的茉莉花香縈繞在空氣中，謝紹微不可聞地嘆了口氣，揉了揉太陽穴，閉上了眼。

「謝紹哥，我好冷。」

又是相同的夢境，這回竺珂只穿了一件純白的裙子，就像在河邊相遇那日似的。她赤著足，下半身被水浸濕，兩條纖細的腿若隱若現，勾著男人朝她走去。

「謝紹哥，我腳好痛。」

夢裡竺珂坐在河邊的石頭上，不知危險地抬起赤足，遞到他眼前，白嫩如玉的小腳被鋒利的礫石割出了幾個小小的口子，沁出幾粒血珠。

竺珂的聲音嬌滴滴中帶著哭腔，精準擊中謝紹的心口，幾乎是著魔一般，他伸出了手。那纖細的腳，一隻大掌竟能完全握住，他呼吸頓時變得粗重，抬頭正要對竺珂說話的時候……

夢境戛然而止。

謝紹和上次一樣猛然坐起身，大口大口喘著氣，眼眸幽深，接著他感受到了自己褲襠裡的異常。

良久，謝紹給了自己一巴掌，懊惱地按住了頭。

這樣的事以前也發生過，他畢竟是個血氣方剛的小夥子，只是……謝紹朝裡屋的方向看去，再沒了睡意。

天剛微微亮，整個村莊都還在沈睡之中，晨曦的露水在花瓣上要掉不掉，清風還帶著深秋的寒意，謝家這個小院子卻已經忙碌開了。

謝紹洗了衣裳和那床褥子，搭在院中晾衣桿的角落裡，帶著點遮遮掩掩的味道。

今日天氣不錯，太陽悄悄爬上了山頭。幾天沒放晴了，陽光曬得謝家小院暖意洋洋，阿旺舒服得在院子裡直用爪子搔脖子。

因為暖和的緣故，竺珂稍稍起遲了點，等她出來的時候，謝紹已經簡單備好了稀飯跟饅頭當早點。

竺珂有些抱歉地說：「怎麼不叫我？」

謝紹反常地不敢看她，只道：「不費事，隨便做了點。」

元寶今天來得也早，竺珂吃過早飯，看了看外頭的陽光，就決定把髒衣全部拿出來洗。

她有些奇怪地看了看晾衣桿上搭著的褥子和謝紹的衣裳，心想怎麼這人一大早起來就洗了這些？

察覺到她的視線，謝紹更是不敢回頭了，耳根處微微發燙，動作有些侷促。

謝家院子井邊的石案上雖然能洗衣裳，但是畢竟小了些，金嬌看到天氣不錯，主動跑來叫她。「小珂，跟我去河邊洗吧，今天日頭好著哩！」

竺珂有些猶豫地看了看謝紹的背影，她來了這些天，除了那次去集市，還沒踏出過這謝家小院呢。

「走吧，有嬸子在，怕啥！」

「這就來。」竺珂最後還是應下了，她將髒衣全部收拾進桶，提著桶子和皂莢就走出了院子。

竺珂剛剛踏出門口，謝紹就像是跟她心有靈犀般地回頭看了一眼，眼底閃過一絲猶豫，但到底沒說什麼。

「趁著今天天氣好，跟嬸子出去走走，熟悉熟悉村子，家裡的活兒就交給男人幹！」

三陸壩村的風景是出名的好，謝家住得高，從謝家到河邊要走一道很長的下坡，路上的景致有深秋獨有的絢爛。楓葉染紅了整條路，路邊的野菊生命力頑強，番紅花一朵賽一朵地開，幾棵高大的桂花樹佇立路邊，灑了滿地的細碎金黃。

見竺珂看得癡了，金嬸抿嘴笑道：「怎麼樣，出來走走，景色不一樣吧？我們三陸壩村雖然窮了些，但風景絕對是青山城數一數二的好，尤其是桂花，這裡還不是最美的，後山有一片桂花林，那才叫開得好看，老遠都能聞見香氣！」

竺珂彎了彎眉眼，走到路邊，摘了一朵不知名的黃色花朵，這花表面彷彿塗著一層蠟，晶瑩油潤，花蕊有點像桂花，比花瓣的顏色略深一些，甚是好看。

兩人一路說笑，很快就到了河邊。那條小河河水清澈，兩岸已經有不少婦人先到了。上游的位置最難搶，好在金嬸早早就占了位。

竺珂走近的時候，岸邊幾乎所有婦人的眼神都跟了過來，原本嘰嘰喳喳的說笑聲也轉小了。抿了抿唇，竺珂裝作沒看到這個情況，靜靜跟在金嬸旁邊。

那些婦人裡自然包括了薛寡婦，她每次出門都把自己打扮得光鮮亮麗、花枝招展，但是這些裝扮在竺珂面前實在是顯得太過張揚了。

竺珂今日穿的衣裳是淡藕色的，隨意綰了個簡單的髮髻，插了一支桃花銀簪，青絲垂到耳邊，小巧玲瓏的白玉珠耳鐺隨著步伐搖曳，此外再無別的首飾。她膚色白皙，一路走來微微發了些汗，襯得面色紅潤，一張紅唇無須口脂也是鮮豔欲滴，不施粉黛卻比刻意描摹多了一分自然的美。

一時之間，眾人的眼神都有些發直了。這三陸壩村，還沒出過這樣的美人兒。

「狐狸精……」

薛寡婦陰陽怪氣地嘟囔了一句，聲音不大，周圍的婦人卻都聽見了。有的人之前沒見過竺珂，以為不過是秦樓妓館裡那些妖豔女子，可眼下看看人家，全身上下沒一絲不得體的地方，甚至比一般女子樸素得多，那些尖酸刻薄的話突然就這樣卡在喉嚨，怎麼也說不出來了。

老天造人的時候就偏了心，找誰說理去？

金嬸身子一歪，替竺珂擋住了旁人大部分的視線，又道：「別理她們。」

竺珂點點頭，將髒衣放在擣衣石上，開始清洗。即使金嬸就在旁邊，那些婦人也時不時伸長了脖子往這邊瞄，恨不得頭頂長出眼睛來，幾次都被金嬸給瞪了回去。

這村裡洗衣裳用的都是最便宜的皂莢葉，竺珂也用皂莢，但她會根據衣物種類使用不同的洗劑，像一些貼身衣物，用的都是香胰子。

香胰子起泡豐富，帶著香氣，不遠處一個在下游的婦人發現了，立刻喊叫起來。「謝家娘子用的是香胰子？這可是珍貴的什物！」

此話一出，許多婦人都瞧了過來，七嘴八舌地聊開。

「呀，這謝獵戶賺錢也不容易，用香胰子洗衣裳，可真夠奢侈的。」

「可不是嘛！」

薛寡婦立刻接嘴。「就是，我說妹妹啊，持家過日子得精打細算些！那香胰子多少錢啊，至少也得五十文吧？我看妳洗的也不是謝獵戶的衣裳吧？」

「關妳什麼事！我說薛小梅，妳今年也三十了吧，叫小珂妹妹，妳也不害臊，妳兒子比人家都小不了幾歲！」金嬸毫不客氣地嗆了回去。

薛寡婦一聽，臉色頓時掛不住了，怒道：「妳胡說！我明明剛滿二十九！」

河邊的婦人都笑了，這二十九跟三十，也值得爭辯？

竺珂眼神淡淡的，沒有絲毫怒意，金嬸幫她說話，她很感激。微微笑了笑，她開口道：

「謝謝各位嫂子跟嬸子關心，這香胰子是我自己做的，費不了多大工夫，用皂角跟一些糖和油就行了，花不了什麼錢，嬸子和嫂子們要是有空，也可以試試。」

喧鬧的聲音驟然停止，四周安靜了下來。竺珂的聲音柔柔的，很好聽，而且相當溫和，剛才碎嘴的幾個人都垂下頭，不再多說了。

河邊再次回復平靜，竺珂正默默洗著衣服，肩膀突然被輕輕拍了拍。

她回過頭，就瞧見一個和她年紀差不多大的女子有些羞怯地蹲在她身後，朝她笑道：「那個……我能問問，妳這香胰子是咋做的嗎？」

竺珂見她的打扮，猜出應該是剛過門沒多久的新媳，見她面容和善又和她年紀差不多，便也朝她笑了笑，說道：「這法子不難，只是我三言兩語也說不清，要不妳改日到我家來，我再給妳講講？」

那新媳猶豫了一下，點頭應道：「行，那改日我去找妳。」

竺珂笑著答應。

沒一會兒的工夫，日頭已經爬得老高，河邊洗衣服的婦人陸陸續續離開了，畢竟還要給家裡做午飯，可不能一直待在這裡。

那新媳走後，金嬸小聲對竺珂說道：「那是方家的新媳婦，好像叫王桃桃吧，為人不錯，不像那些長舌婦。不過小珂妳這方子不簡單吧，咋就這麼輕易告訴人家呢？」

竺珂笑道：「沒什麼的，只是一些土法子，根本算不得什麼，金嬸要是想知道，我也能告訴您。」

「行，那妳改日也教教我，我聞著還挺香的！」

兩人說說笑笑間，也準備起身返家，竺珂這一桶衣裳見了水，重量自然沈了不少，加上回去的路又是上坡，她頓時犯了難。

「我來幫妳。」

金嬸見竺珂費勁，二話不說就要幫她提，竺珂連忙拒絕。「不不，您自己還有一桶呢，還是我來吧，早晚都得習慣的。」

見她堅持，金嬸沒再勉強，只是陪著竺珂走得慢些，兩人走走停停，就到了那個最難爬的大坡跟前。

竺珂放下木桶輕輕喘著氣，因為熱，臉蛋飛上了兩朵紅暈，烏黑的髮絲也沾了汗水。她用帕子擦了擦臉，剛準備收起帕子時，就看見坡上出現了一個熟悉的身影。

竟是謝紹，他身後還跟著元寶和阿旺。

阿旺飛快地朝竺珂跑來，這段日子一人一狗早已熟悉，竺珂每日都會餵牠一些肉骨頭和剩飯，阿旺現在見了竺珂比見了謝紹都親熱。

金嬸也有些吃驚，只見元寶走到她身邊說道：「娘，我幫您提。」

竺珂還愣在原地，謝紹已經走到她跟前，輕輕鬆鬆就拎起那一大桶衣裳，視線只在竺珂臉色停留了一瞬，就別過頭走了。

金嬸笑道：「就跟妳說吧，謝紹還挺會心疼人的。」

「娘，我也心疼您啊。」元寶不甘示弱道。

「你這臭小子，平時咋沒見你過來幫我，這會兒倒記起來了！」

金嬸和元寶兩個人笑鬧著，竺珂卻靜靜看著謝紹的背影，心口泛起了一絲絲甜。

其實他們來幫忙這事呢，還多虧了元寶推波助瀾。

今天天氣好又暖和，活兒自然幹得快，元寶早就看出謝紹有些心不在焉，轉了轉眼珠子便道：「謝紹哥，我一會兒去幫我娘提衣裳啊，那道坡太長了，回來路肯定難走。」

元寶說完以後就留心謝紹的反應，見他無動於衷，還以為自己猜錯了，不料到了晌午，元寶自己把這事忘了，謝紹卻丟下手中的活計，看了他一眼道：「走。」

「啊？喔喔，走，立刻走！」

第十一章　開拓財源

元寶先幫金嬸把衣裳提回去，說是吃完午飯後再來。回到謝家的小院子，謝紹將桶子放下，準備幫竺珂晾衣服。

「我來吧。」竺珂不願意再麻煩他，接了過來。

謝紹垂眼見到桶子上方是件粉色的小衣，頓時下腹又是一陣滾燙，趕忙收回手道：「好。」

竺珂去了河邊一趟，自然沒來得及準備午飯，謝紹便將早上的稀飯和饅頭拿出來準備將就一下，不過竺珂卻還是堅持為他煮了個蛋花湯、熱了一盤臘腸，兩人輕鬆地吃了頓午飯。

「再十天房子就能蓋好，明天打炕，挨著東邊的牆，行不？」謝紹一邊吃飯，一邊問竺珂的意見。

「我都可以。」竺珂挾著菜，小聲應道。

「這段日子做飯辛苦妳了，等房子起好，元寶不會再來，妳每天弄簡單點就行。」

「不礙事，反正我也幫不上其他忙。再說了，這些食材還不都是你的？」

竺珂說完後，謝紹就沒再搭腔了，吃完飯，謝紹搶著收拾碗筷，令竺珂有些哭笑不得。

吃過飯，元寶和謝紹在院子裡揮汗如雨，金嬸則喜孜孜地來告訴竺珂一個好消息。

「金嬸，您說的是真的?!」

金嬸一路跑來，臉上帶著汗，表情卻是止不住的開心，回道：「那當然！我昨天回去就把繡樣託人帶過去了，今天回話的人說我那表姪女一眼就看中了，說是一定要請妳給她繡一件嫁衣，用鴛鴦並蒂的樣式就行了。小珂啊，嬸子就說妳手藝好，錯不了！」

竺珂喜上眉梢道：「那她有沒有說什麼時候要？」

「她的婚期在月底，有些急著要。本來是訂好了一家繡莊，可是瞧過了妳的繡樣，她立刻就喜歡上了，所以……小珂，我那表姪女家裡富裕，他們說妳要是來得及繡好，會給十兩銀子！」

「可以的，月底是吧，還有半個月呢，我趕趕就行，沒問題。」好不容易有了機會，竺珂自然要牢牢把握住。

「行，那我就放心了，我一會兒就派人傳話去。那邊說了，要是妳點頭，繡布立刻送到。妳還需要什麼東西不？我去外頭順便給妳捎回來。」

竺珂低頭想了想，做繡衣不比繡荷包或帕子，她可能需要繡架。只是買現成的話……她下意識地看向謝紹。

只見謝紹放下手中的活計，朝她們走過來，說道：「我去吧，她可能要繡架。」顯然是將兩人的對話聽了去。

竺珂怔怔地看著他的側臉，金嬸想了想，回道：「也好，那讓元寶跟你一起去，讓他多鍛鍊鍛鍊！」

金嬸離開以後，竺珂忍不住走到他身邊問道：「你怎曉得我要繡架？」

謝紹俯身去搬地上的木頭，說道：「我娘曾是繡女。」

竺珂點點頭，喃喃道：「等這繡衣成了，銀子一到，就全拿來還你。」

這句話，謝紹似乎沒聽見，他大步朝前走去，準備跟元寶去城裡採買。

元寶和謝紹不在家，竺珂就想找些事情做。

她之前繡好了一條「金桂飄香」的帕子，帕子是白色的，其中一角繡了一棵小小的桂花樹，上面綴著點點金黃，竺珂利用留白處合理分配一些飛舞在空中的花瓣，繡得栩栩如生，倒真像是風吹散了一樹的桂花。

唯一美中不足的是，差了點香氣。

竺珂靜靜思考了一下，要是能採一些桂花回來，想辦法讓帕子沾上桂花的香氣，倒是比市面上賣的那些帕子多了些心思和特點。

謝紹家的院子裡就有一棵桂花樹，這棵樹還不夠大，不過她現在只是想試試效果如何，並不需要太多花瓣。

採摘了大概小半筐的花瓣，竺珂進了廚房。她不會什麼製香的法子，不過她待在凝玉樓的時間見過不少世面，香胰子的作法也是那時學起來的。

竺珂打算做桂花香膏。將桂花浸泡一會兒，再不斷擰出花汁，至於成形的方法，則是要利用香草木的樹脂，樹脂要靠熬樹枝逼出來，模樣就像潔白的羊脂玉一樣。其實運用豬油也是種方法，不過做做香胰子還行，要是製造女兒家用的香膏，那效果就不如樹脂了。

樹脂還未熬成形，竺珂便將桂花的花汁倒進去繼續攪拌，這種法子是她自己想的，能不能成是個未知數。

熬到小火微沸就要立刻離火，放在陰涼處涼冷成形。竺珂有些緊張，她見過上好的桂花香膏，色澤是透明微黃的。

天氣涼，脂液很快就能凝結成塊，竺珂看著這一小罐液體慢慢變成了乳白色的膏體，微微有些失望。

果然，只靠這種法子，不能做出上好的香膏。

不過竺珂還是將成形的膏體轉移到了一個小瓷罐裡，用指尖輕輕塗了一點湊到鼻尖聞了聞——氣味意外的還不錯，沒有想像中那麼差，竺珂有些驚喜。

桂花的香味還原了大約八成，香草木自帶淡淡的木香，這樣的組合，中和了桂花的甜膩氣息。

竺珂再用指尖沾了點香膏，在那條帕子的桂花花瓣上輕輕點綴，過沒一會兒，這帕子就成了名副其實的「金桂飄香」。

專心做著香膏，竺珂沒注意時間，等她做好，天已經黑了。謝紹和元寶是下午才趕去城裡的，時間緊迫，到了天黑才出現在謝家院門口。

竺珂忙去迎接他們，謝紹從牛車上一個箭步跳了下來，牛車上有一個用布裹著的大件什物，應該是繡架，天色暗了，竺珂瞧不清楚。
元寶幫忙謝紹一起將繡架從車上搬下來，竺珂這才注意後頭還有一個木箱。
「是繡布，那家東西要得急，今天就順帶差人給送過來了。」謝紹解釋道。
竺珂點點頭，忙跟上去搭把手。
繡架搬進了屋子，元寶就先回去了。謝紹一個人將繡架挪進裡屋，放在火盆的旁邊。
「妳看看大小。」
竺珂走過去仔細看了看，又用手摸了摸——質感細膩、表面光滑，是樟木做的繡架。
「這是樟木，應該很貴吧？」
謝紹出了一身的汗，正在用麻布巾擦頭，回道：「不貴，託了個熟人，二兩銀子。」
竺珂暗忖，二兩確實不貴，一件繡衣便能將本錢賺回來，要是日後還有訂單，那就是一本萬利的生意。
她從繡籃裡取出了一條帕子，不是那條沾了桂花香膏的，而是她特地為謝紹做的，簡簡單單繡了「平安」兩字。
「用這個擦吧。」
謝紹一怔，看了看竺珂手上潔白的帕子。香香的白帕子是姑娘家用的，她經常用來擦手和嘴，這樣私密的東西……
「不用，會弄髒。」
「這是給你的，新的……」

謝紹愣了一愣，便伸手接了過來——果然是條新帕子。他原本想拒絕，畢竟他一個大男人哪裡會用這種東西，但是見竺珂這幾日有空便趕製繡品，眼下都有了淡淡的烏青，這是她的心意，他實在不忍心說不。

將帕子塞進了胸口的衣兜，謝紹別開眼道：「多謝。」

竺珂斂了眉眼道：「沒事。」

此刻她心裡想的是：笨蛋，帕子是要讓你現在拿來用的，揣起來做什麼！

「妳試試這個。」謝紹指了指繡架道。

竺珂點了點頭，坐在繡架前面，高度、寬度都很剛好，她又伸出手細細感受了一下。

「很好，真的很合適。」

見她喜歡，謝紹漆黑的眼底閃過了一絲笑意。

「你餓了吧？我去廚房給你做點飯。」竺珂站起身道。

「隨便做點什麼就行。」

竺珂自然沒聽謝紹的，中午吃得那樣隨便，下午他和元寶又趕去城裡，回來之前肯定沒吃東西。

白天做饅頭的麵粉還剩下一些，竺珂正好和水發麵，再取出不大不小的一塊肉，剁成了細碎的肉末，又從院子裡摘了新鮮的嫩蔥與菠菜。嫩蔥碎成蔥末，和肉末一起攪拌，加鹽粒、花椒、胡椒粉調味，放少許油，最後打了一個雞蛋，上勁攪拌，準備做香酥肉餅的餡料。

竺珂做起麵食來特別麻利，圓圓的麵團子按扁，裡面包進餡料再壓扁，用擀麵棍來回一滾，成了餅子的形狀，就下鍋去炸。麵餅裡放了少許的酥油，這樣烙出來的肉餅顏色金黃，一口咬下去，表面酥脆、內裡鬆軟，餡料香氣撲鼻。

肉餅烙好後，竺珂又用菠菜、豆腐還有雞樅做了一道青菜湯，雞樅味道鮮美，不需要高湯也是鮮美至極。菠菜提前汆燙去除澀味，豆腐嫩白、菠菜翠綠，配起來也好看。她本來還想再炒一個菜，見天色實在有些晚了，便就此打住。

謝紹咬了一口肉餅，頓時愣在當場。

「夠嗎？不夠的話我再炒一個菜。」竺珂關心地問道。

「夠了。」謝紹忙道。這肉餅如此美味，便是沒有青菜湯，也讓他相當滿足。

謝紹一口氣吃了兩個肉餅，才緩過來喝了一碗湯。竺珂看著他的側臉，有些心疼，看來他真是餓壞了。他一天要幹那麼多活，二十出頭的小夥子，光靠稀飯和饅頭怎麼撐得住。

這樣想著，竺珂默默下定決心，以後要努力改善伙食。

謝紹吃完飯，竺珂搶著要去收拾，這次他倒是沒攔著，眼神也柔和了一些。「妳過來，我給妳做的東西好了。」

竺珂淨了淨手，好奇地跟著他走了過去。

是一個木頭打成的架子，分成了四列，一看就是上好的木工活，竺珂這才想起他某天說過要幫她打個架子。

只不過竺珂以為至少要等到房子蓋起來之後才能動手，沒想到他這麼快就做好了。她剛要道謝，眼神一轉，竟看到了另一樣東西——

一個浴桶。

「剩下的木頭剛好夠，就給妳再打了個浴桶。之前那個有些小，以後不用了。」

這個浴桶相較於她現在用的木桶，的確大多了，也深了不少，每一塊木板都被細細打磨過，絕對不會刮傷她的皮膚，厚實安全，就像謝紹這個人一樣，貼心至極。

竺珂看著這浴桶，有些出神。

謝紹幫她把這兩樣東西往屋子裡扛，浴桶暫時放在後院，架子則要擱置好，畢竟竺珂好些行李還在竹筐裡放著。

架子的大小剛剛好，放在裡屋的櫃子旁邊，竺珂喜孜孜地將竹筐裡的東西分門別類收拾出來，沒一會兒，竹筐就空了。她帶來的東西不多，只放滿了架子其中的一列，另外三列足夠她日後放些別的。

謝紹躺在堂屋，單手枕在腦後，側耳聽著裡屋叮叮咚咚的聲音，竺珂的好心情似乎透過這些聲音傳染給他，平日冷峻的面容浮現了一絲笑意。

竺珂是帶著甜蜜的心情入睡的，一覺到天亮，卻突然被一陣嚎叫聲給吵醒了。

這陣叫聲十分慘烈，竺珂猛地從床上跳起，卻發現謝紹還在外頭慢條斯理地收拾。

「這是什麼聲音？」

謝紹回頭，看見竺珂驚慌失措的小臉，忍不住笑了笑，答道：「村口殺豬。」

竺珂鬆了口氣，原來是殺豬……她沒見過殺豬的場面，自然不知道豬會叫得這麼淒厲。

元寶從不遠處跑了過來，一路跑一路喊：「謝紹哥！村口殺豬，請你過去呢！」

謝紹慢條斯理地走回屋子，再出來的時候，已經換了另一身衣裳，他問道：「想吃什麼肉？」

「嗯？」竺珂愣了愣，才發現謝紹是在問她。

「嫂子，去幫忙的人可以隨便挑肉。」元寶解釋道。

竺珂這才明白，她猶豫了一會兒，說道：「帶點腸子回來吧，給你們做炒肥腸。」

「欸，好！」元寶信誓旦旦地說：「我保證給嫂子帶回來！」

謝紹拿起牆上掛著的竹簍，裡面裝的是他的刀具，準備好了以後，他便和元寶一起朝村口方向去了。

竺珂目送他們走遠便回了裡屋。繡架昨天剛搬回來，今天正好派上用場。單單用手摸了摸那姑娘送來的繡布，竺珂就知道是上好的料子，這樣的料子若是繡毀了，她可賠不起。

小心翼翼地將繡布固定在繡架上，竺珂又將火盆挪得遠了一些。嫁衣的樣式她昨晚已經想好了，從袖口處開始細細下針，不容易出錯，也好修改。

認認真真地繡了一整個上午，待抬頭歇歇眼睛的時候，已經聽見了謝紹和元寶的聲音。

竺珂連忙起身朝外走去，只見謝紹走在前，元寶跟在後頭，兩人雙手全拎得滿滿當當。

「這麼快就好了呀？」

元寶一見竺珂，嘴角止不住笑意地說：「是啊嫂子，妳可真該看看去，原本以為是一頭豬，誰知道是三頭！謝紹哥可真厲害，三下五除二，就搞定那三頭豬了，把那些逞能的人看得是目瞪口呆。」

謝紹沈默不語，見兩人身上都沾了些血腥，竺珂一邊笑，一邊拿出盆子打水道：「都先洗洗吧。」

「好，這味道真是臭死了。」元寶嘴上嫌棄，面上卻高興。殺豬不是個輕鬆活計，今天他給謝紹打下手，村長自然沒忘記他，單是豬下水就給了整整五斤，還得了一塊上好的五花肉。

謝紹那邊更厲害，村長本來要直接分一條豬腿給他，他拒絕了，單要了三頭豬的大腸。村長一愣，倒沒勉強他，只是除了大腸，還多給了一副豬肚和五斤排骨。

竺珂笑咪咪地看著這些戰利品，大聲宣布。「元寶留飯，今天我給你們做爆炒肥腸！」

「太好了，我今天可有口福了！不過嫂子，這腸味重，能好吃嗎？」

也不怪元寶心存疑問，三陸壩村的人不太會處理豬下水，味道重，自然不好吃。

「你等著瞧！」竺珂揚起小臉，帶著幾分驕傲。論起做飯，這點自信她還是有的。

謝紹將她這副模樣收入眼底，忍不住勾唇笑了笑。

第十二章　新居落成

肥腸難洗，竺珂燒了整整兩大鍋熱水放在盆子裡，加了溫水進去，又放入大量的粗鹽和油——這油才是收拾豬下水的關鍵，捨不得放油，自然洗不乾淨。還有那大腸裡面的肥油，也是萬萬不能留的，竺珂全部用剪刀清理得一乾二淨。

洗好的肥腸還要汆水，燙一遍之後，再用冷水洗乾淨，切成小塊。炒肥腸也要捨得下料，包括蔥、薑、蒜、花椒等，新鮮的青椒與紅椒全部洗淨切段，還有豆豉醬，必不可少。鍋熱油熱，快速下蔥、薑、蒜和花椒翻炒，加豆豉醬炒出紅油，在火最旺的時候下準備好的肥腸，用醬油跟鹽巴調味，再放八角增香。肥腸不需要炒太久，微微變色就加入辣椒和蔥白，再翻炒幾下就能出鍋。這道爆炒肥腸看起來色澤瑩潤，沾著辣醬和豆豉醬汁，聞著就令人食慾大振。

一副大腸有三斤多，竺珂提前蒸了米飯，沒額外做其他什麼菜，謝紹和元寶的筷子卻沒停下來過。

三斤多的肥腸很快就見了底，元寶意猶未盡地說：「難怪謝紹哥不要豬腿要大腸，有嫂子這手藝，我也不要五花肉了！」

竺珂笑著替他們打了盆水，謝紹立刻起身走過去道：「我來。」

看著他滿頭的汗，竺珂忍不住說道：「你的衣裳我替你洗好，收在床上了，你一會兒記得去取。」

謝紹的身影明顯僵硬了一下，她竟幫他洗了衣裳……

「好。」

兩人說話的聲音很小，元寶有眼力見兒，自然知道這是人家兩口子的私密時光，忙不迭跑到院子那頭幹活去了。

「用我上次給你的帕子。」竺珂見謝紹又用那條麻布巾擦臉，提醒道。

「沒事，那帕子乾淨，我剛殺豬……」

「你不用，那就是個廢品，乾脆絞了得了，給你就用嘛，帕子還能比人金貴？」竺珂這話帶著一絲撒嬌的意味，還夾雜一股氣惱。

謝紹鬼使神差地點了點頭，取出那條潔白的帕子，當著她的面擦了擦臉。

水珠沿著謝紹俊朗側臉和高挺的鼻梁往下淌，這段日子幹活雖然辛苦，但竺珂日日為他補充油水，人倒顯得越發精壯了，而且謝紹身上向來沒有汗臭味，竺珂忍不住朝他靠近了兩步。

她的動作大了些，謝紹猛地朝後退了兩步，尷尬道：「怎、怎麼了？」

「你頭上有片枯葉。」竺珂踮起腳尖，高度卻只到謝紹的肩膀，她伸長了胳膊才將他頭頂的枯葉拿了下來。

兩人湊得近了，謝紹眼前正好是她那潔白纖細的脖子、圓潤可愛的耳垂，他呼吸不禁有些急促。

「好了。」竺珂收回了手，看向謝紹，卻瞧見他像根木樁子一樣，被釘在原地。

好半晌，謝紹才反應過來，他臉色大變，逃命似的轉身走了，竺珂則是愣在當場，看著他的背影，不明白發生了什麼事。

一下午的時間，謝紹滿腦子都是竺珂纖白的脖頸和小巧的耳垂，她毫無防備地湊他那麼近，耳垂差一點就要碰上他的唇了。

謝紹感到身上的力氣就像開了閘的水閥，無窮無盡，不知疲倦地幹著院子裡的活兒。直到天色擦黑，元寶都有些受不住了，上前勸道「謝紹哥，明日再繼續吧」，他才停下動作。

「今天晚上我就不留飯了，明天見啊。」元寶說道。

謝紹朝元寶點了點頭，走到井邊，將剩下的肉吊進去保鮮。

竺珂端著飯菜出來才發現元寶走了，疑惑地說：「我還燉了魚呢，誰知他走了。」

「進堂屋吃吧。」謝紹走過來從她手中端走了碗盤。

晚飯竺珂做得清淡，今天又殺了一條元寶那天送來的魚，燉了一鍋鮮美魚湯，她的那碗什麼都沒加，給謝紹的那份倒是加了些酸菜，兩人就著下午才蒸的玉米麵拌白麵窩窩頭吃了。

日子一天天過去，到了月底左右，謝家小院子的西邊，一間不大卻堅固的小屋子終於起了。

金叔一家都跑來賀喜，金嬸笑道：「唉呀，真是快！過個十來天就立冬了，這落成的時間剛剛好！」

謝紹擦了把汗，看了看這些天以來的勞動成果，臉上浮現喜意道：「還成！」

眾人哈哈大笑，院子裡洋溢著喜氣。

竺珂從廚房走出來，笑道：「來齊了？今天都留飯啊！」

誰家蓋了新屋都是喜事，自然要宴請招待，竺珂早在兩天前就準備好了食材，今天定要做一桌子好菜。

元寶興奮得像是過年，金嬸則進廚房說道：「小珂啊，我來給妳打下手。」

主食是餃子，素餡的放了雞蛋跟韭菜，肉餡的放了豬肉與大蔥，不愛豬肉的，也有牛肉餡的能選。金嬸幫忙包餃子，竺珂就料理其他菜。

雞是昨晚提前殺好的，上次謝紹殺豬帶回來的除了大腸還有一副豬肚，今日正好派上用場，做一道豬肚雞。雞清理乾淨，整隻塞到豬肚裡去，用竹籤封口固定，放進鍋裡去汆燙。

豬肚雞汆好之後重新換水，放入薑和一整包白胡椒下鍋去燉，要燉一整個時辰，直到雞肉完全軟爛為止，是一道費功夫的菜。趁著這個檔口，竺珂開始做些別的。

涼菜最先上了桌，提前滷好的肘子和牛肉切片裝盤，澆上醋汁。花生米油炸放涼之後撒上鹽粒即可，涼拌爽口的菠菜是特地為謝紹準備的，他這幾天上火流鼻血，竺珂天天讓他吃綠葉菜。

金叔從自家地窖裡頭開了一罈桂花酒，不顧謝紹的拒絕，非要他喝。「你和小珂的喜酒當時就沒喝上，今天又蓋了新屋，說什麼你都不能推！」

元寶也一起勸酒，謝紹無奈，只好舉杯和他們喝了起來。

新鮮的魚劃上花刀下鍋去炸，經過兩次油炸，一整條魚的頭和尾巴都高高翹起，趁著鍋子熱，竺珂又用糖和番茄熬了糖醋醬汁澆了上去，看起來紅亮晶瑩，最後撒上青翠的蔥花，一道糖醋魚就好了。

金嬸把魚端了出去，讚道：「小珂的手藝就是好，瞧瞧這魚做的，多漂亮啊，看著就喜慶！」

看到金叔一連跟謝紹乾了三杯，金嬸勸了勸。「你悠著點，怎麼還沒吃就喝上了。」

「今天心情好，高興！不過話說回來，你小子真有福氣！小珂這麼好的姑娘跟了你，你可得好好對人家啊！」

謝紹低頭吃菜，瞧不出臉上的情緒。

豬肚雞燉好了，竺珂將整隻雞撈了出來，稍稍涼一下，把鍋裡飄著的油脂和浮沫用勺子去除乾淨，接下來把豬肚上面的竹籤拆了，重新將雞肉放進鍋裡，豬肚切成大小均勻的肚絲一起放進去燉，再加入磨碎的白胡椒和紅棗，這樣燉出來的一鍋雞湯，鮮香濃郁，帶著胡椒微微的辛辣，最適合天冷的時候滋補身體了。

「好香啊……嫂子在做啥呢？」人在院子的元寶已經聞到了香味，忍不住朝廚房裡張望。

金嬸走進廚房道：「這味兒太香了，小珂啊，我看妳都能開飯館了！」

竺珂笑了笑，說道：「金嬸，麻煩您端出去吧，再炒幾個菜就可以下餃子了。」

豬肚雞上桌，竺珂又做了一道謝紹跟元寶都喜歡的爆炒肥腸，加上炒豆干、尖椒肉絲，最後還弄了一道甜的糯米八寶飯，菜色終於齊全了。

料理多到一張桌子放不下，謝紹只好另外搬出圓桌，等菜都上桌後，白白胖胖的餃子也下了鍋。

「我來煮餃子，妳去吃！」金嬸推著竺珂出了廚房，說道：「放心吧，那些菜我不會做，不過餃子交給我沒問題，妳累了大半天了，快去吃！」

竺珂拗不過她，只好來到院子中。

不知道是不是喝了酒的緣故，謝紹猛地從凳子上彈起，看著竺珂。

「臭小子，嚇我一跳！」金叔端著酒杯的手一抖。

元寶忍不住哈哈大笑了起來。「要不要這麼激動啊謝紹哥！」

謝紹有些尷尬，竺珂也是，只能紅著臉朝他慢慢走過去。

喝了幾杯酒，謝紹難得有些像愣頭青，遠遠地就為她騰好了位置，站在一旁等著她就座。

「你也坐呀。」竺珂扯了扯謝紹的衣襬，他又猛地一屁股坐下，動作之大，桌面都震了一震。

竺珂看了看他的側臉，這才聞到了他身上的酒氣——原來是喝了酒。

「餃子好嘍！」金嬸笑著端了兩大盤餃子走了出來。「來來來，這是素餡的，這是肉餡的，想吃哪個吃哪個啊！」

三個男人剛才都喝了些酒，此刻正想吃點暖和的主食壓一壓胃。白胖的餃子冒著熱氣，謝紹朝面前的盤子伸出了筷子，一筷子挾不住，二筷子還是挾不住，圓滾滾的餃子就像故意跟他作對般，次次都從筷子底下溜了出去。

元寶憋笑憋得辛苦至極，竺珂看不下去了，主動挾了一個放進他碗裡，抿唇笑了笑說：「好了，吃吧。」

謝紹的麥色臉頰微微泛紅，扭頭看了竺珂一眼，破天荒地把這個餃子又挾回了她碗裡。

「做飯辛苦，妳先吃。」

這話裡的寵溺語氣十足，金嬸和金叔對視一眼，不約而同地笑了。竺珂臉上染上一層薄薄的淡粉，低頭把那個白白胖胖的餃子吃了。

面對滿桌菜色，每個人的筷子都沒停下來過，金嬸連連誇讚竺珂的手藝好，元寶更是狼吞虎嚥，兩大盤餃子很快就見了底。

金嬸釀的桂花酒清甜芬芳，入口也不辛辣，反而有一股甜味。竺珂抿了一口覺得味道不錯，不知不覺就喝了小半杯。

謝紹一開始還要金叔勸酒，到後面自己就一杯接著一杯下肚，倒教人反過來勸他少喝些了。

天色微微擦黑，飯桌空了，金叔也喝了半醉，金嬸攙著他先回去了，元寶留下來幫他們簡單收拾新屋後也走了。

一時之間，謝家小院裡又只剩下竺珂和謝紹兩個人。

也不知是月色醉人還是那酒醉人，竺珂今晚的心跳隱隱約約有些快，她緊張地看向謝紹，見他步履倒是穩當，沒看出醉意。

竺珂收拾好碗筷後，看到謝紹要去抬那張大圓桌。連忙走過去說：「我來幫忙。」

謝紹怎麼可能讓她一個姑娘家動手搬重物，道了句「不用」，就輕輕鬆鬆扛著那桌子朝後院走去了。竺珂看他似乎沒醉，便放下心來去洗碗。

忽然間「砰」的一聲，把竺珂嚇了一跳，她猛地回頭，就看見謝紹直直地撞上院子裡那棵桂花樹，她立刻放下手中的碗跑了過去。

「沒事吧?!」

謝紹有些困惑，愣愣地站在原地，皺著眉，打量著面前的樹。

竺珂瞅著他的臉色，試探性地問：「你……是不是喝醉了？」

謝紹扭過頭，視線在她臉上停留了好一會兒，搖搖頭道：「沒醉，是這樹自己跑過來了。」

看來醉得不輕……竺珂抿嘴忍笑道：「是，是這樹自己跑過來的，你快放下桌子，回屋睡吧。」

謝紹點頭，轉了個方向，這回竺珂一直看著他把桌子放好了，才收回了視線。

這段日子謝紹打地鋪辛苦得很，竺珂早就看不過眼了。房子和炕都已經起好，她今晚就要搬過去了，不過在這之前，她想先洗個澡。

做完廚房的活兒，竺珂回了裡屋，一眼就看見謝紹晃悠悠地往浴桶裡倒水。明明都醉了，記性倒好，還記得要為她打洗澡水。

新的浴桶今天是第一次用，由於比原先的木桶大了不少，水來來回回燒了三趟，才終於裝夠了。

竺珂坐進寬敞浴桶裡的那一瞬間，不禁滿足地喟嘆了一聲。

之前做的桂花香膏她終於捨得用了，還用了平時捨不得的一塊香胰子，徹徹底底洗了個舒服的澡。等感覺到水溫變涼後起身，已經足足過去了小半個時辰。

竺珂身上是淡淡的桂花清香，她換了一套新的棉衣，頭髮烘乾後她便走了出去。

見謝紹迷迷糊糊地坐在堂屋的椅子上，臉色泛紅，竺珂便去廚房想溫杯水讓他喝，免得他今晚不好睡。等她從廚房回來，卻見堂屋一片漆黑。

竺珂不禁問道：「謝紹哥，你睡了嗎？」

沒人應她。

竺珂小心翼翼地走近那個地鋪，發現上面沒人，難道……他回房睡了？她將水杯擱在茶几上，點了煤油燈，躡手躡腳地進了裡屋。

謝紹果然已在床上躺下，看來是真的累極了。竺珂不忍心叫他，輕輕將煤油燈放在桌子上，緩緩走了過去。

原本是他的大床，這段日子竺珂一直睡在上面，他的味道已經很淡了，全是女兒家的香氣。身下是那床藍底白花的小褥子，和他一個大男人搭在一起，有些不協調。

竺珂輕輕地笑了笑，他醉了的樣子和平時不同，少了一分冷漠，多了一分少年氣。

靜靜地看了謝紹好一會兒，竺珂才注意到他赤著胳膊沒蓋被子，這樣睡，晚上定要受涼的。她想取出裡床的被子給他搭上，默默踮起了腳，避免驚擾他。

竺珂努力去搆裡床的被子，卻忘了自己的頭髮只是隨意簪著而已，這樣反反覆覆移動的結果，就是一頭烏黑秀髮猛然散了下來，正好垂在男人的臉上。

謝紹蹙起眉頭，微微睜開了眼，輕軟的秀髮帶著熟悉的香氣往他臉上掃，夢中的景象也迅速鑽進他腦中，讓人分不清夢境和現實。

黑暗中，男人修長的雙眼驟然發光，像一頭蓄勢待發的獵豹，猛地弓起了身子。

「啊。」竺珂輕輕呼喊了一聲。她的腰肢被一股強大的力量箍住，人也跟著向下倒去。

第十三章　怦然心動

竺珂被拽倒在床上，男人鐵一般的胳膊緊緊箍著她，半分動彈的可能性都沒有。此刻房間裡的煤油燈被窗外颳進來的風吹滅了，只剩下月光灑落進來，皎潔明亮，照在那張古樸的大床上。

微微睜大的眼睛裡寫滿了不可置信，竺珂像一隻驚恐的小獸，落入了野獸的大掌。剛剛洗完澡的她，小臉上未施粉黛，在月光照耀下，嬌嫩的皮膚瑩白如玉，一雙杏眼看人時永遠是水汪汪的，教人生出無限的憐惜。

竺珂不自覺地仰頭看著謝紹，微微推了推他的胸。「謝紹哥，你壓住我了……」

這勾人而不自知的一句話，讓男人理智全無，他喉嚨裡發出一聲粗喘，再也無法抑制……

不知何時，竺珂的繡鞋掉在了床底，月光悄悄流轉，照在床尾一雙纖白細嫩的玉足上。隨著上方那人的動作，那雙嫩足似是難耐般地蜷縮了一下又一下，引人遐想。

風聲猛地颳在屋外的木栓上，發出了碰撞的響聲。

竺珂猛然從床上坐起，臉頰泛著紅暈，領口的衣襟和烏黑的秀髮都有些凌亂，她羞澀至極地就著月光看了身旁的男人一眼，只見他眉目舒展，睡得正香。

她竭力保持鎮定，咬了咬下唇，輕手輕腳地爬下床，當她看見床尾掛著謝紹自己脫下來的衣服時，頓時臉紅得快冒煙了。她快速撿起鞋子穿好，跑回自己的新屋裡。

反手關門、落鎖，竺珂大口喘著氣，渾身無力地躺在謝紹幫她打的新炕上。

炕底沒有炭火，這會兒是冰涼的，但竺珂已經顧不上這些，用厚實的被子將自己一裹，小臉就整個藏了進去。

剛才……

竺珂一顆心怦怦直跳，謝紹是喜歡她的吧？要不是喜歡她，怎麼會……

她忍不住伸手摸了摸自己的脖子，那個被他用力吻過的地方。

竺珂記得自己的娘說過，略過去外面尋歡的男人不談，只有一個男人喜歡一個女人時才會這樣，再說了，那類不正經的男人怎麼能跟謝紹相提並論？

翻了個身，竺珂小臉上的紅暈一時半刻退不掉。她胡思亂想了好一陣子，突然意識到一個問題。

萬一……萬一謝紹醒來不記得這件事，那要怎麼辦？

聽說醉酒的人醒來以後都會忘記酒醉時的行為，這……這……

這下，竺珂是徹底睡不著了。

竺珂幾乎一夜沒睡，次日一早，眼睛下方浮現了淡淡的烏青。

昨夜的記憶如潮水一般湧入腦海，她原本早就能收拾好出去，卻還是在屋子裡磨蹭了許久。直到聽見謝紹的腳步聲，她才慢悠悠地推開門走到院子裡。

謝紹正在砍柴，聽到動靜後回頭看她。竺珂今日穿上新做的棉衣，配上保暖卻又不顯臃腫的夾襖，領子微微立起，遮住了脖子。

瞧見她的模樣，謝紹眸中閃過了一絲疑惑。

竺珂看清謝紹臉上表情的那一瞬間就懂了——他忘了。說不清是鬆了口氣還是失望，她的心情有些微妙。

這些天日子冷，早上起來時謝紹會幫她燒好熱水，用來洗漱。避開謝紹的視線，竺珂幾乎是同手同腳地走到了井邊的石檯，開始漱口洗臉，謝紹也在此時收回了目光。

他的確是喝得多了，今早起來時頭還有些痛。昨晚他睡回裡屋的床上，又作了一夜的夢，早上起來只能再次洗滌衣裳和褥子。

「我昨晚忘了，先睡了，今天幫妳把炕打理好。」謝紹走到井邊洗手，順便對竺珂道。

竺珂嘴裡含著水，含糊不清地點點頭，不敢去看他的眼睛，謝紹不明所以，以為竺珂在怪他昨晚先睡。他斂了斂眉眼，轉身進了裡屋，幫她把浴桶裡的水倒掉了。

看著他的背影，竺珂嘆了口氣，正在發愁的時候，院門口傳來了一個女人的聲音——

「請問謝娘子在嗎？」

竺珂看向院門口，是之前在河邊遇到的王家新媳，名字叫王桃桃，她正小心地朝這裡頭張望。

「我在！」竺珂忙理了理頭髮，朝院門口走去。

王桃桃左手提了一個小小的罐子，顯得有些羞澀，見到竺珂後她眼神亮了亮，說道：「謝娘子，是我，我是那天在河邊——」

「我記得妳，進來坐吧。」竺珂大方地朝她笑了笑，將人迎了進去。

王桃桃走進院子，竺珂招呼她在石桌旁坐下，說道：「妳稍等我一下，我馬上來。」她安置好王桃桃，就先轉身去後院找謝紹，跟他說明一下情況。

謝紹正在山洞口磨柴刀，王桃桃開口說話的時候他就聽見了，竺珂跟他簡單交代了幾句，他便點點頭道：「妳去吧，我在山洞這邊正好有點事。」

竺珂放心了，去屋裡倒了杯茶後返回院子。王桃桃顯然是有些害怕謝紹的，她坐在原處，神情有些侷促。

「請喝茶。」竺珂招呼王桃桃。

「不、不用，謝娘子，我來這裡，就是想請教一下妳香胰子的作法，這是一小罐蜂蜜，作為謝禮，請妳務必收下。」

距離她們第一次見面有些時間了，因為之後一段日子謝家都在蓋房子，王桃桃便沒過來打擾。

竺珂看了看王桃桃帶來的那個小罐子，罐口還滴著黃澄澄的蜂蜜，一瞧就知道很新鮮。

「一個土法子而已，妳怎地這麼客氣？那天在河邊，我是因為這個法子要實際操作一下，所以才那麼說的，還真不是什麼秘方，妳快把蜂蜜拿回去吧。」

誰知王桃桃卻不肯，非要讓她收下那罐蜂蜜，否則就不肯要她的方子，竺珂跟她推搡了好久，實在是磨不過她。「行行行，我收下了，可以吧？」

王桃桃這才露出了笑意。

香胰子的作法不難，新鮮的皂莢葉煮沸過後倒掉一次水，再用紗布細細過濾，這樣是為了除掉皂莢葉的部分雜質。然後重新加水和草木灰進去煮，一邊煮一邊攪拌，直到皂莢葉煮爛，再用石臼細細搗碎，搗碎過後的皂莢葉泥還要再用紗布過濾一遍，留下濃稠的皂莢液，剩餘的葉莖都能扔掉。

皂莢液要用小火熬煮，竺珂手把手地教，王桃桃一邊認真看，一邊仔細記下來。

「等這次冒泡之後就加一點點油和糖，馬上離火，這時候妳要是想讓它成形，倒在固定的容器裡涼冷就行了。」

竺珂把這鍋熬好的皂莢液倒在她之前準備的長方形木盒子裡，很快的，一塊乳白色的香胰子就成形了。

這塊香胰是原味的，只有皂莢本身淡淡的芳香，王桃桃驚訝地拿起來聞了聞，問道：「這就好了？」

「是呀，妳以為多複雜，這就好啦！」

王桃桃連連點頭道：「我今晚就回去試試。」

竺珂笑著熄了火，說道：「好，妳回去試試，改天跟我說說成果。這塊妳先拿回去用，就當謝謝妳的蜂蜜啦。」

王桃桃沒有拒絕，笑呵呵地接過了香胰子，此時她注意到竺珂微微敞開的領口——紅紅的一小塊痕跡上還留著輕微的牙印，她一看就懂了。

「謝娘子，妳的脖子……」

竺珂一聽，立刻慌亂地去摸自己的脖子。方才她熬皂莢的時候有些熱，下意識地扯開了些領口，沒想到竟教人看了去。

王桃桃抿唇直笑道：「莫慌莫慌，我懂。謝娘子，妳臉皮也太薄了些，這有啥呢，大家都是嫁了人的嘛。」

竺珂尷尬地笑了笑，不知道怎麼回王桃桃的話，只能重新把領口立好。

「謝娘子，我可真佩服妳，我聽說謝獵戶這是專門為妳蓋了房子打了炕？」

竺珂一愣，專門為她蓋了房子打了炕？也算吧，只是……

「村裡好些人都說了，不過謝娘子妳生得美，人又和善，自然招人喜歡，我也喜歡妳。妳不必聽那薛寡婦的難聽話，今日我親眼瞧見，倒相信你們夫妻倆感情是真好了。」

王桃桃意有所指，竺珂無意識地又摸了摸脖子，趕緊岔開話題。「妳快把這收下。」

「好，那我先走啦，家裡還等著我做飯呢，那蜂蜜記得吃啊！」

王桃桃離開之後，竺珂收好剩下的皂莢葉就開始準備午飯。飯做好了，她走到院中喊謝紹，可謝紹似乎還在後院忙活，她就先回了房。

這些日子她連夜趕製金嬸那表姪女的嫁衣，衣服已經完工了，今日再仔細檢查一遍，就可以讓金嬸送去了。

大紅色燙金邊繡紋的嫁衣，此刻疊得整整齊齊，放在繡架上。竺珂每回繡這嫁衣之前都會淨手、護手，此刻也是一樣，確保不帶一點髒污，才細細摸了摸這件自己親手繡的嫁衣。

繡樣是鴛鴦並蒂，鴛鴦成雙成對，花頭也不太一樣，一些細小的地方竺珂更是花足了心思——金線勾絲、牡丹點綴，若在日頭下，衣裳被日光一照，便是金光閃閃，顯足了貴氣。

從頭到尾檢查了一遍，竺珂滿意極了。這是她做的第一件成衣，自然極為用心，只是瞧著瞧著，眼底也淌出了幾分羨慕——什麼時候，她才能為自己繡一件嫁衣呢？

興許是覺得自己這個想法荒誕可笑，竺珂自嘲地搖了搖頭，便將嫁衣疊好，小心裝進了包袱裡，等著金嬸下午過來拿。

謝紹從後院山洞回來，一眼就看到竺珂留在堂屋的午飯。

此時竺珂從新屋出來了，瞧見謝紹，她笑了笑，說道：「飯菜有點涼了，我去熱一下。」

「不用。」謝紹忙攔住她。「我要進山一趟，隨便裝點饅頭就行。」

竺珂聽完一怔。「你要進山？」

「嗯，已經好久沒去了，這個時候再不進山，就打不著獵物了。」謝紹一邊說，一邊收拾著堂屋牆上掛著的那些工具。

竺珂這才注意到他已經換上一身外出的衣裳，難怪他今日一早就在磨刀，原來早就打算好了。

「那……你要去多久？」

「三、五天的工夫，快的話也可能兩、三天就回來。」

竺珂拎著茶壺的手有些微微發抖，她輕聲說：「喔，好，那我給你去準備乾糧。」

她心不在焉地打開包袱，往裡面裝饅頭和乾餅，莫名感到一陣難過。今天瞧見他酒醒之後的樣子，像是什麼事都沒發生過似的，彷彿昨晚的一切只是她的一場夢。

怕不是真的作夢吧……竺珂又摸了摸自己的脖子。

餘光瞟到廚房門口的身影，她立刻放下手，裝作若無其事地說：「等等，馬上就好。」

謝紹走過來，看著她手上那包鼓鼓囊囊的乾糧，有些哭笑不得地說：「不用這麼多，裝幾個就行了。進了林子能遇到野雞或野兔，原地烤了吃就是。」

竺珂不依。「那也要做足準備啊，我再給你帶上一瓶菌子肉醬，就著饅頭一起吃吧。」

看著她忙碌的背影，謝紹的眼神逐漸變得柔和起來，應道：「好。」

從前去打獵，他都是隨手關了門就走，沒半點牽掛，現在突然多了個人，忙前忙後地為他準備，這種感覺雖然陌生，卻是不差。

收拾完了行李，竺珂送他到院門口。

「小心些。」她黛眉微蹙，一股淡淡的愁緒縈繞在臉上，是在擔心他。

謝紹一愣，竟生出了想摸摸她頭的想法，只是他掐了掐掌心，克制住了。

「進屋吧，外頭冷。妳在家把門關好，要是有事，就去找金嬸。」

竺珂點點頭，謝紹的視線從她臉上挪到了小巧的耳垂上。竺珂耳垂上綴著一個小小的淡粉色花耳鐺，花蕊是顆小小的珠子。他眼神猛然沈了沈，回想起昨夜銷魂的夢境……

及時挪開眼，謝紹說道：「我走了。」

竺珂微微張口，還想說什麼，話到嘴邊又說不出來了，只是倚在籬笆邊，一直盯著謝紹寬闊的背影。阿旺在院子門口「汪汪汪」直叫，謝紹聽見了，卻一直沒有回頭。

「沒事，他只是尋常進山打獵，很快就會回來了。」竺珂俯下身摸了摸阿旺的頭。

一人一狗，凝望著那條小路的盡頭好一會兒，才一道轉過頭回屋去了。

謝紹不在家，竺珂完全沒了做飯的心思。昨天還剩下小半鍋的豬肚雞，竺珂溫了一下，配上小半個窩窩頭，又給阿旺分了一盆雞骨頭，一人一狗坐在院中看著夕陽，晚飯就這樣解決了。

到天色擦黑的時候，金嬸緊趕慢趕地到了謝家。

「小珂！」

竺珂迎了出去，只見金嬸滿頭大汗，氣喘吁吁，她不禁問道：「金嬸，這是咋了？」

原本金嬸約好下午要來拿嫁衣，卻一直不見人影，只是當時她心情有些低落，一時忘了該去找金嬸。

金嬸扠腰擺手，喘氣道：「別提了……今天妳金叔的老毛病又犯了！我趕去城裡拿藥，剛剛回來，這才聽說謝紹進山的事。妳一個人在家……能行不？」

笁珂拍了拍她的後背幫她順氣，說道：「我沒啥，院子和屋子都落鎖就行，金叔沒事吧？」

「他那腰是老毛病了，沒啥事。」

笁珂點點頭道：「您進來看看我做的嫁衣吧。」

兩人進了笁珂的新屋，金嬸打量了一下四周後說道：「這謝紹啊，就是用心，這房子蓋得真不錯，位置也選得好，冬暖夏涼。」

一張炕靠在東牆，窗子也開在東牆上，白日笁珂可以坐在炕上做針線活，既不傷眼，陽光照進來也溫暖。冬天要是犯懶，連炕都不用下，直接在炕上吃飯，暖和得很。

繡架擺在火盆旁，嫁衣被笁珂整整齊齊地疊好放在包袱裡頭，單是領口處的做工和衣襟處的繡樣，就讓金嬸讚嘆道：「唉呀我的天，這也太美了！」

笁珂笑道：「您覺得好就行，這是我繡的第一件嫁衣，我擔心到時候蘇小姐不滿意就不好了。」

「她肯定滿意！」金嬸拍著胸脯，直打包票。

「那我就把這個交給您，麻煩您了。」

金嬸小心翼翼地接過包袱，像是捧著什麼珍寶似的說：「我可得好好拿著，明日一早就趕緊給人送過去，她肯定喜歡！」

第十四章　深山遇險

竺珂送走金嬸後，望了望天色，外頭冷颼颼的，也沒了謝紹的聲音，她沒來由的有些委屈，癟了癟嘴，關上了門。

上了炕，竺珂又忍不住想他了。

也不知道他現在走到哪裡了，要在林子裡過夜的話，會不會遇到危險……

算了，竺珂翻了個身。想這麼多幹什麼，謝紹常年進山打獵，從來沒出過什麼事，哪用得上她操心？況且，昨天的事……她氣還沒消呢！

等到謝紹回來，她一定要跟他談談，弄清楚他的真實想法。

竺珂抱著這樣的想法，不知道過了多久，終於迷迷糊糊地闔上了眼。

與此同時，距離三陸壩村十幾里開外的大青山上，謝紹正沿著他無比熟悉的小路向半山腰走去。青山城的名字，得自它的位置正好坐落在大青山跟小青山兩座山的中間。

相較於神秘危險的大青山，小青山更受百姓們的喜歡，很多人會上山砍伐、狩獵，這些年小青山上甚至有了居民。只有謝紹，每次都會進大青山，原因沒別的，這裡雖然危險，但相對的，得到的報酬豐厚得多。

樹木茂密、人煙稀少，這才是能捕獵的好地方。

走了很久，謝紹停下來擦了擦汗，取出隨身帶著的水壺，猛灌了好幾口，這才發現竺珂特地為他準備了菊花茶，不是白開水。

謝紹眼底閃過一絲笑意，腦中不禁浮現出竺珂纖弱窈窕的背影，原本嚴肅的神色罕見地露出一絲柔情。片刻之後，他收好水壺，取出隨身攜帶的柴刀，握在手中。

一路上荊棘遍野，需要時不時砍劈，雖然這山中沒什麼大型猛獸，但是晚上有可能遇到毒蛇，需要時刻保持警惕。

謝紹在他熟悉的地方布下幾個捕捉野豬的陷阱，又下了幾個小一點的套子，運氣好的話，或許能得幾隻野兔。

野兔的肉可以烤來吃，至於皮毛……他想起了竺珂那怕冷的可憐模樣。捉上幾隻野兔，就能做張兔毛小毯子，冬天放在炕上讓她保暖。

這麼想著，謝紹打繩結的動作就快了些。

身後的草叢突然傳來窸窸窣窣的聲音，謝紹瞬間警覺地瞇起了修長的眼，腦子還沒反應過來，手已經握住了腰間的砍刀。

草叢晃動，一個黑影飛快竄了出來，謝紹動作敏捷，閃開大半個身子，砍刀一揮，傳來尖銳的一聲叫喊，那黑影迅速跑遠了。

謝紹鬆了口氣，原來是隻黃鼠狼，估計是餓慘了，出來覓食的。

重新將砍刀別到腰間，謝紹這才注意到那黃鼠狼方才狠狠一爪子撓在他左胳膊上，袖子上破了好幾個口子。他掀開袖子看了看，沒瞧見傷口，看來只抓破了衣裳。

然而下一瞬，謝紹的瞳孔劇烈地收縮了起來。

左胳膊的內側有幾個指甲印，鮮紅刺眼，明晃晃的，他的表情瞬間僵住，張了張口，不敢置信。

那幾個指甲印明顯剛留下不久，整齊如月牙，一看就是女子的指甲。因為掐得不特別深，一向皮糙肉厚的他根本毫無所覺，要不是剛才撩開袖子檢查，定是發現不了的。

謝紹腦子一片空白，在原地愣怔了好一會兒工夫，終於隱隱約約記起了昨晚的事。

她哭著推他，使的勁還不如貓兒大，她嬌滴滴的嗓音可憐得緊，卻不知這只會激起男人的獸性。

小巧瑩白的耳垂、淡粉玉白的花耳鐺，所有的一切都和夢中的情景完全重疊了起來。

謝紹足足反應了一盞茶的時間，終於憶起昨晚自己到底幹了什麼混帳事了。回想起早上笁珂刻意豎起來的領子，那被遮掩住的脖子，謝紹腦中一炸，渾身僵硬。

他到底對笁珂做了什麼?!

謝紹坐在叢林之中，不遠處的套子早就發出了獵物上套的信號，他卻根本無暇顧及。不知過了多久，原本一動也不動的男人像是下定了決心一般，起身快速收拾起了周身的繩子與布袋。

他要下山。

獵物打不打得到已經無所謂了，他現在唯一想做的事，就是以最快的速度回到三陸壩村的屋子裡，去見笁珂。

風聲鶴唳，茂密的叢林裡忽然驚起了一陣撲騰的翅膀聲，是群鳥倉皇飛走的聲響。

謝紹手上的動作一頓，修長的眼眸警覺地瞇了起來，附近的樹林裡似乎傳來了危險的氣息——這是獵戶的直覺。

笁珂這一晚睡得不好，也許是躺慣了床，一時半刻還有些不太習慣睡炕的感覺。她翻來覆去醒了好幾次，斷斷續續作著夢，卻記不清到底夢見了什麼。

天還沒亮，笁珂就起身走到堂屋倒水喝。

「汪！汪！」

院子裡突然傳來阿旺的吠叫聲，又急又凶，笁珂端著茶杯的手一抖，第一個反應是院子裡來了什麼歹人。

悄悄打開一個小小的門縫，謝家小院裡空無一人，阿旺只是在院子門口朝著謝紹離去的方向吠叫。

笁珂鬆了口氣，推門走出去了。「怎麼了阿旺？是不是餓了？你等著啊，我去給你弄點飯吃。」

對於笁珂說的話，阿旺無動於衷，依然朝那小路的方向吠叫。

笁珂微微蹙了蹙眉，此時小路上出現了幾個身影，為首的像是個很有威儀的男人，元寶也在，他看見笁珂的人影後拔腿就往前跑。

一種說不上來的感覺，讓笁珂的手開始顫抖了。

「嫂子。」元寶神情嚴肅、氣喘吁吁。

那個為首的中年男子也跟了過來，問道：「妳是謝紹娘子？」

「我是。」竺珂愣愣地看著他道。

「我是村長，今天一早發現謝紹在大青山上被野狼襲擊了，現在人已經被送到醫館，妳去看看吧。」

「啪」的一聲，竺珂手中的茶杯掉在地上，瞬間破裂。

「嫂子別急，來報信的人說謝紹哥送過去的時候人沒事……」元寶頭上冒出了大顆汗珠，但此刻也只能盡力安慰竺珂。

竺珂一張小臉蒼白無比，卻努力保持鎮定，問道：「醫館在哪兒？」

「在城裡，村長趕了馬車，我們馬上就下山！」

金嬸也從家裡趕過來幫忙，竺珂坐在馬車上的時候一顆心跳得飛快，雙頰一絲血色都沒有。金嬸在一旁不住地安慰她，可惜竺珂半個字也聽不進去，滿腦子都是謝紹臨走時的背影。

村長連連嘆氣道：「謝紹也真是的，這馬上入冬了，野狼正是要捕食的時候，啥時進山不好，偏偏要選這個時候，唉……」

竺珂的臉色更差了，被野狼攻擊……她不敢想像後果。他進山打獵那麼多次，怎麼這次會遇上狼？

是不是要為她蓋新屋，錯過了打獵的時機？

金嬸拚命向村長使眼色，村長這才意識到自己說錯了話，忙閉上嘴專心趕車。

青山城最大的一間醫館叫慈善藥堂，謝紹此刻就躺在藥堂後院一張小床上。這家藥堂的大夫認識謝紹，謝紹在山上得了什麼珍貴的草藥和藥材，都會往慈善藥堂送，要不是有這層交情，一般藥堂大夫怕是不敢輕易收下被野狼攻擊的人。

血水一盆盆往外端，韓大夫急得直捋山羊鬍，謝紹傷在左邊肩膀，野狼的利爪狠狠地留下幾道極深的傷口，血都止不住。

「大夫，這、這血根本止不住啊，人要是死在咱們藥堂裡，怕是要負責吧？」藥堂裡的夥計看不下去了，提醒韓大夫道。

「負什麼責！現在人都這樣了，能不管嗎？老夫平時是怎麼教你的？再說了，謝紹年初的時候送過來一枝老人參，給慈善藥堂帶來多少生意，我們怎麼能見死不救呢?!」韓大夫氣得吹鬍子瞪眼睛，把那個夥計說得臉紅，連忙到後鋪取藥去了。

「把最好的金瘡藥先用上！」韓大夫扯著嗓子大喊。

抵達藥堂的時候，馬車都還沒停穩當，竺珂人已經急著往下跳了。相比之前上都上不去的牛車，這會兒竺珂就像個女漢子一樣，跳下車就往藥堂裡跑。

慈善藥堂這條街的鄰居基本上都知道了這件事，此刻正往這邊張望。

竺珂第一個跑進了藥堂大門，剛一進去，就引來一群人的注視。

「大夫，我想問，是不是有個受傷的獵戶——」她語氣急切無比。

「是是是，妳是謝家娘子吧，老夫是這藥堂的大夫，謝紹在我這裡，妳跟著老夫來。」

竺珂連連點頭，跟著韓大夫去了後院，此時金嬸和村長才趕了進來。

剛進後院，竺珂就瞧見躺在床上的謝紹，那床小得可憐，只能兜住他大半個身子，他左邊肩膀上的紗布被血浸染得鮮紅，血還在不斷往外滲，平時那麼壯的人，此刻臉色蒼白、嘴唇緊抿，沒有一點生機。

竺珂的眼淚瞬間湧了出來。剛才她還像隻兔子一樣跑得比誰都快，這會兒卻沒了上前的勇氣。

金嬸跟了進來，看見謝紹的樣子，變了臉色道：「大夫，這……能治好嗎？」

韓大夫直搖頭道：「唉，凶險啊，凶險得很。」

竺珂反應過來，立刻抓住韓大夫的袖子說：「大夫……求求您，求求您一定要救救他，花多少銀子都無所謂……求您了！」

她的聲音帶著哭腔，任誰聽了都會動容。

「謝家娘子，妳別急，謝紹兄弟先前也幫過老夫不少，老夫肯定不會見死不救的，妳放心。」

竺珂淚眼模糊地連聲道謝，端著血水的夥計一個個從她身邊擦肩而過。

抖著身體慢慢靠近床上的人，竺珂見到有個夥計正在為他擦掉血水，她聲音有些發顫地說：「我來吧。」

那夥計猶豫了一下，還是把紗布遞給了竺珂。竺珂接過紗布，在溫水裡擰了擰，就開始輕輕地為謝紹擦拭。

另一頭，金嬸還在跟韓大夫交談，韓大夫說道：「野狼的爪子上通常有毒素，容易感染，外傷造成的血止住之後就要立刻上藥，半夜還會發熱，身邊半步都離不了人。暫時讓他在老夫這裡待著，你們留個人照顧他吧。」

金嬸連連點頭道：「我倆都留下，輪流著來。」

竺珂也聽見了韓大夫的話，她用手背擦了擦眼淚，語氣堅定道：「在謝紹好之前，我哪兒也不去。」

也不知染紅了多少盆水，謝紹傷口的血才終於止住了。韓大夫聞訊趕了過來，立刻為他塗上一種白色的藥膏。

「這藥一個時辰要換一次，必須嚴格控制好時間，這是沙漏，漏完剛好一個時辰，妳們注意著。」

竺珂點了點頭，馬上接了過來，將那個沙漏放在最顯眼的位置，仔仔細細地看著。

金嬸知道勸不住她，便先出去交代元寶一些事。謝家現在沒人，保不齊有人想乘機去打劫也不一定。

元寶保證一定會把謝家看好，金嬸這才讓他跟著村長走了。

竺珂眼睛幾乎眨都不眨地看看謝紹，又看看沙漏，等到一個時辰即將過去的時候，就喊韓大夫過來。

「來了來了。」

換下紗布的時候，上面沾著的藥膏已經從白色變成了紅黑色，韓大夫臉色微微一變道：「唉，果然有毒素啊。」

「那……那怎麼辦？」竺珂慌亂地問。

「老夫這裡有幾個藥方，只不過那些藥方的毒性也很厲害，算是以毒攻毒，建議慎重使用。先讓他喝一點藥性溫和的方子，看看今晚情況如何，明天再決定。」

竺珂不懂醫術，只好點點頭，憂心忡忡地看了床上的人一眼。

重新換過藥膏之後，天色已經微微擦黑了。竺珂今日幾乎滴水未沾，但她依舊坐在床前守著謝紹，也守著那個沙漏。

「小珂啊，吃點東西，喝點水吧。」金嬸端了飯菜過來，竺珂卻是看都不看一眼。

「金嬸您吃吧，我不餓。」

「唉，妳從早上開始就沒吃東西沒喝水的，這咋行呢！照顧病人，自己也要有體力不是？萬一謝紹還沒好，妳就病倒了，誰來照顧他呢？」

金嬸這番話還是起了些作用，竺珂眼珠子動了動，接過小半碗粥，不再需要人催，大口大口地喝了下去。

見她肯吃東西，金嬸稍稍放心了些。

這頭一個晚上，謝紹果然發起了熱來。他渾身滾燙，把竺珂嚇得不輕。

韓大夫披著衣服從屋子裡趕了過來，為謝紹把脈。「得退熱，不退熱的話，明天情況會更嚴重。」

「怎麼退?!」竺珂問道。

「打涼水來，一遍遍擦拭，直到他身上的溫度正常，這個過程只能靠他自己扛了。」

竺珂一聽，立刻就去打涼水了。

金嬸在她身旁伸出手道：「我來吧，妳去歇歇。」

「不，還是我來吧，您去睡。」

竺珂沒有半點鬆手的意思，金嬸只好嘆口氣，站到一邊了。

謝紹身上滾燙，原本結實壯碩的人現在卻躺在這裡一動也不動，竺珂看著看著，眼淚又快掉下來了，但到底忍了回去，按照韓大夫說的不停擦拭著他的身體。

毛巾熱了就要馬上浸涼水，水變溫了也要重新去打，過去連提個木桶都費勁的竺珂，竟也能自己從井裡打水上來了。

水一盆盆換，不知換了多少遍。

第十五章　以身試藥

一直到第二天早上，天邊泛起魚肚白時，謝紹的熱終於退下去了。

竺珂大鬆一口氣，趕忙叫來韓大夫，而她自己一夜未眠，在初冬早上竟是渾身大汗，狼狽得緊。

「身上的熱能退下去就好，老夫來給他配藥。」韓大夫說道。

金嬸走到竺珂身邊，心疼地說：「小珂啊，快去休息休息吧，這兒有嬸子呢。」

竺珂一天一夜未闔眼，人的確有些受不住了，她看了看謝紹旁邊的一張小床，說道：「我就在這兒睡一個時辰，金嬸您一會兒一定要記得叫我。」

「好好好，放心吧。」

竺珂疲累至極，一挨著枕頭，睡意就湧了上來，她堅持面對謝紹那側睡，確保自己一睜眼就能看見他。入睡前，竺珂朦朦朧朧地想著，要是謝紹這次能平安挺過來，她就要跟他把話說清楚。

這輩子，竺珂就認這一個男人了，沒有其他什麼所謂的良人，她也不會離開謝家，即使他嫌棄她進過那種地方，她也不在乎。除了謝紹，她不想跟其餘任何一個人過日子。

眼角滑下一滴淚，竺珂默默伸手擦掉，吸了吸鼻子，閉上了眼。

竺珂半夢半醒，睡得不太沈。韓大夫過來為謝紹換了藥之後，臉色沈重了起來。金嬸悄悄拽了拽韓大夫的衣角，示意他出去說。兩人前腳剛走，竺珂就睜開了眼睛。

「大夫，現在是什麼情況？」

「唉，老夫剛給他把脈，發現又發熱了，這狀況要是來回反覆，怕是凶險啊。」

金嬸急了，說道：「那現在有什麼更好的法子嗎？」

「有是有，只不過……」

「您快說呀！」

「就是老夫昨天說的，有幾個藥性毒的藥方，但是從沒在人身上試驗過，貿然使用的話，只怕適得其反。要是提前做過試驗就好了，現在……怕是來不及啊。」

「啊……那您說，您說現在可怎麼辦才好？」

「這，老夫實在是——」韓大夫也是心急如焚，幾綹鬍子都要給扯沒了。

「我可以試藥。」清脆而堅定的一道聲音從不遠處傳了過來。

金嬸和韓大夫不約而同看了過去，這才發現竺珂不知何時已經醒了，正站在門口，顯然是將他們兩人的話都聽了去。

「小珂，妳胡說什麼呢?!」

竺珂緩緩朝他們走了過去，面色平靜道：「大夫，我可以替他試藥，您就用我來試吧。」

「謝家娘子，妳冷靜些，這可不是一般的藥，就算老夫身為大夫，也不能隨意在健康的人身上試藥，這違背了老夫救人的初衷。」
「大夫，您聽我說，我小時候出過天花，那時候根本沒什麼好法子，我娘為了救我，自己進山去採藥，挨個兒給我試過，後來我不知道吃了多少藥，竟神奇地完全康復了。有一回，我遇到了一個遊醫，那大夫替我把了把脈，說我小時候大難不死，又嘗遍了百草，身體已經異於常人了，讓我來試，或許不會有事。」
竺珂這番話說得鎮定異常，倒教金嬸和韓大夫都愣住了，兩人面面相覷，一時不知該說什麼好。
「小珂啊，這事情可不能開玩笑……」
「嬸子，我沒說謊，是真的。」
韓大夫躊躇著伸出手道：「來，妳讓老夫把把脈。」
竺珂乖巧地將手遞了過去。
片刻之後，韓大夫捋著鬍子說：「的確是心脈特殊，妳真的沒說謊？」
竺珂堅定地點了點頭。
「行吧，看在妳情深一片的分上，老夫就賭一把，這就配藥！」
金嬸卻還在猶豫。「小珂啊，這事……」
「嬸子，您就讓我試吧。」竺珂打斷了她的話。「我命苦，之前的遭遇您都知道，我好不容易才遇到謝紹，萬一、萬一他沒了，我也不想活了……」
金嬸怔了怔，看見竺珂臉上的淚，也跟著紅了眼圈道：「別胡說……你倆肯定都會好好的，唉，謝紹也是個苦命的，見你們感情這般好，我也覺得蒼天不公啊……」

笁珂轉過身去擦掉了眼淚，這時候她不能哭，她一定要親眼看著謝紹醒過來！

三服藥很快就熬好了，韓大夫先遞給笁珂顏色最淺的這一碗，說道：「喝下去之後，觀察半個時辰，若是沒有大礙，就給謝紹用藥。若是有任何不適，妳一定要告訴老夫。」

笁珂點頭接過藥碗，眉頭都沒皺一下，直接喝了下去。

一屋子的人都緊張地看著她的反應，還好，半個時辰過去了，笁珂沒有半點不適。

大夥兒鬆了口氣，韓大夫說道：「快，給他餵藥。」

藥湯被餵進謝紹肚子裡，又過了半個時辰，韓大夫為他把脈——熱還未退，這服藥不行。

眾人有些失望，倒是笁珂淡定地拿起了第二個藥碗，還不等韓大夫說話，她已經喝下去了。

「唉，妳這孩子！」金嬸有些擔心。

笁珂擦了擦嘴，淡然道：「沒事，等著吧。」

令人忐忑的半個時辰過去了，笁珂的狀態依然沒有什麼異常，韓大夫這才為謝紹餵了第二碗藥，但結果還是一樣。

「小珂啊，要不算了——」

金嬸話還沒說完，第三碗藥已經被笁珂搶了過去，一飲而盡了。

生。

她的手微微有些發抖，若是這次還不行，那她就陪他一起死，也算了結了這悲慘的一生。

金嬸看不下去了，背過身去直抹眼淚，藥堂的幾個夥計也向竺珂投去了佩服的目光。

兩炷香的工夫過去了。

「可有不適？」韓大夫問道。

竺珂搖了搖頭。

韓大夫有些懷疑地為她把了把脈——心脈的確毫無變化。真是奇了，他這藥方用的可都是猛藥，難不成這女子真是體質特殊，天生適合試藥？

不過既然人沒事，就要給謝紹餵藥，這最後一服藥下去，如果還是不行，那就真是沒法子了。

竺珂緊張地看著床上的男人，他原本緊繃痛苦的神色，在喝下第三服藥之後，終於微微緩解了。

「退熱了。」

聞言，眾人全都鬆了口氣。

金嬸激動得直抹眼淚道：「太好了……太好了！」

竺珂疲憊地看著謝紹，總算露出了一抹淺淺的微笑。

謝紹靜靜躺在床上，韓大夫說他身體底子不錯，既然退了熱，那按照這服藥繼續喝下去，應該就不會有什麼大礙了。

聽到這句話，竺珂一顆心才算是完全放了下來。

沒能和謝紹說上話的時間，其實也就一天多的工夫，竺珂卻覺得已經過去好久了。她靜靜地坐在床邊，捨不得挪開視線。

竺珂又精心照顧了謝紹大半日，第三日的下午，人終於醒了。

竺珂趴在床前焦急地喊他，韓大夫、金嬸跟元寶都在旁邊，謝紹眼皮輕輕動了動，慢慢睜開了眼。

「謝紹哥……謝紹哥！」

「太好了，老天保佑啊！」金嬸激動得不得了。

謝紹剛睜開眼，左邊肩膀上的劇痛就陣陣襲來，下意識地皺起了眉頭，不過在看清眼前人的一瞬間，他的眼神又變得柔和。

「竺珂？」謝紹嗓音有些沙啞。

竺珂的眼眶瞬間紅了，說道：「是我，我在。」

這是謝紹第一次喊她的名字——竺珂突然反應過來。

韓大夫上前為他把脈，忍不住說道：「你小子真是命大！這次能從野狼爪子下逃過一劫，算你厲害！」

謝紹喉結艱難地滾動了幾下，暈過去前的記憶湧入了腦海中——是他大意了。

大青山本來就沒什麼大型猛獸，上次襲擊他的熊瞎子被他給殺了之後，他便安心不少，這才選擇在快入冬時進山，不料遇上野狼出來捕食，這次能活下來，的確命大。

「沒啥事了，現在就是皮肉傷，回去養著吧！」韓大夫下了結論。

金嬸喜上眉梢道：「太好了，那是回家換藥跟喝藥就行了吧？這小床小的，估計把謝紹難受壞了！」

「嘿，妳還嫌棄上了？」

謝紹一醒，這裡的氣氛就全變了，韓大夫明顯放鬆下來，還能開玩笑。只有笁珂，安靜地站在床邊，側著半邊身子，偷偷擦了擦眼淚。

她這會兒突然不敢看謝紹了，害怕看見他就會忍不住哭出來，只好別過臉，努力控制自己的情緒。

謝紹的眼神在掃過屋內人一圈之後，牢牢地黏在笁珂身上，他目光熾熱，讓人難以忽視。

元寶上前道：「村長找車夫駕了馬車來，我們把謝紹哥接回去吧。嫂子這幾天估計也累壞了，回家再說。」

謝紹一聽，立刻就想掀開被子下床。

「你做什麼?!」韓大夫一看，喝斥道。

「只是傷了胳膊，腿沒廢，能走。」

笁珂轉過身來，不可思議地看著他。

韓大夫氣得直吹鬍子說：「老夫看來是白救你了！這才撿回一條命，一點都不愛惜！」

竺珂著急地走到他身邊，語氣微微帶著氣惱。「你剛剛醒，身體還沒恢復，就別逞強了！」

謝紹緩緩抬起頭看著竺珂。明明才過了兩、三日的工夫，她的小臉卻足足瘦了一圈，眼下烏青、眼底赤紅，一看就是連著幾日沒休息好。

「我沒事。」謝紹的胸口突然有些刺痛。

竺珂平時瞧著性子軟綿綿的，面對大事的時候卻絕不含糊，經過此事，金嬸是把這點看得透澈了。

果然，竺珂這會兒真有些生氣地看著謝紹說：「你要是這樣，就白費了我這幾天的工夫，你就不能改改你這個倔脾氣嗎？」

幾句話，把謝紹說愣住了。

屋裡其他人全都安靜了下來。謝紹的倔脾氣在青山城也是出了名的，誰能勸得了他拿定主意的事，可真算是了不起。

謝紹沈默了一瞬，又重新蹬了鞋，躺回床上去了。

看見這一幕，元寶睜大了眼，金嬸則是忍不住抿嘴笑說：「行了行了，元寶你上去搭把手，把你謝紹哥抬到馬車上去吧。」

臨走前，韓大夫把換藥的注意事項和接下來三天的藥包全交給了竺珂，叮囑她一定要按時換藥、煎藥，竺珂一一仔細記下。

村長叫了三陸壩村最寬敞的一輛馬車來，謝紹此刻躺在裡頭的長軟榻上，視線不住往竺珂身上瞄。

竺珂察覺到了他的目光，只是她三天沒洗臉、沒換衣了，不用照鏡子也知道自己現在狼狽不堪，所以並沒有轉過身子。

金嬸坐在兩人中間，不禁感覺到一絲尷尬，趕緊找了話題。「謝紹啊，這次可多虧了小珂，你不知道你沒醒的時候，小珂根本就沒闔眼。不過現在你算是逃過一劫，回去之後一定要好好養傷。大夫說了，最多一個月，你就能恢復如初了。」

謝紹聽完，眼底多了一絲愧疚，直直盯著竺珂。前方的竺珂覺得自己的背彷彿快被謝紹灼熱的視線看穿，忍不住微微動了動身子。

車夫的技術好，馬車還算平穩，很快就回到了謝家院子門口。車夫跟元寶一起把謝紹從馬車上挪了下來，阿旺在一旁著急得直叫。竺珂先進去把裡屋的大床收拾出來，接下來這段日子，謝紹就要在這裡養傷了。

幾個人一陣忙活，總算是安頓好了。車夫急著還車，先離開了，金嬸和元寶則留下來幫竺珂整理。

「金嬸，沒啥事了，我能行。」

這幾日太過麻煩他們母子，竺珂實在有些過意不去。

「跟嬸子客氣啥，這段日子謝紹得好好養傷，家裡要有啥不方便的，隨時來找我，知道嗎？」金嬸害怕謝紹聽見，故意壓低聲音跟竺珂交代。那個人啊，最怕給別人添麻煩了。

笁珂點了點頭，心領神會。

金嬸和元寶離開之後，笁珂撩開裡屋的簾子進了房。

謝紹已經坐起來了，漆黑的眼眸定定地看著門口，似乎就在等她進來。

笁珂默默嘆了口氣道：「你就不能聽一次話啊？」她走到几案旁為謝紹倒了杯水說：「渴不渴？想喝水嗎？」

謝紹的喉嚨正像被火灼，乾澀難受，他點了點頭，準備用右手去接笁珂手中的茶碗。

笁珂閃開了他的手，說道：「你安分點，別動！」

她的語氣帶著三分怒意、兩分嬌嗔，謝紹當真著魔般地不動了。

笁珂拿了湯匙，將水送到了他嘴邊。

謝紹眼中閃過一絲無措還有緊張，囁嚅道：「不用……」

「不喝？那我拿走了。」

笁珂作勢要端走茶碗，謝紹嘴角壓了壓，認命了。

「這就對了嘛，你逞什麼強，傷口不痛嗎？」

看著湯匙送到嘴邊，謝紹像是妥協一般，張口喝了下去。

自從到了謝家，笁珂很長一段時間都是收斂著自己的性格。對謝紹，她五分感激、三分敬佩，剩下的兩分，多了些之前不明白的情愫。她以前自卑，從來不敢表現出來，可謝紹這次受傷，讓她看清了一個事實——她喜歡這個男人，是想跟他過日子的那種喜歡。在喜歡的人面前，不需要刻意掩飾，所以笁珂敢跟他發脾氣，敢跟他要小性子。

還有一件事……竺珂在心裡偷笑起來。謝紹現在這副模樣，就像一隻可以任她拿捏的大狗，可好玩了。

謝紹像是渴極了，連喝了兩碗茶水才停下來。

「我現在去幫你熬藥，一會兒吃完飯就喝。大夫說了，你這段日子要注意一下飲食，所以你喜歡的辣椒不能吃了。」

謝紹沒回話，只是依舊盯著她看。

竺珂有些不自在，覺得謝紹的眼神很奇怪，難不成是她現在的模樣真的很醜？

「藥費跟治療費花了多少銀子？」謝紹終於開口說話了。

竺珂被他一提醒才想起來，答道：「數目我記得的，只是我走得急，身上沒帶錢，都是金嬸墊的，我一會兒就送去他們家。」

謝紹點點頭，眼神挪到她後面的床架上，說道：「妳身後的床欄杆裡面有個小小的突起，妳先摸摸看，找到以後按它一下。」

竺珂不明所以，但還是照他說的去做了。

第十六章　小有積蓄

摸索了一會兒，那個地方果然有個像按鈕似的小凸起。按了一下，「啪嗒」一聲，這木床底下，竟彈出了一個小小的抽屜。竺珂被嚇了一跳，連忙下床去瞧。

「裡面有包裹，拿出來吧。」

在謝紹提示下，竺珂伸手進去，果然摸到了一個包裹，軟布做的，還很沈。打開一看，全是白花花的銀子，除了現銀，還有銀票，竺珂驚得目瞪口呆。

「這些銀子妳拿著用，當作這段日子家裡的開支，不用跟我說。」

竺珂怔住了，倒不是驚訝謝紹有這麼多家底，她驚訝的是，這麼多錢，竟然從她第一天過來時，就一直在她身下?!

最後竺珂只取了兩錠銀子，說是足夠了，其餘的原封不動放了回去。

「那我一會兒就去金嬸家一趟。我先煮飯吧，你想吃什麼？喝粥行嗎？」

「都行。」

點點頭，竺珂正準備轉身，謝紹眼底沈了沈，喉結一滾，到底沒能忍住，幾乎是壓抑又衝動地伸手拉住了她。

竺珂疑惑地回頭，就對上他熾熱難當的眼神。

「我那天晚上，欺負妳了？」

這話像道閃電一般，驚得竺珂的臉瞬間紅成了大蘋果，謝紹自己也隱隱紅了耳根。

冷不防，左邊肩膀傳來劇痛，謝紹拉著竺珂的手無奈地垂了下去，只是手上那細膩光滑的觸感仍在，掌心也微微發麻。

「你……你說什麼？」竺珂語無倫次，話都不會說了。

謝紹今年二十出頭，正是血氣方剛的時候，他雖然沒經歷過這種事，卻也明白這有多讓人難堪。

現下他脖子青筋暴起、耳根發燙，動了動唇，只擠出來幾個字。「我……我那晚醉了……」

竺珂雙頰滾燙，一雙手無處安放，突然聽到他的解釋，也不知從哪裡冒出一股委屈感。

「我知道！你別說了，我去煮飯……」

竺珂還沒抬腳，謝紹猛然朝前一伸，又拉住了她的手，似乎是鼓足了勇氣。

「那晚，我真不是故意的……」謝紹說得磕磕巴巴，平時一個凶巴巴的漢子這會兒竟然破天荒的有些窘迫。

竺珂忽然有些想笑，問道：「那你這會兒拉著我的手，又怎麼解釋？」

果然，男人的臉在她說完之後以肉眼可見的速度漲紅了，他馬上鬆開她的手，動作之大，彷彿那不是人的手，而是燙手山芋。

「唉唷。」竺珂輕輕叫了一聲。

「怎麼了！我是不是使勁了？」謝紹這會兒又後悔了，整個人無措得像個愣頭青一樣。

竺珂活動了一下手腕，眼波如水道：「你知道就好。」

她瞪人的時候眼神透著一股自己也不知道的嬌憨，謝紹別開眼，不敢看她。

竺珂見他這樣，心頭的大石落了地。這幾天他跟個沒氣兒的人一樣躺在藥堂裡，她的魂也像是丟了一樣，現在他恢復了精神，她終於有心情跟他鬥嘴。

「你還有什麼想說的嗎？」

等了一會兒，謝紹都不說話，竺珂便道：「沒有的話我就走啦。」

她作勢要離開這裡，謝紹懇求般地開了口。「等、等一下。」

竺珂停住了腳，卻沒回頭。

「妳……妳要是願意，我補償妳！」

竺珂的心跳漸漸加快，卻依然沒回過頭，只問：「怎麼補償？」

「……以後妳管錢，妳說了算！」

竺珂的嘴角上翹，快要憋不住了，轉過身來故意道：「什麼意思，你想用錢解決?!」

謝紹一向不善言辭，這會兒能說這些話已是太陽打西邊出來了，卻沒料到竺珂比他厲害得多，幾句話就把他說得滿臉通紅。

閉了閉眼，謝紹幾乎是在求饒了。「我不是這個意思……」

說完後，他的傷口明顯撕扯了一下，眉頭皺成一團。

竺珂的心馬上軟了，連忙查看他的左肩道：「好了好了，我開玩笑的，你別使勁。」

還好傷口沒有撕裂，竺珂鬆了口氣。對上謝紹的眼神，她不禁紅了臉道：「那你嫌棄我嗎？」

聽見這句話，謝紹眸裡閃過一絲疑惑。

「我畢竟進過那種地方……」竺珂有些忐忑地看著他。

謝紹恍然大悟，眼中隨即寫滿了不可置信——難道她以為他一直介意這個？

看著他的眼睛，竺珂懂了，不需要他開口，她也明白是她誤會了。

「行了，我懂了，你先好好養傷吧。」竺珂別過臉，眼眶有些發熱。太好了，他從來沒嫌棄過她。

謝紹急了，她這是什麼意思？

「你的傷要是不好，我以後要跟著一個身有殘疾的人嗎？」竺珂故意這樣說，嗓音嬌滴滴的。

「我會好的！」謝紹這句話脫口而出。

竺珂憋住了笑，說道：「等你好了再說吧，我去廚房了。」

臨走前，竺珂替謝紹掖了掖被角，她的頭髮垂了下來，掃到謝紹的臉頰，和那晚一模一樣。

謝紹胸口一熱，那香豔似夢的情景浮現在腦海中，他忍不住用力握了握右拳。

竺珂像陣風一樣走了，徒留床上的男人氣血難平。

一顆心跳得有如小鹿亂撞，竺珂腳步都輕快了起來——謝紹願意跟她過日子了，真好。

這個男人就像顆石頭，可再硬的石頭，也有被燒熱的一天。她模樣不差，也不怕吃苦，這樣的好男人，憑什麼不能是她的！

心情不錯，竺珂做飯的動作都跟著快了些。

剛才元寶送了一隻烏雞過來，說是金嬸要給謝紹補身體的，她便直接把裝了銀子的袋子交給元寶拿回去。金嬸貼心，雞處理得很乾淨，直接下鍋就行。

取了個砂鍋，竺珂將雞剁成大小均勻的肉塊，放到了砂鍋裡。冷水下雞肉，等水沸，再撇去浮沫和多餘的油脂，之後撈出來下油鍋稍稍煸一下，重新去燉才會更香。雞肉煸出香味後倒入砂鍋裡，放入薑片、蔥段，開大火去燉，大火燉煮兩刻鐘，抽柴用小火燉。

竺珂泡了一些紅棗和香菇，再加一些枸杞，放入鹽、糖、少許黃酒下去調味，沒一會兒，濃濃的雞湯香味已經飄散開了。

掀開蓋子，雞湯已經燉得金黃，帶著濃郁的香氣，竺珂舀了一小勺嘗了嘗，滿意地點了點頭。

紅棗粥、烏雞湯，最後還炒了一碟香菇青菜，竺珂把晚飯端進了裡屋，卻見謝紹睡著了。

竺珂不自覺地放慢了步伐，她將飯菜放到几案上，輕手輕腳地走了過去。

只見他皺著眉，睡夢中都不太安穩，估計傷口很痛。

竺珂不忍心吵醒謝紹，準備過一陣子再叫他吃飯，但他睡得很淺，她剛靠近沒多久，他就警覺地睜開了眼。

「……那個，飯好了。」竺珂正要為謝紹掖被角的手，就這樣停在了半空中。

謝紹的眼神在看清來人的時候瞬間放鬆了，答道：「好。」

他想用右手支撐身體坐起來，竺珂連忙上前扶他。

「我看你放在我炕上那個小桌子不錯，我把它搬過來，以後就在床上吃飯。」竺珂道。

謝紹默許了。那個桌子，是他用做浴桶剩下的木頭做的，大小剛剛好。竺珂冬天在炕上吃飯或者刺繡，有那張桌子就很方便。

桌子被搬了過來，飯菜也端上了桌。竺珂為他先舀了一碗雞湯，說道：「喝吧，烏雞湯。」

雞湯香氣四溢，謝紹的腸胃突然間騷動不已，幾日以來的飢餓感鋪天蓋地朝他襲來，喝下一口雞湯，暖意瞬間充斥全身，讓人滿足。

竺珂這幾日也沒吃什麼東西，剛才做菜的時候還不覺得，此刻飯菜聞起來竟特別香，她的肚子「咕嚕」叫了一聲——小臉蛋瞬間紅了。

謝紹拿著湯匙的手頓了一下，看向她說道：「妳也喝。」

「你不許笑我！」都是為了照顧謝紹，害她出了醜。

「我沒有。」謝紹唇角微微揚起了一個小小的弧度，為自己辯解。

明明就有！竺珂雙頰的紅潮一時之間退不下去，她走到床邊坐下，輕輕脫了鞋，盤腿坐上床。

「咳咳咳！」這下，謝紹被雞湯嗆到，猛地咳了起來。

竺珂也有些不自在，只是她強裝鎮定，幫自己也舀了碗雞湯，嬌滴滴地嗔怪他。「難道我要站在床邊吃飯嗎？」

謝紹耳根發燙，不敢看她，自顧自地低頭喝著雞湯。這張大木床，竺珂一個人睡的時候覺得寬敞極了，可現在謝紹的身軀就占了一大半空間，加上那張桌子，他們同時待在床上，免不了觸碰彼此的手腳。

竺珂偷偷瞄向謝紹，心想這個木頭連眼睛都不知道往哪裡放，有趣極了。

「別只顧著喝雞湯，還有菜呀，對了，也喝一碗紅棗粥吧。」

「……好。」

天快黑的時候，金嬸來了一趟。

「小珂啊，嬸子剛剛才打開袋子來看，妳讓元寶送過來的錢太多了，這是剩下的，妳拿著。」

竺珂推辭道：「嬸子拿著吧，接下來幾天可能還得麻煩您，多的您就直接從裡面扣掉。」

金嬸想了想，回道：「那也行，我叫元寶日日送東西過來給妳就是，妳肯定不方便出去採買。」

「欸，好。」

說著，金嬸將手上的包裹交給她道：「還有這個，是嫁衣的報酬，一共十五兩，妳點點。」

「怎麼這麼多？」竺珂驚訝地接了過來。

「我那表姪女滿意得很，多出來的五兩說是謝謝妳的用心。喔，對了，她還讓我把這個給妳，沾沾喜氣！」

金嬸遞來兩個小盒子，竺珂打開來看，是胭脂跟香膏，她驚喜地說：「她太客氣了，其實我也沒做什麼……」

「收著吧，我表姪女說了，讓妳等等，過幾天要是有哪家的姑娘再來找妳，妳還接不？」

「接。」竺珂點點頭，能多賺些錢自然好。

「行，那我就安心回話去了。怎麼樣，謝紹好點了沒？」

竺珂看了裡屋一眼，回道：「好多了，剛吃完飯，一會兒換藥。」

「辛苦妳了，晚上估計也得有人照看著才行。對了，咋不去新屋呢？」

竺珂臉一紅，這怎麼好說……總不能說謝紹到現在還沒跟她同床吧。

金嬸看她這副模樣，一琢磨就懂了，說道：「唉呀，你們這些年輕人啊，就是血氣方剛的，嬸子懂！謝紹那身板……分開也好，就是要辛苦妳了。」

竺珂一臉茫然，一開始並未聽懂她的意思，後來見金嬸走之前還似笑非笑地叮囑了幾句，她這才明白了。

她當下相當難為情地看了裡屋一眼，這可真是……誤會大了。

幾天不在家，竺珂裡裡外外把謝家小院子收拾了一遍，等她忙完的時候，月亮已經悄悄爬上了枝頭。洗漱過後，竺珂看著面前的藥膏，陷入了糾結。

謝紹的傷必須要按時換藥，如果她睡新屋的話，來來回回地跑，未免也太麻煩了。可是……

竺珂在門口思來想去繞了三圈，一直到裡屋傳來「砰」的聲音，她才猛然掀開簾子走了進去——謝紹又想強撐著坐起來了。

「你幹麼呀？」

謝紹的神色有些無措。他方才想伸手去取床邊的水，卻不小心把茶碗給打碎了，茶水倒在被子上，留下一片水漬。

「你怎麼不叫我？」竺珂走到床邊，彎腰撿起破碎的茶碗。

「我自己可以……」

竺珂嘆了口氣，沒說什麼，只是將茶碗收拾好，轉身出去了。

謝紹聽見她的腳步聲往新屋那邊去，沒一會兒又迅速返回這裡。

只見竺珂抱著一床被子，站在門口道：「我睡這裡，方便晚上照顧你。」

小小的裡屋瀰漫著藥草的氣味，月光隱隱約約從窗外照進來，形成一股獨特的氛圍。竺珂說完這句話以後，臉蛋紅撲撲的。

不等謝紹的答覆，她便抱著被子走到床邊問道：「我睡這裡，你那張草蓆呢？」

謝紹呆若木雞似的半靠在床上，此刻聽清她的話，只覺得全身熱得快要冒火，嗓音啞得不像話。「回去睡，我這兒不需要。」

「你還要逞強啊？」竺珂氣呼呼的，他現在分明喝個水都有困難，卻一味趕她走。

「小珂！」謝紹的語氣變得有些強硬。「聽話……」後半句卻摻雜了一絲懇求。

但竺珂這會兒是鐵了心非要待在他身邊不可，謝紹閉了閉眼，隱忍又克制地說：「那妳睡床，我睡地上。」

竺珂瞪著他。他不讓她打地鋪，她也不可能讓他一個受傷的人去睡地上呀！

很快的，兩人都想通了這個問題的解決方法。

謝紹梗著脖子，耳根通紅，還是竺珂把被子往床上一鋪，問道：「那你睡裡面還是外面？」

「算了，妳睡裡面吧，這樣我好起身，可以嗎？」

謝紹掌心冒汗，內心煎熬不已。竺珂見他不動，乾脆脫了鞋，像隻貓咪一樣往床上鑽，謝紹頓時渾身僵硬，用右胳膊撐著身體往外側挪了挪。

竺珂今晚自己燒水洗澡，三天沒洗澡實在難受，沒有謝紹幫她打水，她也非洗不可。

這會兒竺珂秀髮披散，只穿了一件薄薄的夾襖，臉蛋粉撲撲的，最要命的是，那雙杏眼正水汪汪、無辜地望著謝紹。

謝紹握了握拳，認命般地嘆了口氣。他努力用沒受傷的胳膊控制身體，盡可能不去觸碰笁珂，偏偏這嬌滴滴的囡囡還不知死活地往這邊湊。

笁珂直起上半身靠近謝紹，伸出纖細白嫩的手臂要幫他蓋被子，又道：「被子裏好呀，你大半個身子都在外面。」

馨香、柔軟的身軀靠過來，謝紹只覺得熱氣沖到天靈蓋，快要忍不住了。

「睡、睡了。」

笁珂眨了眨波光蕩漾的眼睛道：「嗯……好呀。」

其實笁珂自己也羞得很，就算她進過凝玉樓，但是本性保守，說穿了，她也只是個十七歲的小姑娘罷了。

第十七章　同床共枕

兩人第一次躺在同一張床上，沒有一個人敢亂動，被子服服貼貼地蓋在他們身上，連皺褶都沒換過位置。

「你的傷口還疼嗎？」良久，竺珂問道。

「不疼。」

竺珂內心很是平靜，她主動翻了個身，面向謝紹那邊，嗓音軟綿綿的。「我睡不著，你陪我說說話。」

「……好。」

「你傷好之後想做什麼？還要進山打獵嗎？」

謝紹沈默了一會兒，回道：「還沒想好。」

竺珂立刻小聲道：「金嬸今天把嫁衣的錢給我了，一共十五兩，比原本說的多給了五兩，你覺得我以後靠這個賺錢怎麼樣？」

謝紹在黑暗中抿了抿唇，沒說話。

他不需要她賺錢，他是男人，他會養家。

「別太辛苦。」

雖然謝紹心裡那麼想，但說出來的話卻是站在竺珂的角度思考。她喜歡刺繡、熱愛料理，謝紹不會阻止她去做有興趣的事。

竺珂一聽，果然甜蜜蜜地笑了，說道：「好呀……其實我還喜歡研究香粉，託我做嫁衣的蘇小姐額外送了我一盒胭脂和香膏，我搽了一些在身上，你聞聞香不香？」

謝紹整個人頓時變得僵硬無比。他早就聞到她身上的味道了，甜軟的香氣就像毒藥，時時挑戰著他底線，而這隻不懂世事的貓兒還要上前挑逗他。

溫熱柔軟的身子不知危險地朝他靠近，謝紹腦子裡緊繃的那根弦突然「啪」的一聲……斷了。

一陣糾纏之後，緊貼的唇瓣才慢慢分開。

謝紹僅僅用一隻胳膊半伏在竺珂身上，她驚恐地看著他，身軀微微顫抖。

竺珂散開的烏髮鋪滿枕頭，襯得她的膚色更白，絲毫不知道自己這般模樣會引起什麼樣的後果。

謝紹線條分明的眉骨上凝結著汗珠，剛才那番情境，沒有哪個男人忍得住。他想為竺珂繫上脖頸處被扯開的盤口，無奈傷口撕扯，只能痛苦地閉了閉眼。

「剛才的話……不要再說。」再睜開眼時，謝紹恢復了三分理智。

竺珂呆呆躺在那裡，舌根有些麻。她不知道真正的接吻是什麼樣子，但是剛才……反正她不討厭這種感覺，只是後知後覺、懵懵懂懂的，也明白了男人和女人的不同。謝紹正傷著呢，現在應該忍得很辛苦。

「好熱……我去倒水喝。」竺珂翻起身，跨過了謝紹下床，雙頰通紅地走到廚房去倒水。

謝紹渾身的騷動逐漸平靜下來，喉結滾動了幾番，嗓音沈沈的，像是自言自語。「我會對妳好。」

次日一早，初冬的陽光柔柔地灑進小窗，周圍都是淡淡的草藥味。竺珂顫了顫睫毛，睜開了眼。

她下意識地看向身側的人，心中生出了一股羞澀和甜蜜。

下了床，竺珂輕手輕腳地穿好衣裳和鞋，又瞄了瞄謝紹的側臉，抿了抿唇走到院子裡，迎接新的一天到來。

阿旺搖著尾巴往她跟前湊，雞圈裡的雞也餓得咯咯直叫。

「好了好了，別著急，我這就去餵你們。」

竺珂笑著放下木桶，走到廚房。小小的灶臺被收拾得一塵不染，她拌好雞食跟狗食，重新回到了院中。

「好啦，來吃吧。」

幾隻雞一擁而上，竺珂笑盈盈地走到雞窩前，蹲下去伸手摸了摸，底下是溫熱的三個雞蛋。

謝家一共有三隻母雞，竺珂微微有點傷神，心想要是能讓一隻母雞一天生兩個蛋就好了。謝紹正在養傷，需要補充營養，也不知捉點活的蟲子餵雞有沒有效果。

竺珂站起身，準備回廚房做早飯，卻突然一陣頭暈，她忍不住扶了扶雞圈的籬笆門。頭暈的感覺持續了一會兒，竺珂蹙了蹙眉，覺得有些奇怪，但還是拿著雞蛋就往廚房走。

滴答。

一道像是水珠滴落的聲音傳了過來。竺珂四處張望了一下，卻沒發現什麼異常。

「奇怪……」她喃喃自語道。

竺珂終究沒把這件事情放在心上，眼前還是做早飯要緊。

三個雞蛋攪勻打散，加適量比例的清水放在大碗裡，直接上鍋去蒸，只需大火蒸小半炷香的工夫，一碗金黃鮮嫩的雞蛋羹便做好了。雞蛋羹簡單又營養，最適合當早飯。

蒸雞蛋羹的過程中，竺珂還熱了昨天剩的半鍋雞湯，順便取出藥壺為謝紹熬藥。

慈善藥堂的韓大夫囑咐過，從今天開始，敷的藥三個時辰換一次就可以，但是熬來喝的藥則是一天三次，不能落下。

竺珂神情嚴肅地按照配好的藥包一樣樣把藥材放到砂鍋裡，半點差錯都不敢有。

「嫂子，我來送菜了。」元寶出現在謝家院子門口。

竺珂淨了淨手就趕緊迎出去道：「這麼早，辛苦你啦！」

「不辛苦，只是順便的。」

菜籃裡面除了常見的瓜果蔬菜，還有一大塊牛骨頭，像是才剛割下來的。

「哪裡來的牛骨頭？」竺珂好奇地問道。

元寶回道：「村裡有屠宰，是村長給的。謝紹哥不是傷了嗎？牛骨頭熬湯可是大補。」

竺珂點點頭，的確是這樣沒錯。

「你這副打扮，是要去哪兒呀？」竺珂接過菜籃才注意到元寶換上新衣，像是要出村。

「後天就是我表姊出嫁的日子，我和我娘先一起過去幫忙。」

竺珂恍然大悟，原來後天就是蘇小姐出嫁的日子，蘇家是金家的表親戚，金嬸和元寶是應該去。

「你等我一下！」竺珂飛快地跑回西邊新屋。

蘇小姐待她不錯，嫁衣的酬銀不僅多給了五兩，還送了她胭脂和香膏，作為回報，竺珂也想送她一份禮物。

咬了咬下唇，竺珂想來想去，只想到自己親手做的桂花香膏。後來有空閒時，竺珂重新試了好幾種法子，終於做出一小塊成色最好、香味還原度最高的香膏，被她寶貝地裝在一個精緻小巧的白色盒子裡。

竺珂將這個小盒子交給元寶，說道：「算是我的心意，祝他們白頭偕老。」

「放心吧嫂子，我一定替妳轉達。」

竺珂笑著點點頭，突然間，她又聽到了一道滴答聲，空靈又真實。

「你有沒有聽到什麼水聲？」她問道。

元寶四處望了望，不解地問道：「什麼水聲？」

竺珂自己也覺得疑惑地說：「就是滴答的水聲。」

「沒有呀。」元寶撓了撓腦袋。

「沒事，可能是我聽錯了，你快去吧，別遲了。」

「好，那我先走了。」

熬牛骨頭湯，得燉煮整整三個時辰才行，除了牛骨頭，竺珂還加入了半隻風乾的鴨子跟雞肉一起下鍋燉。這樣熬煮出來的高湯，定是鮮美至極又營養豐富。

乳白色的濃湯煮沸後，撈出多餘殘渣，竺珂又加了一些泡發的乾貨，繼續用小火燉煮，這個檔口，謝紹的湯藥也熬好了。

掀開砂鍋那一瞬間，竺珂聞到濃濃的中藥味，突然一陣暈眩，和她早上發生的情況一模一樣。

「這是咋了……」竺珂摸了摸額頭——沒有生病呀？

這藥的味道是真的苦，那天為謝紹試藥的時候還不覺得，但此刻竺珂一聞就蹙起了眉頭。

同樣蹙起眉的還有此刻面對這碗藥的謝紹，一個身強體壯的大男人，竟然也有犯難的時候。

「咋了？」竺珂忍著笑。

謝紹愛面子，掩嘴輕咳了一聲，單手端起那碗藥就咕嚕咕嚕喝了下去，卻是眉頭緊蹙、全程憋氣。

竺珂忍笑忍得實在受不了了，她手放在背後，對他說道：「張嘴。」

謝紹痛苦地擰著眉，不解地望著她。

「張嘴嘛！」竺珂又走近了一步。

謝紹不明所以，但還是乖乖地張開了嘴。

一根筷子迅速地伸進他嘴裡，還不等他反應，筷子又快速退了出去。

竺珂笑眼彎彎，兩個梨渦若隱若現，問道：「甜嗎？」

甜蜜的滋味在唇齒間蔓延開來，湯藥的苦澀味褪去，滑膩的口感很快就讓謝紹意識到——「這是蜂蜜？」

「對呀，之前方家媳婦送來的。我心想這藥苦，特地拿來給你的，甜嗎？」

甜。謝紹在心裡承認，但說出來的話卻是——「其實這藥也不是很苦……」

「這樣嗎？那我下午不給你了，那蜂蜜挺少的。」

謝紹無言地瞪著放在桌上的藥碗，隔了好一會兒才說：「甜。」

「你說什麼？」竺珂故意裝傻。

謝紹眉眼染上笑意，將她得意的小神情盡收眼底。

蜜甜，她更甜。

濃郁的肉湯香氣從謝家小院飄了出去，惹得來往的人都頻頻張望。

竺珂正在廚房忙活，嫩白的蘿蔔刮皮切成滾刀塊，放到牛骨頭湯鍋裡，香菇、菌子等不怕煮的材料也放進去，新鮮的豆腐和蔬菜全部切好備用，牛肉則是切成薄薄的肉片，加作料醃製。等到鍋沸，就可以端上桌了。

剩下煮爛、煮碎的牛骨頭，竺珂給阿旺拌了米飯，阿旺樂得尾巴要搖到天上去了，在自己的小屋子前大快朵頤。

謝紹平時口味重，竺珂想了想，還是為他調了個醬碗，沒放辣，而是用蒜泥、黃豆調味，還撒了點芝麻跟花生碎屑。

兩人在堂屋坐了下來，準備吃飯。謝家有個矮矮的小爐子，把湯鍋放在上面剛剛好。謝紹沒吃過這種料理，竺珂一直在幫他張羅，湯鍋霧氣繚繞、肉香撲鼻，竺珂將菜一樣樣放進沸騰的鍋裡燉煮，鍋底還時不時迸出幾個小小的炭花。

屋裡的溫度上升了，坐在火盆邊又吃著湯鍋，謝紹很快便滿頭大汗，竺珂調味的功夫極好，就算沒放辣椒，也極對謝紹的胃口。

「等你傷好了，我再做一次辣的。」

謝紹沒說話，而是把注意力放在竺珂面前那小罐蜂蜜上，心想來年開了春去林子裡採蜜，她應該也很喜歡。

光吃肉和菜，依謝紹的飯量肯定不夠，這鍋湯不油不膩，用來泡米飯最是美味。竺珂為他舀了一碗飯，澆上湯道：「你嘗嘗。」

對謝紹來說，竺珂做的東西他都喜歡，不需要嘗味道，再說了，以前日子苦，啥不能吃，現在有肉有飯的，日子不比當時好得多嗎？

笁珂見他吃得暢快，心情也好了起來，加上金嬸告訴她已經有其他家小姐要下單了，她不禁在心裡打起了小算盤。

一件嫁衣收入十五兩，繡布、繡線都是人家給的，除去繡架的成本二兩，淨賺了十三兩，再加上今天接的這些單，開春之前她手上就至少有三十兩銀子了。

「晚上刺繡別繡得太晚，傷眼睛。」謝紹吃著飯，看似漫不經心地說道。

「啊？」笁珂有些走神，反應過來以後立刻答道：「好。」

「妳要是想做，我不攔妳，改天去城裡買盞好燈。」

笁珂心頭一熱，輕輕地「嗯」了一聲。家裡現在用的是煤油燈，燭火小、光線暗，看久了的確傷眼睛。

此時她心念一動，問道：「那我過兩天能去趟集市嗎？」

聞言，謝紹的筷子頓了頓，有些猶豫。

「我中午就能回來。」笁珂急忙補充道。

謝紹看著她，漆黑的眼眸沒有任何不滿，只是閃過一絲擔心。「我陪妳。」

笁珂被他嚇了一跳，說道：「不不不，我跟金嬸去，你傷還沒好呢。」

謝紹抿了抿唇回道：「那行，早些回。」

笁珂見他鬆口，眉眼彎彎，又從鍋裡為他挾了幾大片涮好的肉，把碗堆成了小山。

謝紹面上不顯，唇角卻悄悄勾起了一絲弧度。

這天吃過晚飯，屋外冷風就颼颼地颳，竺珂早早落了鎖，收拾好廚房，便回了屋子。

謝紹正坐在床邊皺著眉，像是在思索什麼人生大計一樣。見竺珂進來，他有些窘迫。

「怎麼了？準備換藥了。」

謝紹跟她商量。「妳今晚睡新屋去。」

「為什麼？」竺珂驚訝道。最困難的第一晚都過去了，這個男人現在在彆扭個什麼勁啊?!

「今晚冷，新屋有炕，暖和。」謝紹平靜地說道。

「炕都沒燒火，哪裡暖和？再說……」竺珂把剩下的話吞進了肚子裡。

再暖和，也沒有你身上暖和。

也不知道謝紹是吃什麼長大的，他就像是個暖爐，昨天後半夜竺珂睡到迷糊，自動尋找熱源，腳伸了過去靠在他身上，溫暖又舒服得讓人直想打滾……不過他應該沒發現。

謝紹輕輕咳了一聲，竺珂的小心思明明白白地寫在臉上，也只有這個傻瓜以為他睡得那麼死，什麼都不知道。

「我、我想擦個身子，妳等會兒再過來。」他不敢看竺珂，神情慌亂。

原來他拐彎抹角的是因為這件事啊!竺珂說道：「擦身子就擦身子嘛，我去給你打熱水。」

「不用！」謝紹猛地站起來說：「我自己去。」

竺珂不明所以地看著謝紹慌亂的背影，不就是擦個身子而已，她又不是沒見過他的上半身……

撇了撇嘴，竺珂忽然想通了。

謝紹受傷之後已經過了好幾天了，說是擦身子，其實他真正的目的是洗澡吧！

竺珂小跑到了廚房，果然見到謝紹單手拎著木桶，鍋裡還燒著水，一看就是給洗澡備下的。

「妳怎麼來了？」謝紹有點意外。

竺珂揚起精緻的下巴說道：「你想洗澡就說嘛，我幫你呀。」

謝紹的耳根子又隱隱燙了起來，這種事怎麼好開口呢……「我可以自己來。」

「逞什麼強啊？這樣吧，你用新浴桶洗，我拿給你。」

謝紹吃驚地看著竺珂，那浴桶是為她做的，這……這怎麼合適！

竺珂完全不介意這點，她幫忙將浴桶擺在堂屋，又把火盆端了過來，說道：「行了，你慢慢洗，我進裡屋不看你，這總行了吧？」

謝紹沒看她也沒答話，竺珂看著他微微發紅的耳朵，莫名想笑，但還是轉身回了裡屋，研究自己那些繡樣去了。

第十八章　異象乍現

過了好一會兒，堂屋裡終於響起了水聲，竺珂不放心地探了探頭。她自然是想過去幫他，但按照謝紹那個倔脾氣和彆扭勁，傷了一隻胳膊、生活不能自理的狼狽樣，肯定不願意教她看見。這麼一想，竺珂還是低頭繼續琢磨繡樣了。

謝紹見裡屋的簾子沒被掀起來，頓時放鬆了。當他脫下褲腰帶、見著水的那一刻，長長吁了一口氣。

他低頭看了看，想起竺珂那副不知自己有多勾人的小模樣。昨晚她跟隻貓兒一樣往他懷裡拱，哼哼唧唧又黏人，他是個正值二十出頭的男人，身下的反應再正常不過……想到今晚，謝紹無奈地勾了勾唇，真是甜蜜的折磨。

謝紹在堂屋磨得夠久，久到竺珂的眼皮都要打架了，她終於忍受不了地把繡籃一擱，起身向外走去。她剛要伸手碰簾子，簾子卻被人猛地掀開，冷不防的，竺珂直直地被一個硬邦邦的胸膛撞上。

見謝紹周身還帶著水氣，竺珂的瞌睡蟲立刻消散，愣愣地抬起頭看他。

兩人視線一相撞，謝紹英俊的五官馬上映入她的雙眼。高挺的鼻梁上，水滴正在滴落，側臉和下巴的弧度堅毅又陽剛，深邃的眼眸閃過一絲笑意，竺珂不禁看呆了。

「進去了。」他嗓音低沈，帶著一絲慵懶。

「……喔，好。」竺珂覺得臉蛋有些火熱，忙轉過身去，走到桌子旁喝了幾口水，等謝紹坐到床邊之後，她才慢悠悠地晃過去為他換藥。

傷口恢復得很好，到底是年輕力壯底子好，照這樣下去，也許不用一個月，謝紹就能恢復如初，再過幾天，晚上估計也不用她照顧了。

此刻竺珂心頭忽然有些憂慮。雖說兩人把話說開了，可……可還沒有夫妻之實，等謝紹傷好了，他們是不是又要分房過日子了？

謝紹的眼神滑過竺珂的小臉，也不知她在想什麼，表情一會兒開心一會兒憂慮的。真是可愛。

躺在床上，竺珂閉上眼，過了一會兒，腦中突然又響起了水滴的聲音，滴答滴答，跟之前很像。

竺珂睜開眼，見謝紹已經睡著了，她奇怪地左右看了看，屋外又沒下雨，這聲音是從哪裡來的？

滴答的水聲愈來愈密集，竺珂起了身，決定出去一探究竟。

她小心翼翼地下了床，確認沒有吵到謝紹之後，出了裡屋。堂屋裡剛放過火盆，暖洋洋的，只是堂屋內沒有水源，問題可能還是出在廚房。

小小的廚房安靜得很，可竺珂耳邊還是傳來滴答的水聲，她走到水缸旁邊仔細檢查了一番，沒發現漏水之處。她疑惑地站起身來走近灶臺，檢查是不是有水罐漏水。

灶臺底下放了一籃子蔬菜，是今天元寶送過來的，裡面有一個新鮮的南瓜，那南瓜剛從架子上摘下來，蒂頭上還連著藤蔓。

竺珂前後左右檢查了一圈，確認沒有什麼東西漏出來，那這水聲到底是……

滴答！

一滴水忽然間從她的指尖滲出來，滴在腳邊的菜籃裡。

竺珂睜大了眼，不可置信地看向自己的指尖，滴答，又是一滴。

那水滴滴到南瓜藤蔓上，也不知是眼花還是睡懵了，竺珂竟覺得藤蔓好像長大了一些。

竺珂蹲下去細看南瓜藤蔓，又仔細地瞧了瞧自己的手指，只不過這下沒有水滴了，那一直在她耳邊縈繞的滴答聲也消失不見了。

揉了揉眼睛，竺珂心想自己怕不是在夢遊吧？

她左右翻看了南瓜藤蔓，除了最前面的綠芽似乎長大了一點之外，其餘好像沒有什麼異常。

從沒聽說過摘下來的南瓜藤蔓還能繼續長的……竺珂確信是她眼花了，對於自己為了水滴聲大半夜爬起來的行為，她無奈地笑了笑，也許是那天試藥，把她給試糊塗了吧。

重新落了鎖，回到裡屋，見謝紹還熟睡著，竺珂鬆了口氣，躡手躡腳地爬進了被窩。

接下來的一整夜，再沒有任何異常，她睡得香甜安穩。

竺珂是和金嬸一起約好去集市的，天還沒亮，她就爬起來去院子裡收拾了。今天天氣還不錯，她走到雞窩邊撿了三個雞蛋，收進了廚房。

謝紹也起來了，走到了院子裡。

「你起來做什麼，天還早呢！」竺珂在井邊梳頭，回頭就看見謝紹走向柴垛，單手拿起了斧頭。

「這是幹麼呀？」竺珂生氣了，衝上去搶過他手上的斧頭，怒道：「你能不能安生點?!」

謝紹被她擔心的表情大大取悅。「休息了幾天，好多了，讓我試試，聽話。」

竺珂被這聲「聽話」哄得順了毛，但還是不把斧頭給他。「你想幹活的話幫我把衣裳搭好，別砍柴了。」

院子的木盆裡有幾件昨晚洗好的衣裳，她害怕夜裡起風就沒搭。

「好。」謝紹朝木盆走了過去。

金嬸已經到了院門口，喊道：「小珂啊，好了嗎？」

竺珂剛剛梳完頭，忙回道：「好了，馬上！」

她回頭小碎步朝謝紹跑過去道：「我走了啊，時間有點急，來不及幫你準備早飯了，廚房有幾顆雞蛋，你記得煮了吃，我中午就回來！」

竺珂剛要走，謝紹就拉住她道：「等等。」他從懷裡取出了一個荷包，遞給她道：「拿去花。」

不用看，竺珂也知道裡面是什麼，只道：「帶了，我有錢的。」

「我知道，但這是我給妳的，拿去用。」

竺珂心裡甜滋滋的，接過來道：「好吧，那你可不許嫌我敗家呀。」

謝紹失笑，搖了搖頭。青山城就這麼大，她還能把他買破產不成？「去吧。」

竺珂蹦蹦跳跳地走了，謝紹一直看著她的背影消失，才收回了目光。他手上拿著一件桃粉色的衣裳一直沒搭，這時候才看清是竺珂的一件小衣。下腹一陣滾燙，謝紹慌亂地把小衣一鋪，晾在了竹竿上。

今日竺珂穿了一件夾襖，頭髮簪了支桃花簪子，謝紹傷勢好轉，她的心情和臉色跟著好了起來，人也恢復了氣色。

「妳今天要買啥？」金嬸問道。

「我替謝紹取藥，再買盞燈，其餘沒啥要買的。」

金嬸笑道：「也是啊，謝紹疼人，怎麼可能讓妳去買重物。」

竺珂笑了笑，算是默認。

走了一段路，她們身後突然傳來呼喊聲。「謝娘子！金嬸！等等我！」

兩人一起回頭，發現是王桃桃，她正從後方不遠處小跑著過來。

「方娘子，妳也去鎮上嗎？」

「是啊！」王桃桃跑近，喘到不行。「……我去買點布，再賣點蜂蜜……」

竺珂注意到她提了一整罐的蜂蜜，好奇問道：「妳家是養蜂的嗎？」

「是呀，村裡都知道我家養蜂，上回給妳的蜂蜜，就是我家自產的，怎麼樣，味道還不錯吧？」

竺珂笑道：「挺好吃的，很甜。」

「妳喜歡就跟我說一聲，管夠，隨時給妳送過來。」

「好，多謝。」

三個女人一邊說笑，一邊朝村口走去，金嬸家的牛車就停在那邊。一路上她們遇到不少村裡的婦人，大多數人的眼神都止不住地往竺珂身上瞟，當然，竺珂一個眼風也沒回過去。辰時的青山城裡，到處都是早點鋪和小商販的叫賣聲，街邊賣包子跟餡餅的攤子熱氣騰騰，竺珂邊走邊看，發現了不少新鮮的玩意兒。

金嬸和竺珂要先去藥堂，王桃桃則是要到集市去賣蜜，一時半刻可能賣不掉，無法陪她們一起逛。王桃桃帶她們吃過陽春麵後，三人便約好辦完事在這家飯鋪門口見面，一起回村去。

王桃桃離開後，金嬸笑著對竺珂說：「這方家娘子還挺有意思的。」

竺珂笑著點了點頭，說道：「我們走吧。」

金嬸陪竺珂去了慈善藥堂，藥堂的夥計早就認識她們了，忙笑著將人迎了進去。

在慈善藥堂等著配藥，韓大夫又問了幾句謝紹的狀態，過了一段時間，兩人這才走了出來。

「小珂，妳還想買什麼？」金嬸問道。

「先陪您去買東西吧，我隨意逛逛。」

「行，那咱們去布莊吧？」

說起布莊，竺珂想起了之前那次不好的回憶，不過今日有金嬸在，事情又過去了那麼久，想必不會有什麼大問題。

兩人朝布莊走去，一路上都聽見有人在小聲議論。

「聽說了嗎？」

「聽說了，也是怪可憐的。」

「現在那邊鬧饑荒，死了好多人，咱們青山城最近也來了好多陌生人，都在郊外的城隍廟附近乞討。」

「唉，那裡還有瘟疫呢，可別把病給帶過來了！」

竺珂和金嬸自然聽見了這些話，竺珂小聲問道：「他們說的是？」

「好像是西北那邊鬧災荒，好多難民逃了過來，這事我聽我們家那口子提過。」

竺珂點了點頭。民以食為天，老百姓要是吃不起飯，那的確是最要命的事。

金嬸沒帶竺珂去上回去的那間布莊，而是繞進了小巷。「嬸子帶妳去一家，那裡的布才是最實惠的！」

拐過幾條巷子的時候，竺珂看見了幾家香粉鋪子。

金嬸注意到她渴望的眼神，說道：「想進去看看就去吧。」

竺珂笑了笑，她是想進去來著，只是現在這些東西於她而言有些奢侈……

「妳現在做嫁衣賺了錢，有啥不能買的？再說，妳想買啥，謝紹還能不同意？」

想起謝紹在她出門時說的話，竺珂知道她要什麼謝紹肯定都會答應，再說自己手頭確實有了閒錢，買幾盒也不過分。

這樣想著，竺珂走了進去，金嬸跟在她後面。

那香粉鋪子的女掌櫃見有客人上門，笑著迎出去道：「二位客人，想看胭脂水粉，還是香膏玉露？」

「都看看。」

「好咧。這一樓啊，您隨便瞧，看上什麼，都可以試用。」

竺珂笑著點了點頭。一樓一共四、五個櫃檯，左邊三個是胭脂水粉，一眼瞧過去，的確都是市面上流行的顏色。

口脂嬌嫩，竺珂點了一些在掌心聞了起來——是薔薇花的氣味，顏色卻和薔薇關係不大，這是顏色提純不到位的緣故，算不上好的口脂。

至於那些香粉、香膏就不必說了，粉質粗糙，氣味要麼過淡、要麼過濃，一些香膏還有雜質，竺珂懷疑裡面可能摻雜了豬油。豬油是最廉價的成形劑，只是用在香胰子上還行，若是用在女子的這些什物上，就顯得有些黑心了。

「你們這裡有香草木做的香膏嗎？」

那香粉鋪子的女掌櫃臉上原本含著笑，一聽竺珂提到香草木，臉色就稍稍變了。她上下打量了竺珂整整三眼，還是帶人上了二樓。竺珂這才看清這二樓別有洞天，裡頭還有一個小廊，香氣幽幽，點的熏香也是上好的線香，看來一摟只是為了接待一些平民小百姓，真正的好東西擺在二樓。

繞過幽香安靜的小廊，三人進了一間雅閣，進去之後視野突然變得開闊，其中的陳設擺列不知比一樓精緻多少倍。

「兩位隨便瞧瞧，香草木做的香膏都在這裡了。」

竺珂走過去，就瞧見一排櫃子上擺著各種玲瓏小巧、精細無比的小盒子——瓷器的、木雕的，還有金銀鏤空的。她小心拿起了一個青花紋瓷盒打開瞧了瞧，裡面裝的膏體是淡青色，香味淡雅、幽香宜人，更妙的是這膏體中間還帶了些許紅色，竺珂細細聞了聞，試探地問道：「這是……梅花？」

「不錯不錯。」那女掌櫃笑得開心，說道：「能一下聞出來這是梅花的人可不多。梅花香氣並不濃郁，這裡面除了梅花，還加了乳香、檀香，小娘子卻能一下就聞出來，看來果然是識香之人。」

竺珂仔細盯著膏體中間的一點紅瞧。冬日一片雪色之中，紅梅醒目又傲人，加入乳香跟檀香，主要作用是增加梅花香氣「幽」的特點，這香膏恰恰引出了梅花的特點，難怪是上品，比下頭那些香膏不知好了多少。

「小娘子再看看這個。」

女掌櫃遞來一個方正的白瓷盒，盒子上雕刻了一朵木蘭花，竺珂以為這是木蘭花香膏，但打開一聞，卻發現不是。

「這是梔子花。」

女掌櫃笑得花枝亂顫道：「不錯不錯，小娘子果然厲害。」

「梔子花的香氣很難提取，很多梔子花香膏或香露都做不到完全還原梔子花的氣味，您這個確實難得。只是為何要把梔子花的裝在木蘭花的盒子裡頭？」

「我跟瓷窯訂了梔子花的樣式，他們一直做不好，便先拿了木蘭花的樣式頂上，方才是為了試探小娘子，沒想到一下就教您給識破了。」

竺珂也不生氣，問道：「您這兩盒香膏怎麼賣？」

「這樣的香膏平時也就只有一些大戶人家的小姐才會來訂，量不多，說是二兩一盒也沒矇小娘子。」

金嬸一聽就急了，說道：「再怎麼說二兩一盒也太坑了！小珂，我看妳自己做的也不比這個差多少啊！」

女掌櫃一聽，立刻問道：「小娘子自己也會做香膏？」

「實不相瞞，家父以前做過香粉生意，我平時也喜歡這些，不過是懂一些土法子罷了，跟您這兒比不了。不過掌櫃的，我是誠心想買，這兩盒香膏，我一共給您二兩怎麼樣？」

竺珂說話的時候嗓音柔柔的，毫無侵略性，女掌櫃聽完後有些猶豫，但想了想，還是答應了下來。「行吧，今日遇見小娘子也是有緣，二兩把這兩盒都拿去也罷。」

怕掌櫃的反悔，竺珂立刻取出荷包結了現銀。這兩盒香膏，就屬於她了。

臨走之前，女掌櫃又送了她好些胭脂和熏香，還揮著扇子喊：「小娘子下回可再來啊！」

第十九章　集市衝突

走出香粉鋪子，金嬸沒忍住，說道：「小珂，再怎麼說也太貴了，這真的值這麼多錢嗎？」

竺珂看了看手中那青花紋瓷盒，一盒梔子花香膏或許不值得，但是這梅花的的確值得——雖然在她看來，充其量就是兩百文的價值而已。

她肯花二兩銀子買，有自己的考量。一是那香味，若論純度，說來和她自己用土法子製成的桂花香膏差不了多少，但是梅花的香氣卻很到位；二是若顯得過於了解行情，那女掌櫃說不定就會把她當成同行，不肯拿出好貨，她說父親做過香粉生意，也是託辭罷了。若是這條路行得通，竺珂往後還想試試看自己做，必然不好得罪人家。

逛完了香粉鋪子，終於到了布莊。金嬸說的這個布莊靠近城區邊緣，瞧著不大，客人卻多。

「這家規模雖然比不上最大的那家，但這掌櫃和我熟悉，而且布料實惠，小珂妳也逛逛。」

竺珂點點頭，這裡和她舅舅家正好分處於青山城的對角，完全不用擔心會碰到熟人，她倒是可以放心逛一逛。

布莊不大，竺珂進去的第一眼就瞧見了幾疋上好的綢緞，那綢緞光澤奪目，擺在最顯眼的位置，一看便知是這家的頭面貨。

「小娘子，來看綢緞還是布疋啊？這是蘇繡，剛剛才到的，上好的貨呢！」掌櫃的介紹道。

竺珂細細看去，有幾疋綢緞的確適合做繡品，那幾家小姐訂的東西多是荷包、團扇和帕子之類的，沒給繡布，用這幾疋來做的話倒是不錯。

「那煩勞您，水綠、月白、琥珀色的素色綢緞各兩尺。」

「好咧，您稍等。」

掌櫃的去裁綢緞，竺珂則繼續去看棉布。她現在不缺這些，倒是謝紹，來來回回就那幾件衣裳可穿，她想為他做幾件棉衣。

男人喜歡的顏色無非就是深色、素色之類的，竺珂倒也沒想買花俏的，她挑了一疋蒼色和黛藍的布料，叫掌櫃的一起包起來了。

金嬸也買了好些布，準備為金叔和元寶做衣裳。

兩人滿載而歸，結了帳，正準備走出布莊的時候，門口突然一陣騷動。

一道身影飛快地竄了過去，後面跟著幾個人不停地追。

「別跑！小兔崽子！」

「敢在老子地盤搶生意，今天就讓你知道下場！」

幾個衣衫襤褸的老乞丐吼道，他們正追著的，是個瘦小的男孩，那男孩手上拿著半個饅頭，看上去可憐極了。

男孩經過竺珂身邊，差點把竺珂撞倒，金嬸一把拉住她道：「小珂妳沒事吧？」

「我沒事，這是咋了？」

「不知道啊。」

「那幾個老乞丐是這地方的惡霸，說是乞丐，其實是地痞，那男孩估計是逃難過來的，餓極了，可能是在這幾個老傢伙的地盤上乞討或搶了他們的東西，這才被追。」身邊有比較了解情況的人說道。

幾個老乞丐很快就圍住了那男孩，準備一陣拳打腳踢，竺珂心裡不是滋味，正設法要幫那男孩，那男孩一個晃影又跑了。

這次，男孩學聰明了，跑到布莊門口的人群之中尋找庇護，周圍的人全都一哄而散。

那男孩一眼就看到了竺珂，忙躲到她身後，喊道：「夫人救我！」

金嬸急了，伸手去拉那個男孩說：「你這小毛孩，可別亂拉人下水！」

幾個老乞丐轉眼的工夫就到了布莊前，看見竺珂，臉上露出了不懷好意的笑，其中一個人說道：「我說這位小娘子，妳可別多管閒事啊。」

那男孩躲在竺珂後面，緊緊拽著她的衣襬不肯鬆手，金嬸拉不動，竺珂也是左右為難。

「妳家相公呢？瞧妳長得這麼標致，他竟放心讓妳一個人出來？」

幾個老乞丐露出噁心的笑容，模樣猥瑣極了。

竺珂硬著頭皮道：「他拿了你什麼東西，多少錢？我賠你就是，不必和一個小孩子計較吧。」

那幾人對視一眼，哈哈大笑，為首的老乞丐說：「現在可不是一個饅頭的事嘍！小娘子，妳確定要插手？」

金嬸在旁邊喝斥一聲道：「你們幾個老東西！把狗眼睜大點，這是謝紹的娘子，得罪了謝紹，你們知道後果！」

這話管用，那老乞丐一聽，面露懷疑和猶豫地說：「謝紹的娘子？」他上上下下打量了竺珂幾眼，有些猶豫了。

「老大，你這樣不怕丟面子啊？再說了，謝紹又如何，前些天他被野狼傷了的事，整個青山城誰不知道，現在估計連床都下不了！而且，聽說他娘子之前是從凝玉樓……」

為首的老乞丐一聽，又露出不懷好意的笑容道：「嘿嘿，謝紹還在床上躺著吧？我看他被野狼傷了，估計也滿足不了妳，妳不如──」

老乞丐一邊說一邊朝竺珂伸出手，只是他那瘦骨嶙峋的手還沒碰到竺珂的一根頭髮，就被一個大掌一把捏住，力道之大，他的胳膊立刻變了形。

「唉唷！」他慘叫。

竺珂猛然一轉頭，就看見謝紹的側臉出現在視線當中，他唇角緊繃，顯然怒氣沖天。

「謝紹哥……」

謝紹也不跟那老乞丐囉嗦，一腳就蹬了過去，直直踹中他的肚子，他馬上倒在地上，面色蒼白。

躲在竺珂身後的男孩見狀，一溜煙地跑了，金嬸拉都拉不住，轉頭一看，才發現元寶也來了。

竺珂顧不上那男孩，現在謝紹跟瘋了一樣，滿身戾氣，他踢了一腳之後還不肯甘休，接連上去又踹了三、四腳，旁邊圍觀的那些老乞丐早就散了。

「饒命……這是誤會……」

那老乞丐痛得直在地上打滾，謝紹卻不停下來，他雙目赤紅、喘著粗氣，顯然是氣狠了。

竺珂被他這副暴戾的模樣嚇得不輕，她從來沒見過謝紹這模樣，免不了有些害怕地上去輕輕扯住他的衣襬道：「謝紹哥……」

本以為謝紹這會兒正在氣頭上，很難被人勸住，然而出乎意料的是，竺珂剛喊他，他就住了手。

謝紹轉過頭看著竺珂，眼中的狠戾逐漸消散，恢復了幾分理智。

「妳沒事嗎？」他聲音有些憋，還有點沙啞。

「我沒事……你怎麼來了？」

謝紹面色還冷硬著，再三確認竺珂沒事之後，他便開口道：「先走吧，鬧出了動靜，說不定官府的人一會兒就要來了。」

竺珂乖乖跟在他身後，金嬸和元寶走一道，四人朝出城的方向走去。

一路上，金嬸猶不解恨地說：「那幾個老東西真是可惡，還有那個小毛頭，我們也算幫了他，結果他跑得比誰都快，真是個兔崽子！」

了活命罷了。」

笙珂開口道：「算了，那孩子看上去才十一、二歲的樣子，那麼瘦，可憐得很，也是為

謝紹停住腳，看向她問道：「什麼孩子？」

金嬸立刻解釋道：「就是一個瘦瘦巴巴的小毛孩，逃難來的，不知道是不是搶了那老乞丐的饅頭或者東西，惹得那幾個老東西追打。在布莊門口，那小毛頭跑到小珂身後尋求庇護，也就是看小珂心腸軟，要不他早被抓住毒打一頓了。」

笙珂悄悄去看謝紹的臉色，只見他唇角緊抿，過了半晌才道：「西北那邊逃難過來的吧，最近難民多。」

「可不是，西北鬧災荒，不知道死了多少人了。」金嬸附和。

「你怎麼來了？」笙珂一直看著謝紹，終於問出了口。

謝紹還沒說話，元寶嘴快道：「謝紹哥是擔心嫂子，一到中午，見嫂子還沒回來，就讓我跟人家借牛車到集市上找妳——」

話說到一半，元寶見謝紹臉色不對，趕忙說道：「我啥都沒說，我胡說的。」

笙珂有些心虛地看了謝紹一眼。臨走的時候，她的確說過中午會回去，沒想到去逛了香粉鋪子，就把時間給耽誤了。

「沒事，先回去吧。」謝紹嗓音這會兒恢復了正常，怕嚇著笙珂，便小聲安撫她。

此時金嬸猛地一拍大腿道：「唉呀！把方家娘子給忘了，你們先走，我回去接她，不然方娘子可要在那飯鋪門口好等！」

笁珂面露愧疚，她也忘了王桃桃的事。

見狀，元寶立刻說道：「娘，我陪您一起去，謝紹哥、嫂子，你們在牛車那裡等我們！」

元寶跟謝紹最後是搭了順風車來集市的，他下車的時候瞧見了自家牛車，很清楚停放的位置。

金嬸跟元寶朝原路折返，謝紹主動牽起笁珂的手，柔聲道：「我們先走吧。」

笁珂點頭道：「好。」

牛車停在剛進城那處，就在上次笁珂和謝紹進城吃餛飩的飯鋪附近，這個時間了，兩人的肚子都有些餓。

「你早飯吃了沒？」笁珂問他。

「吃過了。」笁珂出門以後，謝紹隨便啃了一個饅頭，就當解決了早飯。

「妳呢？」

「我也吃了呀，今天方娘子帶我們去吃了一家陽春麵，味道真不錯，就是有些貴，十文一碗。」

「妳喜歡吃就行，我一會兒帶妳去一家，味道也不錯。」

笁珂兩眼冒出了小星星，問道：「是哪裡呀，是上次那家賣餛飩的嗎？」

謝紹抿了抿唇，沒說話。

「唉呀，我忘了買燈了……」竺珂突然想起此行的真正目的，有些不好意思地看向謝紹。

謝紹微微一笑道：「先吃點東西，等一下我再去買，前面就是雜貨鋪。」他語氣中帶著一絲寵溺的味道，竺珂自然只有點頭的分兒。

謝紹和竺珂走到停放牛車的地點附近，見金嬸他們還沒來，謝紹便帶她到上次賣餛飩店家後面不遠處的另一家飯鋪，說道：「我們在這兒等他們，一會兒來了，吃完飯再走。」

竺珂點點頭。天氣冷了，又是飯點，元寶和金嬸定也是沒吃飯餓著肚子，吃點東西暖過身子再趕車也不遲。

進了飯鋪，一坐下，謝紹立刻點起菜來。「蔥爆臘肉、醋溜豆芽、青椒雞蛋，再來一個豆腐湯。」

竺珂聽見他點菜，有些想笑地說：「我平日是不是委屈你了？」

「怎會？」

「我可沒有天天做這麼多菜。」

謝紹知道竺珂在開玩笑，他為她倒了一杯熱茶，笑道：「依依做的飯菜滋味，一道勝三道。」

「依依」是竺珂的小字，但她印象中並沒有告訴過謝紹。

「你是怎麼知道的？」竺珂愣住了。

「什麼？」謝紹故意裝傻。

「快說呀……」

「妳半夜有時候會說夢話，迷迷糊糊間透露的。」

竺珂默默低下頭，仔細回想自己說過什麼夢話，卻怎麼也想不起來。這乳名是竺珂的娘親取的，自從娘親跟爹爹都離世之後，已經很多年沒人這般喚過她了。

「在想什麼？」

「沒、沒什麼。」竺珂連忙轉開視線，不想讓人察覺出自己的情緒。

謝紹沒追問，飯鋪的店小二很快便端上來才出鍋的熱菜道：「來了！聽說你受傷了，掌櫃的今天加贈一道小菜，慢慢用啊！」

桌上除了原本的三道菜之外，還多了一盤青椒擂皮蛋，竺珂沒想到能看見皮蛋，眼神不禁亮了亮。

謝紹把皮蛋朝她面前推了推，說道：「這是這家掌櫃自己醃的，味道不錯，妳嘗嘗。」

皮蛋的醃製過程比鹹鴨蛋那些還要麻煩，而且訣竅不易掌握，可眼下這一小盤皮蛋，蛋黃底下是墨綠色偏透明的，結晶體非常漂亮，入口細膩有彈性，加上擂青椒的獨特風味，奇特的口感在唇齒之間蔓延開來，味蕾瞬間被啟動。

「好吃！」竺珂給出了非常滿意的評價。

掌櫃聞言，轉頭笑了笑說：「喜歡就常來，謝獵戶是我這裡的常客了。」

竺珂注意到這家掌櫃的左腿似乎不太方便，有些疑惑地看向謝紹。

謝紹繼續朝她碗裡挾菜，小聲解釋道：「我幾年前在山上打獵的時候救過他，他傷了條腿，本來想輕生，後來我勸他在這裡開家飯鋪，剛開始沒什麼客人，一直到這兩年才好了些。」

竺珂聽得心酸，問道：「是你幫他把這鋪子盤下來的吧？」

「嗯，剛開始他沒什麼勁頭，所以我天天順道送些食材給他，人只要慢慢覺得自己有價值，就會有活下去的希望。」

竺珂心中泛起一絲驕傲，她就知道謝紹是好人，比青山城絕大部分人都要熱心、正直！

兩人正小聲交談，金嬸和元寶也到了。謝紹眼尖，起身出去迎人，沒多久兩人也進了這間飯鋪。

「吃完飯暖暖身再走吧。」謝紹說道。

元寶搓著手說：「太冷了這天，我看再過一陣子就要下雪啦！」

謝紹和竺珂往裡挪了挪，為他倆騰出了位置，竺珂好奇地問道：「方娘子呢？」

金嬸哭笑不得地說：「那個王桃桃真是倔脾氣，她的蜂蜜還沒賣出去，死活不肯走。我問她一會兒就下午了咋辦，結果正巧遇到村長，村長說他負責把方娘子捎回去，我就先回來了。」

「蜂蜜不好賣嗎？」竺珂覺得很是奇怪。

謝紹解釋道：「這個時節的蜂蜜不算好賣，因為來年開春就有新蜜，吃得起蜂蜜的人家一般都會在春天多囤一些貨，所以很少有人在冬天買。」

竺珂點點頭，謝紹又挾一筷子菜給她，說道：「妳想吃蜂蜜的話，開了春我去採，山裡的野蜂蜜味道更好。」

元寶羨慕極了，喃喃道：「我也想吃野蜂蜜……」

金嬸忍不住敲了一下他的頭說：「想你個頭！你啥都想！」

竺珂笑著低頭，默默吃起了飯。

多了金嬸和元寶，謝紹就又加點了兩道菜，四人在這暖融融的飯鋪裡吃了飯、暖了身子，這才搭上牛車，返回三陸壩村。

回程是元寶趕車，金嬸不放心，一直坐在他身邊指揮，元寶反而有些手忙腳亂。

「唉呀，娘，您別瞎指揮了，我曉得的！」

「曉得啥？駕車技術連你爹都比不上！」

「您別在我耳邊一直說就行！我還駕過車載謝紹哥呢，一樣穩穩當當的，謝紹哥都沒說什麼！」

元寶和金嬸在前面拌嘴，謝紹陪竺珂坐在後面，竺珂懷裡有包熱呼呼的炒栗子，是謝紹剛剛買給她的，她正一個個剝開朝嘴裡扔。

即使謝紹不開口說話，也能給人無限的安全感——竺珂往他身邊靠了靠，露出了一個羞澀的笑。

第二十章　指尖妙泉

元寶架著牛車先回了謝家的小院子，謝紹即使傷了一邊肩膀，還是一個箭步就跳了下來，轉身朝竺珂伸出了手。

那天謝紹受傷的時候，竺珂也不知哪來的勇氣和能力，當時就直接從村長的馬車上跳了下去，這會兒謝紹在她身邊，她又變得膽小了。

謝紹握著她白嫩柔軟的小手，半天都沒鬆開，直到元寶駕著車消失在他們視線裡，他才反應過來，接過竺珂手上裝著東西的籃子道：「進屋吧。」

竺珂進屋後的第一件事，就是要謝紹脫了衣裳，查看他的傷口。還好，傷口沒有大礙。

謝紹穿好衣服，問道：「今天那個孩子，妳看清模樣了嗎？」

「沒有，怎麼了？」

謝紹眉心閃過一抹鬱色道：「最近從西北肅中地區逃過來的難民，人數不少。」

「肅中怎麼了？」竺珂轉過身去倒茶水。

「靈靈她……當初就是被拐到肅中的。」

竺珂倒茶水的手一頓，回頭看他。「靈靈？是你妹妹嗎？」

「嗯。」似乎是想起了不太好的回憶，謝紹神色嚴肅，有些痛苦地說：「她叫謝靈，被拐的時候只有七歲，今年應該十三了，我去過肅中很多回，但已經隔得太久，無處可尋了。」

十三……只比自己小了四歲。竺珂默默走到謝紹身邊道：「放心吧，靈靈她肯定還在這個世上平安活著的。」

謝紹握了握拳說：「肅中鬧災荒，很多難民逃過來，我知道希望很小，但還是想試試。」

「你想做什麼？」

「等過兩天，我再去青山城一趟，看看有沒有可能……」說到一半，謝紹也許是知道這希望過於渺茫，自己也說不下去了。

竺珂拍了拍他的手道：「想去看看就去吧，說不定妹妹還記得回家的路也不一定。」

謝紹雙眸燃起了一絲火花，良久，看著她點了點頭。

此刻，在青山城郊外的一座破敗城隍廟中，上午搶了那幾個老乞丐饅頭的男孩此刻正低著頭，鵪鶉一樣地站在一個少女面前。那少女看起來年紀也不大，但比在場的一些小毛頭要高出不少，她正瞪著眼，拿著柳條看著面前的男孩。

「都說過多少次了，不要去跟乞丐搶吃的！那些是普通的乞丐嗎？他們都是地痞、惡霸！」

少女的衣裳破破爛爛，上頭到處是補丁，她的年紀不大，但說起話來有一股潑辣勁，嗓門也大。

「靈靈姊……我餓……」面黃肌瘦的男孩委屈極了，眼淚在眼眶裡打轉。

他一開口，少女蹙起的細眉忍不住鬆了鬆，態度也軟了下來。嘆了口氣，她走到那男孩面前道：「再忍忍，姊姊已經在想法子了，好嗎？」

這破廟裡面還有兩個年紀差不多大的孩子，一男一女，都圍了上來，其中女孩扯住少女的衣襬道：「靈靈姊，妳要想什麼法子呀？」

少女抬起頭看向城隍廟外，目光茫然，語氣也惆悵了幾分。「不知道，但天無絕人之路，肯定是餓不死的。記住一點，你們不是乞丐，不准去跟乞丐搶東西，聽懂了嗎?!」

謝家小院的廚房，咕嚕咕嚕直冒著泡的糖水裡放了大塊黃糖，竺珂又加了紅棗、紅豆進去慢慢熬煮，沒多久這糖水就成了糖漿，糯米藕被她切成一片片，放在糖漿裡面溫著，想吃的時候隨時可以拿。

今天竺珂起了個大早，又在集市上逛了大半天，她早早便犯睏，晚飯簡單地和謝紹吃了點麵條就歇下了。

次日一早，雞叫第三聲，謝家小院子的堂屋門便輕輕打開——謝紹已經起來了。

雖然傷還沒好，卻也是個閒不住的命，昨晚溫度驟降，打了霜，此刻天地間全是霧濛濛一片，謝紹走到柴垛前，單手劈起了柴火。

竺珂也醒了，她起身坐在床邊有一下沒一下地梳著自己的頭髮，視線卻忍不住向窗外張望。

「笨蛋……」竺珂忍不住小聲罵了起來。這麼早，外頭這麼冷，家裡又不是缺柴火，竟一大早就單手拿著斧頭去劈，真是個木頭！

竺珂坐在床邊，取出昨日在香粉鋪子裡買的兩盒香膏，這兩樣東西小巧玲瓏卻花了二兩銀子，她還是有些心疼的。

打開梅花香膏的蓋子，最先飄出的是淡淡的乳香，這香氣初聞有些甜，卻也溫柔，接著是梅花的淡雅，從甜到花香氣的轉換恰到好處，最後留香最久的，是淡淡的檀香氣味。檀香和梅花的氣味中和得很好，既保留了梅花的幽香，還多了一絲令人心平氣和的檀香味。

竺珂很是喜歡，她用無名指腹輕輕地轉了轉香膏，點在自己的耳垂下方和脖頸處，最後又用兩隻手腕往塗了香膏的地方細細轉動，讓香膏塗抹均勻。她使用的分量把握得很好，只有靠近聞了，才能體會一二。

對竺珂來說，她最看中的是這梅花香膏的手藝。那盒子正中間的一點紅瞧上去不像是顏料，因為那麼做絕對會破壞香膏的氣味，可如果是自梅花提取的花汁，又是如何做到如此完美的呢？

在製香方面竺珂只是略知皮毛，此刻她搖了搖頭，便將小盒子收好了。

「依依，吃早飯了。」

竺珂聽見這聲「依依」，內心沒出息地甜了一下，回道：「來了！」

謝紹單手煮菜不方便，只蒸了雞蛋羹和熬了稀飯。

「怎麼自己去做早飯了？你傷還沒好呢……」竺珂雖然開心，但多少還是有些擔心。

「沒事，簡單。」謝紹坐在她對面，為她舀了一碗稀飯。「天氣冷，以後早飯都我來做，妳多睡會兒。」

「一會兒我來收拾，你別動了，傷口沒好徹底，還要換藥呢。」

這天元寶也很準時地來到院子裡，喊道：「謝紹哥！我送食材來了！」

打了霜，菜農能賣的菜也不多了，元寶送來的無非就是馬鈴薯、白菜、紅薯和白蘿蔔。謝紹家不缺馬鈴薯，廚房裡放的都快堆滿整整一缸，倒是紅薯，像是剛剛從地裡拔起來的，還沾著泥，個個又大又胖，看上去應該很甜。

謝紹過去接過了菜籃，拍了拍元寶的肩膀。

「還沒吃早飯吧，喝完粥再走。」竺珂開口留他。

「不了，我娘在家等我，先回去了，嫂子你們慢慢吃！」

看著元寶的背影，竺珂覺得金嬸一家實在是太親切了，這樣的好人，她從小到大沒遇過幾個。

就在竺珂有些出神的時候，謝紹家院子門口又來人了，是村長，此刻他從馬車上下來，火燒火燎地往前走。

「謝紹！謝紹！」

竺珂和謝紹同時站起身，就見村長站在院門口大聲喊叫。「謝紹啊，你昨天是在鎮上幹啥了？官老爺叫你去問話呢！」

村長話音剛落，竺珂就猛地變了臉色，謝紹倒是一如既往地平靜。

「好，我一會兒就去。」謝紹點點頭朝村長道。

竺珂趕忙扯了扯謝紹的袖子，語氣很是擔憂。「我也要去。」

謝紹回頭握住了她的手，搖了搖頭說：「沒事。」

「怎麼會沒事？一定是那個老乞丐去告你的！我要去才行，至少昨天我——」竺珂顯然又氣又慌，話都有些說不好了。

「沒事。」謝紹再次重複這兩個字，握著她的手緊了緊，只道：「妳去的話我不放心，在家待著，或去金嬸家等我也行。」

謝紹的語氣平靜，嗓音鎮定又富有磁性，幾句話就讓竺珂慌亂的心安定了不少，她直直望著他的眼，平靜了下來。

「那你什麼時候能回來？」

「天黑之前。」

「好……那我就在家等你，哪兒也不去。」

謝紹跟著村長一道上了馬車，竺珂一直送他到院子口。金嬸自然也接到了消息，急忙趕了過來，她一直安慰竺珂，說官老爺可能只是叫人過去問問話，畢竟那老乞丐在青山城的惡名無人不知，而謝紹的品性也是大家有目共睹的。

竺珂坐在桌前半天才猶豫地開了口。「我只是擔心，昨天謝紹下手挺重的，那老乞丐他……」要是傷了人，那就不是那麼簡單的事了。

「唉呀，妳沒看那老東西最後走的時候還索利著呢，謝紹心裡有數！那老東西身子強健著，就算他有什麼事，也是個認銀子的主兒，估計就是想訛錢罷了！」

竺珂點點頭道：「您說得有道理……」要是能用錢解決就好了，不是什麼大事。

「別想了，要不中午去嬸子家吃吧？」

竺珂搖搖頭說道：「我哪兒也不去，我要在家等謝紹哥回來。」

金嬸勸了幾句，見勸不動竺珂，只得說道：「那妳別胡思亂想了，等我做好午飯，就給妳送點過來。」

金嬸走後，竺珂一個人默默坐在堂屋，看著院門的方向，心情低落。阿旺跑進來陪她，叫了兩聲，乖乖地臥在她腳邊。

「對不起啊，我忘了。」竺珂想起還沒餵阿旺吃飯，忙起身走向廚房去了。

早上謝紹熬的粥還在鍋裡溫著，至於雞蛋羹……竺珂沒了胃口，乾脆全倒在阿旺的食盆裡拌了拌，她又加了些之前剩的肉渣，端到阿旺面前。

竺珂摸了摸牠的頭道：「慢些吃，謝紹哥會沒事的，對嗎？」

「汪汪！」阿旺叫了兩聲，算是回應。

這讓竺珂的心情好了不少，她轉身回廚房準備收拾。就算謝紹不在，她也不能自亂陣腳，該做什麼就做什麼。

青山城有個傳統，誰要是攤上了倒楣事，就要吃一碗豬腳麵線去除晦氣。為了讓謝紹晚上回來能飽餐一頓，也為了讓自己找點事做，竺珂決定今天就做一頓不算簡單的飯。

豬腳麵線，最麻煩的不是麵線，而是豬腳，豬腳處理起來繁瑣，正好打發時間。家裡沒有新鮮的豬肉，只能用臘豬腿代替，風乾的臘豬腿要仔仔細細清洗，洗完之後，上面的雜毛也要一根根拔掉。風乾的臘肉上面都有一層皮，竺珂反反覆覆地洗了兩、三遍，豬腳才恢復了原本白白胖胖的模樣。

豬腳切塊汆燙瀝乾，大火熱鍋，鍋裡倒油，爆香蔥蒜，加乾辣椒、八角、茴香和冰糖下去炒出糖色，再加入切塊的豬腳翻炒幾下，待豬腳都裹上了糖色，再加水下去燉，用大火燉煮一個時辰。

蓋上鍋蓋，讓豬腳慢慢燉得軟爛，竺珂重新淨了淨手，坐在灶臺前撥弄灶底的柴火。火星噼哩啪啦，映得竺珂的臉紅撲撲的。

莫名的，竺珂漸漸感到身體有些燥熱。

滴答。

那個熟悉的聲音又響起來了，她不可思議地看向自己的指尖，只見上頭顫顫巍巍地掛著一滴泉液。她抬起另一隻手揉了揉眼睛，確認自己這次沒眼花。

這是個啥……

那泉液要滴不滴的，竺珂慌亂之中找了個小瓷瓶，接住了這滴方才從她指尖滲出來的水滴。

神奇的是，有了小瓷瓶，她指尖的泉液似乎多了起來，一滴、兩滴、三滴……滴滴答答的，竟然集滿了半個小瓷瓶。

竺珂這下是徹底愣住了，她左思右想也不知道這其中的緣故。打開小瓷瓶，那泉液聞起來無色無味，也不像是什麼特殊的東西，她正準備再仔細研究一下的時候，金嬸來了。

竺珂緊張地把小瓷瓶藏了起來，金嬸在堂屋沒找到她，就來了廚房，見竺珂正在灶臺前做飯，金嬸放心地鬆了口氣。

「我說咋尋不見妳呢，妳在做啥，好香啊！」

竺珂掩去了眸中的慌亂，答道：「熬豬腳，等謝紹回來給他做碗豬腳麵線，去去晦氣。」

金嬸點點頭道：「也好，只是豬腳做起來麻煩，妳還沒吃午飯吧，我給妳送了點，先吃吧。」

說著，金嬸遞上一個食盒，竺珂伸手接過來道：「謝謝嬸子。」

「客氣啥，妳慢慢吃啊，我先走了！」

見金嬸走遠以後，竺珂才鬆了口氣。打開食盒，就是一碗米飯，上面蓋著一個荷包蛋和一些小菜。

端起了碗，竺珂卻忘了方才被她慌張藏起來的小瓷瓶，小瓷瓶從她袖子滑出來，哐啷一聲倒在碗邊，小瓷瓶裡的泉液正好滴落在竺珂的碗中。

竺珂手忙腳亂地扶正小瓷瓶，卻阻止不了已經滴進去的泉液，她長嘆一口氣，將小瓷瓶的塞子又緊了緊，看向了那碗飯。

「這到底是什麼啊……」

她對著這碗飯猶豫了足足一盞茶工夫，終於試探性地拿起了筷子。金嬸的廚藝比不上她，蓋在米飯上的荷包蛋也不是竺珂細心掌握火候做出來的半熟蛋，味道自然是差了些的。可現在……食物入口的第一瞬間，竺珂便驚訝地盯著碗中的飯菜。

的確是全熟的荷包蛋沒錯，米飯摻了包穀榛，不是精細的白米，火候也不算控制得太好，甚至顯得米飯微微發硬，但這滋味……竺珂不敢相信地又吃了一口，徹底呆住了。

當竺珂手中的飯碗不知不覺已經空了的時候，她終於意識到哪裡不對了。看向不遠處的那個小瓷瓶，她心裡隱隱有了一種猜想……

與此同時，青山城的衙門裡，謝紹面無表情地站在廳堂中，那個老乞丐正在嚎天喊地的裝可憐。

「差不多行了啊，這前因後果都已經搞清楚了，謝家也答應賠錢讓你看醫，得了啊！」盧縣令已經有些不耐煩了。

那老乞丐一聽，立刻從地上直起上半身來叫道：「三兩銀子算什麼賠！至少也得給我十兩，否則這事沒完！」

第二十一章　久別重逢

在外頭旁聽的老百姓都看不過眼了，有人大聲說道：「吳老皮，你莫在這兒獅子大開口了！誰不知道你昨晚在賭場賭輸十兩銀子，正被債主追債呢，你這是碰瓷碰上了謝獵戶吧！」

盧縣令臉一沈道：「你不是傷得走不了路了嗎，昨晚還能去賭場?!」

那叫吳老皮的老乞丐一聽，立刻又裝成渾身受傷的模樣哀號道：「唉唷我這肚子……昨天就是被他給狠狠踢壞了……」

盧縣令實在是受夠了，眼神一示意，就上來了兩個衙役，左右把吳老皮一架。

「行，你不是肚子痛嗎？吃兩天牢飯我看就不痛了。」盧縣令道。

吳老皮一聽要吃牢飯，也不裝了，拿過謝紹賠給他的三兩銀子撒腿就跑，速度比兔子還快，惹得周圍的百姓一陣哄笑。

「肅靜！」盧縣令拍了拍桌子道：「看熱鬧的都趕緊散了去！」

見圍觀的人散了，盧縣令緩了緩神色，朝謝紹招招手道：「謝獵戶啊，本官也知道這事是他的錯，但有時候你也曉得——」

「大人不必多說，草民知道。」

盧縣令鬆了口氣說：「行，你知道就好，以後遇事你也沈著些，回去吧，別讓家裡人擔心了。」

謝紹道過謝、行了禮，這才轉身朝衙門口走了，三陸壩村長跟在他身後，叮嚀道：「這次還好，只是損了點錢，那吳老皮是出了名的撒潑無賴，還是少跟他扯上關係好。」

「多謝村長。」

「客氣啥，你沒事就是三陸壩村沒事，回去吧，估計謝娘子還在家等你呢！」

謝紹聽村長提到竺珂，緊繃冷漠的神色終於和緩了一些。剛走出縣衙大門，他目光凌厲地往旁邊一掃，就瞧見了在衙門口石獅子後面躲著的兩個身影。

是個男孩，謝紹蹙了蹙眉，想到了竺珂那天說的孩子，估計就是他了。

還有一個……那男孩身後走出了一個少女，推搡著男孩向前走，鼓勵道：「去呀……」

謝紹目光落在那少女身上，瞳孔驟然收緊。

竺珂整個下午都沒從廚房出來，一直到傍晚日落，謝家小院子門口傳來一陣喧譁聲，她這才收起心思，迅速迎了出去。

是村長的馬車！竺珂心中一喜，老遠就瞧見了謝紹的背影，看來今日沒事……她的腳步輕快了許多。

從馬車上下來的不止謝紹一個，村長停穩了車，竺珂這才注意到，跟在謝紹後面的還有幾個孩子，其中有一個正是昨天在布莊門口躲在她身後的男孩。

謝紹看見了竺珂，遠遠地朝她露出了一個笑容，竺珂愣了愣，視線移向他身後那個神情有些侷促的少女。

竺珂心中有了猜測，但她不敢說，害怕是自己想多了，徒惹謝紹傷心，但見他此刻輕鬆和愉悅的表情，她心裡的想法得到了印證。

那跟在謝紹身後的少女怯生生地探出腦袋，兩顆圓圓、葡萄似的眼睛看了看竺珂，先開口叫了人。「嫂嫂……」

聽到一聲「嫂嫂」，竺珂的眼眶就紅了。

她望向謝紹，他顯然也陷在巨大的情緒漩渦之中，只見他雙眼微紅，顯然正在壓抑著內心的激動之情。

「妳是……靈靈？」竺珂小心地叫她的名字。

謝靈初來乍到，對周圍的一切都不熟悉，卻純然地相信謝紹，她看了看自己的哥哥，點點頭，脆生生地回話。「我叫謝靈。」

竺珂紅了眼，忍不住別過頭擦了擦淚，說道：「都先進屋吧，別站在門口了，外頭冷。」

村長喜上眉梢地說：「今天你們家也算遇上喜事，我就不多打擾了，好好過日子啊！」

謝紹向村長道過謝，並說改日定登門拜訪，村長則擺了擺手，駕著車就走了。

除了謝靈，今天一起回來的還有三個孩子，瞧上去都比謝靈小一些，兩個男娃一個女娃，比謝靈還怕生得多，不敢進屋。

「快進來吧！外頭風大，肚子都餓了吧，我去給你們做飯！」

三個孩子你望望我、我看看你，還是謝靈先跨出腳步，這些孩子們才一起進去了。

笁珂看了謝紹一眼，轉身往廚房走，謝紹領著四個孩子進了堂屋，幫他們倒了水，便去了廚房。

廚房裡，笁珂正在等謝紹，謝紹此刻的好心情全寫在臉上，他見到笁珂，眼中也多了一分與平時不一樣的喜悅，喊道：「依依。」

「她真的是靈靈嗎？」

謝紹主動握住笁珂的手，語氣鄭重。「是，我確定。」

「靈靈左邊耳朵後面有顆痣，錯不了，那位置很特殊，不會這麼巧。她被拐的時候小，可能認不出我了，但她記得自己的名字，謝靈……我能確定。」

「那、那你是怎麼……」笁珂顯然比他還激動，有些語無倫次了。

在這個時代生活、被命運捉弄的人，大多數對彼此的遭遇都能感同身受，看到謝靈那瘦小的身形，笁珂彷彿看見了過去的自己。

「別著急，之後再慢慢告訴妳。」

笁珂斂了斂自己的情緒，焦點挪回謝紹身上，問道：「那你今天去衙門沒事吧？官老爺怎麼說？」

謝紹發出低低兩聲笑，看得出情緒高昂，他捏了捏笁珂的手道：「沒事的，不用擔心我。」

笁珂懸了一天的心，此刻終於落了地，她這才想起自己要幹的正經事。「我做了豬腳麵線，你讓妹妹他們等等，馬上就好！」

她急忙跑到灶臺前，燉了半天的豬腳早已軟爛，吸滿了濃稠的湯汁，透出誘人的光澤，燉的過程她還埋了好幾顆煮熟的雞蛋，此刻雞蛋也浸滿了肉香。

竺珂扯麵的速度很快，開水下鍋，新鮮的麵線稍微一煮便好了，撈起之後將肉汁和豬腳澆在麵線上，一碗誘人的豬腳麵線便完成了。

由於豬腳做起來費工，竺珂便一次燉了整整一鍋，省得麻煩，如今正好派上用場，她張羅著把一碗碗麵線端出去，又忙著去扯下一鍋。

四個孩子興許是太久沒有見到如此誘人的食物，他們坐在飯桌前，看著冒著熱氣的麵條發呆，愣是不敢拿起筷子。

這個檔口，竺珂又端了兩碗麵線出來放在桌上，見他們不動筷子，忍不住催促道：「吃呀，剛出鍋的，一會兒涼了就不好吃了。」

謝靈張了張嘴，還是沒動筷子，其餘三個孩子見謝靈沒動作，更是不敢動了。

竺珂看向謝紹，眼神焦急，謝紹見到這個情景，內心的自責與愧疚早就無法遏制，他轉過身去，微微有些哽咽。

沒辦法了……竺珂走向謝靈，蹲了下去，認真地望著她說：「妳叫謝靈，對嗎？」

謝靈點了點頭。

「妳是青山城人氏，只是很小的時候被拐到肅中，這些妳都記得對不對？

「他是謝紹，妳有一個哥哥，這就是妳親哥哥，妳剛才叫我嫂嫂，那這裡就是妳的家，既然回家了，還拘謹什麼呢？」

謝靈看著竺珂的那雙眼，逐漸紅了。

「家……」

「對呀，這就是妳的家，以後妳就住在這裡，不用挨餓，也不用受凍，好嗎？」

謝靈慢慢轉過頭，抬手擦了擦眼睛，拿起桌上的筷子。

「快吃，都吃吧。」竺珂適時去招呼其他幾個孩子，孩子們見謝靈動了筷子，也跟著開動。

一時之間，只能聽見他們狼吞虎嚥吸麵線的聲音，可見不知道餓了多久。

這景象讓竺珂看得心頭發酸，忍不住拭了拭淚，說道：「慢些吃，鍋裡還有，除了麵線還有餃子，我幫你們煮去！」

走到窗邊，竺珂扯了扯謝紹的袖子。她知道這個看上去堅強無比的男人，此刻內心一定比她還脆弱一些，謝紹配合地跟著她出去了。

竺珂盛了碗熱騰騰的麵線給謝紹，陪著他坐在院子裡，說道：「吃吧，東西夠多，還有餃子，一會兒再下，先吃個豬腳麵線去晦氣，我特地為你做的。」

謝紹當然不會拒絕她的心意，兩人並肩坐在院子裡的石凳上，沒多久謝紹就把這碗麵線吃完了。

見竺珂準備將碗筷收拾到廚房去，謝紹拉住了她的手道：「先等會兒。」

竺珂扭過頭看他，放下碗筷又坐了下來。

「我到現在還覺得不真實，總覺得像是作夢一樣，找了那麼多年，一直都沒有消息，可沒想到……」

笁珂輕輕拍了拍他的手道：「有什麼不真實的，又不是在夢裡，很多事都是這樣啊，我被陳氏賣到青樓的時候，也一度以為自己的人生毀了，可沒想到如今還能有這麼安穩的日子。」

謝紹凝視著她的雙眼裡又多了一些愧疚，說道：「對不起，我之前……」

他想起以前說過的，要她另尋良人的那些話，其實那話對當時的她而言很殘忍。

「和你有什麼關係啊，為什麼要道歉？」笁珂打斷了他。

「對於目前這樣的日子，我很知足，你就放寬心，靈靈也回來了，日子會愈來愈好的，對吧？」

謝紹定定地看著笁珂，眼裡似有萬千星河。

初冬的夜空裡繁星點點，在這小小的院子裡，謝紹感覺到自己胸口一直缺失的什麼東西，像是被填上了一樣。

四個孩子過去吃了太久的苦，笁珂最後煮了一鍋餃子，也被他們吃了個精光，她又拿出之前謝紹買給她的點心，孩子們才連忙擺手道：「吃飽了吃飽了。」

笁珂笑著摸了摸他們的頭道：「別擔心，以後不會餓肚子了。」

晚飯過後，謝紹來來回回打了四、五趟的水，這些孩子在外面流浪久了，自然需要好好洗個澡。

兩個女孩跟著竺珂一起洗，兩個男孩就交給謝紹。

安頓好幾個孩子，謝紹和竺珂在堂屋屋簷下小聲說話。

「剛才我把幾個孩子的情況打聽清楚了，我屋子裡那兩個是對兄弟，大的依稀記得自己也是青山城的人，估計和靈靈一樣是小時候被拐走的，所以逃難的時候才往這邊走。」

竺珂回憶起男孩那天躲在她身後的模樣，說道：「也是可憐。」

「我明天就去找村長，看看能不能想辦法替他們找一找家人，但是另外那個小姑娘的背景暫時還不清楚，妳睡前要不問一下靈靈？」

竺珂搖搖頭道：「我問過了，這小姑娘是靈靈在路上遇見的，好像沒有家人，連名字叫什麼都不知道，謝靈管她叫小豆芽，也不曉得是怎麼在這世上活下來的。」

謝紹聞言沈默了。

「能幫一個是一個吧，明天你去村長那邊問問，先幫兩個男孩找家人，女孩那邊沒頭緒的話……就先留下？」

謝紹自然不可能不管那個女孩，點了點頭。他眼神灼灼，語氣極其認真。「我會賺錢養家，不教妳吃一點苦，相信我。」

竺珂忍不住笑了，說道：「知道了，快進去睡啦。」

多了幾個孩子，竺珂便不跟謝紹一起睡了，而是兩人各自領著孩子，男女分開來睡，竺珂跟謝紹晚上的「同居」生活，也暫時告一段落。

次日一早，謝家這個小院子出奇的熱鬧。

跟著謝紹睡的兩兄弟昨天飽餐一頓，看上去精神好了不少，謝紹一大早就在院子裡忙活，兩兄弟也湊上前要幫忙。謝紹哪裡會讓兩個孩子替他幹活，只囑咐了幾句，那兩個男孩便跟在他身邊碼放柴火垛。

竺珂則是笑盈盈地坐在院子裡替兩個女孩梳頭，謝紹往她們那邊看了過去，兩人視線一對上，竺珂不禁嗔怪著瞪了他一眼。

謝紹扭過頭，耳根隱隱發燙。竺珂看人的時候眼波一轉，永遠是那麼勾人而不自知。

早飯是饅頭和花卷，金嬸聽說了昨天的事，一大早就火燒火燎地跑了過來，看見謝靈的第一眼，金嬸就呆住了。

「像！的確是像……」

竺珂不明白她的意思，謝紹卻知道。謝靈的模樣和他的母親有七分相似，這也是謝紹昨天看見她的第一眼，就幾乎能確定她是謝靈的原因。

金嬸抹了抹淚道：「好……真好！」

「叫嬸嬸。」竺珂喚著幾個孩子跟金嬸打招呼。

「嬸嬸好。」

「好好好，都好，都是好孩子。」

金嬸聽說了這幾個孩子的身世，也唏噓了好一會兒，過沒多久，元寶就提了兩口袋的米跟麵過來了。

「不是細糧，但能抵一陣子。」

竺珂剛要拒絕，金嬸就繼續說道：「不是給你們的行了吧，是給那些孩子們的。現在這世道，孩子們都受苦了，這樣多少能有口飯吃，算是我的一點心意，收下吧。」

和謝紹交換了一個眼神，竺珂又看了看院子裡那幾個孩子，嘆了口氣道：「多謝嬸子了。」

「老說謝，客氣啥！我都聽說了，村長那邊也會想辦法的，這些日子小珂妳也辛苦了。」

「不辛苦，看見他們就像看見以前的自己，只要能活下去，就有希望。」

金嬸拍拍她的手，兩人又說了好一陣子的話，金嬸這才走了。

吃完了早飯，謝紹就準備帶上東西去村長家，這段日子麻煩了村長不少事，他帶了條肉要當謝禮。

「等你回來吃午飯啊。」竺珂送他到院子口。

謝紹點點頭，溫柔地看著竺珂。

起了風，竺珂的秀髮被撩起，他伸手替她把頭髮撥到耳後，瞧見她嬌嫩的耳垂，忍不住想伸手去摸。然而當他的眼尾餘光瞥見謝靈的小眼神正不停朝這裡看時，他便硬生生收回了手，咳了一聲道：「我中午左右就回來，進去吧。」

竺珂渾然不知謝紹心裡的小劇場，點了點頭便關好了院子的籬笆門。

第二十二章　安身立命

謝家這事不出半天，整個三陸壩村的人都知曉了。有的人感嘆謝家的熱心腸，也有人在背後說些酸溜溜的話。就在此刻，王桃桃出乎意料地又登門了。

「謝娘子！」王桃桃站在院門口，向裡面張望。

竺珂連忙迎過去道：「妳咋來了，快進來！」

「我聽說了妳家的事，我家裡面沒什麼好東西，就給妳送一罐蜜過來了。」

只見王桃桃手上提著一大罐蜜，黃澄澄的，竺珂下意識地就想拒絕。

王桃桃看穿了竺珂的表情，只道：「妳別拒絕，是給孩子們的。」

她瞄了院子裡的孩子們一眼，又道：「我小時候也吃過不少苦，被父母賣給人家當童養媳，所以這種苦我懂。妳也別覺得這蜂蜜貴重，不怕妳笑話，那天我去集市兜售，最後只得了二十文……回來以後我男人還說了我一頓。這個時候大家都等著開春的新蜜，我在想，要是只能賣那些錢，還不如送給孩子們吃。」

竺珂有些吃驚。她嘗過方家蜂蜜，雖比不得頭一茬的蜜新鮮，但也不至於這般賤賣啊……她看著王桃桃手中的蜂蜜，有些猶豫。

「拿著吧，謝娘子，妳要覺得欠了我，改日教我做衣裳就是。」

竺珂咬咬牙，開了口道：「這樣吧，別拿去賣了，妳家舊蜜還有多少？」

「啊……大概還有十幾斤吧……」

「我有辦法讓妳這些蜂蜜變得值錢，妳信不信我？」

王桃桃愣愣地看著竺珂說：「妳有什麼辦法？」

「妳等著，這罐蜂蜜我收下了，三天之後我去找妳，到時候妳就知道了。」

送走王桃桃後，竺珂才發現家裡四個小豆丁都在院子裡好奇地看著她，她笑了笑，說道：「想不想吃糖啊？」

糖？

這對四個孩子來說是想都不敢想的事，饑荒災年的，連肚子都吃不飽，哪裡來的糖吃?!

竺珂抱著一罐蜂蜜進了廚房，雖然她對蜂蜜的用途有自己的盤算，但這並不影響她先為孩子們沖一碗蜂蜜水喝。

黃澄澄的蜂蜜倒在碗裡，沖入溫度適中的水，幾個孩子們一人一碗，沒多久就把碗喝了個底朝天，再配上熱氣騰騰的饅頭和花卷，直讓人猶如踏在雲端。

吃了飯，謝靈帶著幾個孩子在院子裡玩，她年紀最大，竺珂看得出孩子們都聽她的，囑咐了幾句「不要跑遠」之類的話，她便轉身回了廚房。

看了看王桃桃送過來的那罐蜜，竺珂心裡有了主意，只是還缺一些東西，要等謝紹回來再跟他商量。

午飯是馬鈴薯燉豆角，若醬料調得好，即使不放五花肉，燉出來也夠香。削過皮的馬鈴薯切成滾刀塊，豆角切段，準備好一些作料就可以熱鍋。竺珂看了櫃子裡的油一眼，雖然沒辦法天天吃肉，但豬油卻多，用了豬油，這道菜就跟用豬肉燉出來的一樣香。

竺珂瞄了瞄外頭的人影，取出了那個小瓷瓶。她已經大致上了解泉液的功用了，雖然想不通其中緣故，卻也不妨礙她使用這東西。猶豫了一下，竺珂朝鍋裡滴了小半滴泉液，沒一會兒，這鍋沒放肉的馬鈴薯燉豆角香味就飄了出去，傳到謝家小院門口的小路上。

「謝家這日子是過得愈來愈好了，天天吃肉！」

「不是說來了四個小娃娃嗎，那謝娘子還這樣鋪張浪費？」

竺珂當然聽不見這些閒言閒語，她嘗了一小塊燉得軟糯的馬鈴薯，眼神一亮。馬鈴薯綿軟入味，豆角吸滿了湯汁，這一鍋無論是拌麵還是下飯，都能讓人食慾大振。

她美滋滋地蓋好鍋蓋，一抬頭才看見四個小傢伙已經站在門口不住地朝這裡張望，顯然也是被這誘人的香味給引來的。

「還沒到吃飯的時間呢，去玩吧！」

謝紹是中午飯點返家的，回來的時候還提著早上帶出去的那條肉，看來村長愣是沒收。竺珂幫他打了盆水洗手，順道詢問情況。

接過竺珂遞來的帕子，謝紹暢快地擦了把臉，說道：「村長說小青山上的周家村裡幾年前丟過一對男孩，大的比小的大三歲，同時被人販子拐跑的，我看有這個可能。」

竺珂面色一喜道：「真的？這麼快就打聽到了？」

謝紹點點頭說：「我也沒想到。周家村那對夫婦一下丟了兩個孩子，當時受到很大的打擊，所以村長印象挺深的。」

「太好了，要是真的，那就是幫他倆找到家人了。」

「還不一定，我得先去周家村一趟看看情況。」

「對，這事是得慎重些……飯做好了，先吃吧。」

竺珂轉身去了廚房，謝紹這才發現自己手中的帕子是她的，潔白的帕子帶著一絲香氣，讓人捨不得放下。

一鍋馬鈴薯燉豆角、兩碟炒青菜，主食有早上剩下的饅頭跟中午蒸好的黑豆米飯。竺珂提前泡發黑豆，蒸出來的飯不硬，口感剛好。

謝紹看了碗中的雜糧飯一眼，沒說什麼，只是默默將竺珂的飯都扒到他碗裡，把自己剩的兩個白麵饅頭遞給她。

竺珂哭笑不得，小聲道：「看不起誰啊，我就吃不了粗糧了？」

謝紹當然想把好的省下來給她，竺珂卻堅持不肯。「行了，孩子們都在呢，我最近胖了，粗糧吃了助消化，你快給我！」

謝紹聞言，抬頭看向竺珂。她俏生生的小臉比不過他一個手掌大，哪裡胖了？視線往下移，只見她今日穿了件掐腰的衣裳，這會兒倒是顯得凹凸有致……他猛地咳了起來，

竺珂忙停下手中動作為他拍了拍背道：「你慢點呀，是不是飯太乾了？我去幫你倒水。」

謝紹一邊搖頭一邊咳嗽，接過竺珂遞過來的水，連喝好幾口才緩了過來，飯桌上幾個孩

子齊齊望著他，這當中還有自家妹妹，他不禁感到一陣窘迫。

一家人剛吃過飯，元寶就背著一簍子炭火來到院子外，謝紹看見便起身走了出去。

「不是說我一會兒去取，你怎麼送來了？」

元寶撓撓頭道：「謝紹哥你還傷著呢，我又沒啥事，就順便給你送來了。」

四個蘿蔔頭此刻都站在堂屋門口好奇地望著元寶，元寶第一次被這麼多孩子盯著瞧，竟有些緊張。

「對了……我娘說，今天弟弟妹妹們要是沒事，就到我家去玩，我娘做了糖粘子。」

謝紹回頭看了四個孩子一眼，竺珂上前笑道：「這是元寶哥哥，你們想不想跟他去玩？元寶哥哥對這附近都熟悉，你們可以去看看周圍的景色。」

孩子們天性愛玩，元寶看起來像個可靠的哥哥，謝靈望了望謝紹，徵得他的同意後，便帶著三個孩子一起和元寶出了院子。

見他們走遠後，竺珂走到謝紹身邊說道：「元寶可靠，金嬸家離這兒也不遠，往後就讓孩子們多出去轉轉，你說呢？」

謝紹回頭看她，眼神中流露出一絲溫柔，回道：「我不是擔心靈靈他們，妳進屋一下。」

竺珂有些疑惑地跟著謝紹進了裡屋，見他把門關上，好奇心更重了。

謝紹帶她走到床尾欄杆處，找到了上次竺珂碰過的機關。

他將一包沉甸甸的銀子和銀票拿了出來，擺在竺珂面前，有些緊張地說：「今天以後，妳管錢。」

笁珂愣愣地看著他和這些錢，有些不知所措。之前他是說過讓她拿銀子去用，可不是說要她管錢，這意義差得多了。

「雖然還不多，但妳相信我，我會養你們，不讓妳吃一點苦……」

謝紹話音未落，笁珂忍不住笑出聲道：「幹麼呀……我又不是沒手沒腳，天天在家躺著要你養……」

「我不是那個意思！」謝紹總是說不過笁珂，此刻見她眼波如水地嗔他，他更是語無倫次。

「妳要什麼我都能賺來，我會養妳，給妳最好的。」

謝紹的唇貼著笁珂的耳朵，一字一句、鄭重無比地說。

笁珂不經意間軟了身子，耳朵也燙了起來，不用看也知道她臉頰紅得不像話。她伸出手輕輕回抱謝紹，嗓音嬌滴滴的。「好啦，我知道的……」

謝紹第一次在清醒的情況下離笁珂這麼近，她的身子軟得像一灘水，就那樣軟綿綿地賴在他懷裡，讓他捨不得鬆手；對笁珂來說，此刻謝紹的氣息無孔不入地鑽入她身體裡，她只覺得渾身發熱，頭腦都有些不清醒了。

兩人在狹小的房間裡安靜地相擁了好一會兒，謝紹才慢慢鬆開她，笁珂早就站不穩了，牢牢地扒著謝紹胸前的衣襟，人才沒往下滑。

謝紹默默替笁珂整理了一下衣裳，兩人都有些難為情……

等竺珂緩過來，他們便坐到床邊清點了一下家裡的財產。銀票加上現銀，一共是三百三十兩，還算是充裕富足，其中現銀約有四、五十兩，剩下的都是銀票。

竺珂看著那些銀票，心裡悄悄盤算了一下。

「你有沒有想過去城裡買些地契？」

「地契？」謝紹之前一個人在山上獨來獨往，從沒考慮過未來的事，賺了錢用掉就是了，也沒想過下山進城的事。

「靈靈回來了，以後你這個當哥哥的就要替她著想，姑娘家總有出嫁的一天，從現在開始，這三百多兩就是你的家底，錢放在原處生不出錢，可若是把它投在正經地方上……」

看著竺珂小露精明的模樣，謝紹忍不住笑道：「妳說了算，總之這些都歸妳，想做什麼就去做。」

竺珂抬起頭，故意拿出一錠銀子在他面前晃了晃，說道：「說話可得算數呀，要是你以後賺了大錢，也都歸我管嗎？」

「都歸妳。」

「那每個月的零用錢呢，我按時給你就行？」

「不用，有依依做飯給我，我花不了什麼錢。」

竺珂的笑都要咧到耳根去了。這個木頭不太會說情話，但做起事來，卻是十足十的討人歡心。

晚霞紅透了半邊天，元寶帶著四個孩子站成一豎排，在鄉間的羊腸小路上踩著夕陽的餘暉往回走。

「好了，快進去吧，不然一會兒謝紹哥可要擔心了。」

元寶送孩子們回到謝家小院，謝靈回頭向他道了謝。「謝謝你，元寶哥哥。」見她道謝，元寶不好意思地撓撓頭說：「我沒做什麼。」

謝紹和竺珂早就聽見了動靜，從裡屋迎了出來，竺珂關心地問：「玩得開心嗎？」

四個孩子齊齊點了頭，謝靈道：「開心！元寶哥哥帶我們去附近轉了轉，還吃了糖粘子！」

謝紹為四個孩子打了水，他們手上髒兮兮、黏糊糊的，此刻全乖乖到謝紹跟前認認真真洗起手來。

晚飯孩子們在金嬸家吃過了，竺珂和謝紹便簡單地將就了一下。四個孩子今天玩累了，早早就洗漱睡下，竺珂將兩個姑娘安頓好之後，仔細地看起她們的衣裳。

謝紹此時還在院子裡單手鋸木頭，竺珂便踏著月光走了過去。

他坐在那裡幹活的模樣嚴肅又認真，雖然只用單手，但他速度不減，還是那麼索利又能幹。竺珂坐在旁邊托腮看他，只見他側臉線條深邃、胳膊肌肉鼓起，整個人有一股陽剛的魅力。

「謝紹哥。」竺珂甜甜地喊他。

謝紹手一頓，鋸木頭的鋸子有些拉歪了。

「方娘子送了一罐蜜過來，說是冬蜜不值錢，她不想賤賣，我想幫幫她。」

「怎麼幫？」

「你吃過芝麻糖嗎？用玉米、大麥、黑芝麻、花生碎屑還有紅棗乾做成的，要是加上蜂蜜，味道肯定更好！」

謝紹沒吃過芝麻糖，但是竺珂想做什麼他都支持，只道：「家裡大部分的材料都有了，我明天去周家村，回來的路上買些黑芝麻和花生，還要什麼嗎？」

竺珂搖搖頭道：「不用了，先這樣做一批，看能不能賣起價。」

「好。」

「對了，你回來的時候記得再買幾疋棉布，我看四個孩子身上的衣裳都有些破舊了，天氣這麼冷，得穿棉襖才行。」

「好，我再買兩床棉被。」

竺珂點點頭，回道：「你看著辦吧。」

兩人在院中說了好一會兒話，一直到天色完全黑了，竺珂睏得打了好幾個呵欠，這才起身道：「我要去睡了，你也早點睡呀。」

謝紹送竺珂進屋，自己回院子把最後一截木頭鋸完，這才回了房間。

目送謝紹去了周家村，竺珂提前將家裡的紅棗乾全放在竹編曬墊上曬，再讓四隻蘿蔔頭幫忙將紅棗裡面的果核去掉，只留果肉。

竺珂得了空，就搬了一把竹藤椅坐在院子裡，冬日的陽光灑在謝家小院裡，照得人身上暖暖的。她一邊看著孩子們忙活，一邊琢磨起了新的繡活。

傍晚時分，謝紹略有些疲憊地回到家裡，只見他推門而入，提著整整一筐的東西。

竺珂正在為阿旺洗澡，見到他回來，抬頭一笑，無奈地衝著他道：「阿旺好煩，今天又去泥潭打滾了。」

謝紹一路上風塵僕僕的，此刻見到了竺珂，渾身的倦意褪去，只剩下愉悅。

他走向竺珂，拉著她的手讓她站起來，說道：「我來教訓牠。」

竺珂一聽，便對著阿旺說：「我管不了你了，讓他管你！」

阿旺慫得一夾尾巴，蔫蔫地叫了一聲，討好似地扒著謝紹的褲腳。

謝紹暫時不管牠，走到井邊為竺珂打水。

「怎麼樣，見到人了嗎？」竺珂跟過去問道。

謝紹點點頭道：「應該沒錯了，周家夫婦說是明天一早就趕牛車過來確認。」

「太好了，這樣的話我得給那兩孩子準備準備。」

「嗯，還有黑芝麻、花生和棉布，都在筐子裡了。」

竺珂看了竹筐一眼，又瞧了瞧他的手，有些心疼地說：「沈不沈？」

「不沈，黑芝麻跟花生都是在村口收的，沒提多遠。」

「那就好。晚飯都好了，就等你啦！」

第二十三章 蜂蜜製糖

竺珂早早做好了晚飯，村裡今天有人吆喝著賣豆腐，她便買了一大塊，切成均勻小塊，放豆瓣、辣椒和花椒做了一盤麻婆豆腐，每塊豆腐上都沾滿了濃郁辣香的醬汁，最後撒上青翠的蔥花。主食是豌豆蒸米飯，沒用完的半塊豆腐則和粉條一起做了個蔬菜湯，家常又誘人的一頓飯便完成了。

謝靈吃了一口竺珂做的麻婆豆腐，兩眼瞪得大大地說：「嫂嫂，我早就想說了，妳做飯也太好吃了！」

竺珂忍不住笑道：「就妳嘴甜！快吃吧，一會兒涼了！」

飯桌上一時之間只聽見碗筷碰撞的聲音，即使沒辦法天天吃大魚大肉，可竺珂總是有辦法把最普通的食材發揮到極致，一大盆豌豆蒸米飯最後竟是一粒米都沒剩。

謝靈想幫家裡幹些活，主動提出要幫竺珂的忙，小豆芽也自告奮勇，兩個男孩更是跑到牆角拿掃帚打掃起了屋子。

竺珂很是感動地跟謝紹咬耳朵。「這些孩子真的都很懂事，將來長大一定也是有出息的人。」

謝紹以拳掩嘴咳了兩聲，也不知道這幾天火氣是不是又旺了起來，竺珂一靠近他，身上那股燥熱就會升騰而起。他有些慌亂地說：「我先去洗澡，晚上要炒黑芝麻的話等我幫妳。」

「好，你快去。」竺珂朝謝紹甜甜一笑，他腦門一熱，連忙轉過身。

做芝麻糖可不是簡單的功夫，還好謝家有一口大鐵鍋，竺珂架起了鍋，又取出一根大鐵勺，頗有大幹一場的架勢。

玉米糝摻水上鍋用大火蒸熟，中間翻炒一次，直到玉米糝最後軟糯成泥；大麥芽按照一樣的方法蒸熟加水，熬成麥芽漿。蒸好的玉米泥起到大鍋中，加入清水，煮沸之後關火，等溫度稍稍涼下來之後，把事先準備好的麥芽漿加入鍋中，這個過程中要不斷攪拌。

竺珂取來王桃桃送來的一罐蜜，在攪拌的過程中加了一些進去。一般的芝麻糖頂多利用麥芽漿的甜味，後續再用甜菜製甜，真正放蜂蜜進去的實在是少之又少。蜂蜜下鍋，一鍋糖漿很快就變得黏稠，咕嚕咕嚕冒起了泡。

謝紹洗完澡，正好來到廚房。

「快來幫我攪一下，我胳膊痠了。」

竺珂的語氣像是在撒嬌，謝紹立刻上前接過她手中的大鐵勺，問道：「要怎麼做？」

「不斷攪拌，不要讓它成形，但也不能糊鍋。」

就算只用一隻手，謝紹的力道也不知比她大了多少。大鐵勺被糖漿黏住，阻力不小，可謝紹此刻就像在翻動一鍋炒米粉般簡單，竺珂默默無言，心想果然該拜託男人的地方就不需要客氣。

去除果核的紅棗乾、花生碎屑一起倒下鍋，炒熟的黑芝麻倒進去一半，這時候更要快速攪拌，竺珂催促道：「快動，一定要拌均勻！」

竺珂也是第一次做芝麻糖，比謝紹還緊張，要是讓她揮動這根大鐵勺攪拌這些糖漿的話肯定會失敗，幸好有謝紹在。

攪拌均勻，糖漿就可以離火，竺珂拿出事先洗好的一個木頭方盒道：「倒進去。」

摻著各式材料的糖漿趁熱倒進了木盒裡，竺珂又在表面平均撒上一層黑芝麻，這樣等到冷卻後，用刀切成方方正正的糖塊，就是純正的芝麻蜂蜜糖了。

看著一大盒的芝麻糖，竺珂笑著對謝紹道：「你猜這些能賣多少錢？」

謝紹搖了搖頭，帶著笑意看著她。

「要我說呀，十塊糖一包，一包至少要賣五十文！」

五十文一包點心可不算便宜了，竺珂野心勃勃地說：「光這蜂蜜就值錢了，還有這黑芝麻、花生跟紅棗，哪樣不是值錢貨？就連玉米糝我都沒選差的，有些芝麻糖吃起來發苦，說不定底料的糧食都是壞的呢！低於五十文的話我可不賣，還不如自己吃了算了。」

謝紹被她這機靈鬼算帳的模樣逗笑，忍不住壓了壓唇角道：「我幫妳賣，一定賣到一包五十文。」

「好呀，你可不能讓我虧了。」竺珂故意跟他開玩笑。

謝紹想都沒想就回道：「要是虧了，我補妳。」

「你現在哪有銀子？你的銀子都在我這兒了，拿什麼補？」

謝紹一愣，他顯然忘記了這一茬，竺珂看著他那副呆樣，不禁咯咯笑了起來，笑得明媚又張揚，一時之間讓謝紹看得有些癡。

玩鬧了一會兒，又忙活了大半天，竺珂有些睏了。家裡來了幾個小傢伙，看起來沒什麼，裡裡外外的活兒卻多了不少，她已經兩天沒洗一個舒服澡了。

謝紹拉下她揉眼睛的手，問道：「睏了？」

竺珂連連點頭。

「那要洗澡嗎？」

「洗！我身上都有怪味了，還有頭髮也是……」

竺珂邊說邊故意靠近謝紹，謝紹只聞到了一股淡淡的女兒香，哪來的什麼怪味……別過身，謝紹主動說道：「我去燒水。」

「等一下，那幾個小的都睡了，我要在哪裡洗啊？」

「在堂屋洗可以嗎？我幫妳多搬兩個火盆。」

竺珂用手點了點下巴，說道：「行吧，那你要待在哪兒？」

「……我待在院子裡。」

謝紹說完便強迫自己不去想像竺珂洗澡的畫面，那種熟悉的燥熱感又升騰上來，害怕被竺珂看出異樣，他飛快地跑去院子裡打水了。

偌大的一個浴桶擺在堂屋中間，竺珂的動作很是輕柔，生怕吵醒了正在裡頭熟睡的孩子們。

謝紹在院子裡打磨木頭，此刻聽著屋子裡嘩啦嘩啦的水聲，他的思緒飄回了竺珂剛來的時候。

那時候她也是在裡屋洗澡，他則在院子裡做木工，短短一個多月的工夫，她的到來讓他的生活發生了翻天覆地的變化。這種所謂「家」的情感，讓他多年沈寂的心火熱地跳動了起來，而此刻妹妹也回了家，再沒什麼牽掛，謝紹開始思考，是否該給竺珂補一場像樣的婚禮……

「唉呀！」

堂屋裡頭傳來一聲喊叫，謝紹丟下手中的刨刀迅速走到門口，輕輕喊了聲。「依依？」

「我沒事。」竺珂有些驚慌。「你別進來！」

謝紹的喉結滾了滾，回道：「好，妳有事叫我。」

聽見謝紹隱隱走遠的腳步聲，竺珂這才放鬆下來。方才她穿衣裳的時候，不小心將這幾天藏在身上的小瓷瓶碰倒了，裡面的泉液全流進了浴桶，心疼得她下意識叫了一聲。

雖然還沒搞清泉液的所有用途，但就這樣浪費了，著實可惜。竺珂嘆了口氣，重新回浴桶裡泡了好一會兒才起身穿衣裳。

堂屋門一打開，滿屋香霧繚繞，竺珂穿了件淺藍色中衣，頭髮高高綰起，露出修長的脖頸，皮膚白如凝脂，活像話本子裡的妖精。

人進了堂屋的謝紹猛地錯開眼道：「我去幫妳倒水。」

竺珂眼皮都快要睜不開了，隨便囑咐了兩句就回到新屋。

謝紹確認竺珂關上門後，才幫她倒掉洗澡水，只是浴桶旁邊還放著一件桃粉色的小衣……是上次他幫她晾曬過的那件。

燥熱感再度襲來，謝紹碰都不敢碰那件小衣，但若放在堂屋，明早……他喉結滾動，輕輕拿起那件小衣火速回了裡屋。裡屋中還睡著兩個男孩，謝紹閉了閉眼，只好將小衣放進自己的衣櫃裡。

次日，天還沒亮，周家村的人就趕了牛車火速往三陸壩村來，踏著晨曦的露水，雞啼第一聲中，抵達了謝家小院。

竺珂揉了揉眼，她從窗子看出去，才發現家裡來了客人，當下睡意全消，趕緊換衣梳頭迎了出去。

謝紹已經帶著兩個男孩到院子裡了，一道來的還有周家村村長、三陸壩村長跟周家幾個長輩，陣仗算大了。

兩個男孩有些膽怯，站在謝紹身後不敢上前。周家娘子今年也就三十四、五歲左右，許是經歷了失子之痛，看上去年老許多。

看見那兩個男孩的第一眼，周娘子的眼眶就紅了。「大山、小山……你們還記得自己的名字嗎？」

周娘子踉踉蹌蹌地走上前，朝兩人招手道：「過來……到我這裡來……」

「去吧。」謝紹道。

兩個男孩猶豫了一下，才慢慢走了過去。

周娘子仔細看了看兩人的臉，又小心翼翼地審視大山的右胳膊，終於放聲大哭。「真的是你！我的兒啊！」

聞言，周家郎衝了過來，看見大山右胳膊上的胎記，眼圈瞬間也紅了。

原來大山的身上也有胎記，有了胎記就好認，看來他是周家走失的兒子沒錯。

竺珂緩緩走到謝紹身邊，這認親的場面讓人看了心酸。這年代不知有多少人家的孩子被拐被擄，能順利找回來的，又有幾家呢？

幾個周家人哭成一團，兩位村長上前安慰了一番，周家村村長道：「找回來就是好事，這次你們可得好好感謝人家謝家，要不是他們，這兩孩子還在城郊的城隍廟受苦呢。」

周家郎一聽，踉蹌幾步上前就朝謝紹跪下了，嚇了竺珂一大跳。

「謝獵戶，你是我們全家的恩人！」

謝紹連忙把人扶起來道：「我沒做什麼，都是命定的緣分。」

周家郎不肯起來，非要謝紹接受他的謝意；周娘子見自家兒子被打理得乾乾淨淨的，差點向竺珂跪下，竺珂受不起，連忙上前扶住她。

「謝娘子……謝謝妳，謝謝妳！」

「我也沒做什麼，這兩孩子懂事，能找到家人都是福分。」

過了好一會兒，周家人終於緩了過來，周家郎和周娘子都擦乾了眼淚，表示永世難忘謝家的大恩大德，大山跟小山也因為尋到親爹、親娘，露出了笑容。

竺珂要留他們吃飯，周娘子卻堅決不肯，非要讓竺珂和謝紹一起去周家吃飯，爭論了好久，謝紹總算答應有時間就過去。臨走前，周娘子死活拉著竺珂，要她允諾去周家拜訪，還說要親自來接他們夫妻，竺珂笑著一一應下。

謝靈和小豆芽也出來送別昔日的小夥伴，還好周家村和三陸壩村離得也不算太遠，以後還有見面的機會。四人話別了幾句，大山與小山才跟著周家夫婦上了牛車。

小豆芽有些惆悵，這情緒被竺珂敏銳地捕捉到了，她笑著走過去刮了刮她的鼻子道：「嫂嫂做了芝麻糖，想不想吃呀？」

一聽說有糖吃，還是芝麻糖，小豆芽立刻轉悲為喜，使勁地點了點頭，謝靈也在一旁露出渴望的眼神。

竺珂笑了笑，說道：「人人有份，跟我來！」

昨晚做的芝麻糖早已固定成形，用刀橫豎一劃，切成了方方正正的小塊。竺珂給兩個姑娘一人一塊，說道：「替嫂嫂嘗嘗好不好吃。」

濃郁的芝麻香氣在口腔中蔓延，還帶著蜂蜜的香甜，花生碎屑和紅棗乾嚼起來有韌勁卻不黏牙，兩個孩子的眼裡都迸發出了明媚的光彩。

竺珂發自內心地笑了，不用再問，已經有了答案。她自己也嘗了一小塊，也不知是謝紹買的黑芝麻好還是方家的蜂蜜好，這味道絕不比青山城任何一家點心鋪子差！

她數了數，這次一共起了一百二十塊糖，自己家留二十塊、給金嬸二十塊、方家分二十塊，剩下六十塊分裝成六包販售，試試水溫，萬一賣不出去就拿回來自己吃。

竺珂蹦跳著跑到院子裡，謝紹還在刨木頭，她突襲般地朝他嘴裡塞了一塊芝麻糖，問道：「好吃嗎？」

謝紹呆呆地看著竺珂，過了好一會兒才嘗出嘴裡的滋味。「好吃……」

不愛吃甜食的謝紹，此刻發自內心的想法就是——這一包芝麻糖，他要給依依至少賺八十文回來。

王桃桃此刻坐在謝家小院的石桌前，顯然被眼前的狀況嚇呆了。且不說竺珂做的芝麻糖滋味令她難以忘懷，當竺珂笑咪咪地把兩吊銅錢擺在她面前時，王桃桃頓時有些語無倫次。

「謝娘子……這真的是用我家蜂蜜做出來的？」

「是呀，一共一百二十塊糖，除去分給大家的，我分了六十塊共六包去賣，一袋八十文，賣得四百八十文，妳我一人一半，這是妳的兩百四十文，收下吧。」

「不不不。」王桃桃連忙擺手。「我只出了一罐蜜，妳既出力氣又出原料，我怎麼好意思跟妳一人分一半呢？況且這蜂蜜我一整罐才賣二十文，妳一下就幫我變成這麼多……我說什麼都不能拿妳兩百四十文。」

竺珂沒想到王桃桃會這麼說，當下內心也有些觸動。說實話兩百多文的確剛好抵上原料的成本，而且這還不算上謝紹一大早幫她去集市高價賣了糖的辛苦費。

王桃桃果斷地將自己面前的銅錢分一串出來給竺珂，說道：「我拿一百二十文就行了，剩下的都歸妳。」

笁珂拗不過她，只得接受。

王桃桃感嘆道：「謝娘子，妳要是願意，我想把我家剩下那些舊蜜都拿過來給妳，當然了，我只要小頭，賺的大頭都歸妳。」

笁珂在心裡默默算了算，舊蜜賤賣實在可惜，可如果大量拿去做芝麻糖，不知她忙不忙得過來……

王桃桃顯然也清楚狀況。「謝獵戶太忙了，冬天蜜蜂不採蜜，我得空了就來幫忙，最後去賣的事也包在我身上！」

笁珂覺得這事能行，便答應了下來。「行，那妳得空了明天過來，我也教教妳作法。」

王桃桃沒想到笁珂竟大方得連作法都要教她，忙不迭道了謝，滿臉笑意地拿著一百二十文回去了。

第二十四章 人小鬼大

待王桃桃離開之後，竺珂便將剩下的錢收進了自己的小木箱裡，這是謝紹最近剛為她做的，他的左手還不太方便，但狀況已經好很多了。小木箱不但精緻小巧，還掛了個鎖，竺珂喜歡得不得了，在裡面鋪上了軟布，小心翼翼地放進三吊銅錢。

謝紹走進來看見這一幕，忍不住笑問道：「三百多文而已，妳這麼珍惜？」

「當然，這是我賺的呢！」竺珂說完以後突然想起來了，忙走到櫃子最下面找自己的小包裹，那裡頭還放著上次繡嫁衣賺的銀子。

心滿意足地把這些銀子也收進小木箱裡，竺珂甜甜地笑了。

「照這個速度看來，這木箱有點小了，改日我再給妳打個大的。」

竺珂眼波如水地瞪著他說：「誰會放這麼多銀子在家裡呀，有了大額的就到錢莊換銀票，再多就去買地契或置辦鋪子呀。」

謝紹正在擦汗，聞言轉頭朝她一笑道：「都聽妳的。」

竺珂一顆心甜滋滋的，不由自主地朝他走過去，謝紹身上出了汗，卻不難聞，甚至還讓她下意識地想靠近。

謝紹猛然回過頭，沒注意到身後的竺珂，差點撞上她。「沒事吧?!」

竺珂捂著鼻子，方才被他結實的後背磕了一下，有點疼，但她還是搖搖頭說：「沒事，你快換衣服出來吃飯，我去叫那兩個丫頭。」

她慌亂地轉身走遠，不顧身後謝紹擔憂的眼神。

笁珂迅速地走到門外，深深吸了一口涼空氣……她這是著了魔吧？最近她總是不由自主被謝紹吸引，動不動就想靠近他，剛才甚至還想伸手抱抱他。

雙頰隱隱發燙，笁珂覺得自己真是不像話……

笁珂今晚做了一鍋香噴噴的炒飯，熱氣騰騰的炒飯裏著金黃色的蛋花，上面點綴著翠綠的蔥花，放了豬油的炒飯比菜籽油炒出來的香得多，半肥半瘦的臘五花肉切成均勻的肉丁，泛著瑩潤的油光。豌豆粒添加了蔬菜的香甜，一點也嘗不出肉的油膩，從粗瓦罐拿出的酸蘿蔔剛剛醃製入味，撈出來切成細長條，最是下飯。

晚飯過後，謝靈主動承擔起了洗碗的家務活，謝紹則準備繼續去院子裡做木工，笁珂喊住他道：「等會兒，你跟我來一下。」

謝紹放下銼刀，跟著笁珂進了新屋。炕上放著兩套男人的衣裳，他看了一眼就明白了。

「試試？」笁珂拿起其中一套，表情很是期待。

為謝紹買的棉布被她做成兩套衣服，一套是新的束腰褂子，可以在做木工跟幹活的時候穿；另一套做成圓領長袖窄袍，日常生活穿。兩套都是按照他原來的衣裳量著做的，針腳整齊紮實，一看就是用了心思。

接過這兩套新衣，謝紹一顆心像是有股熱流淌過一般。「我……」

謝紹剛要開口，卻見竺珂沒有離開的意思，只是笑盈盈地看著他。「你快試試呀。」

謝紹耳根隱隱發燙……她不出去嗎？

只見竺珂就站在他面前，完全沒有要出去的意思，謝紹只得背過身去，開始解腰帶。

竺珂忍不住想笑，讓他試個外套而已，又不用脫裡面的衣服，害羞個什麼勁啊……然而，當謝紹脫了外衣之後，她的心也亂跳了起來，這個男人的身材的確好，背部寬闊又結實，讓人很想靠上去。

謝紹感覺到她的靠近，霎時僵硬在原地。竺珂離他不過一寸的距離，溫熱的呼吸撲在他的脖頸上方，讓人寒毛直豎。

「別動，你背上有個髒東西。」這當然只是竺珂的藉口。

竺珂軟嫩的小手覆上謝紹的後背，堅硬的肌肉觸感極好，她忍不住多停留了一會兒，前面的男人卻因為這「一會兒」，整個人就要燒了起來。雖然隔著一層薄薄的中衣，謝紹卻覺得竺珂碰過的地方快冒煙了。

謝紹難耐地動了動上半身，右手一抖，披上了外衣。他喉結滾動，幾乎不敢回頭看竺珂。

竺珂收回了手，嗓音甜膩得像蜂蜜。「大小合適嗎？」

「合適……」

謝紹正準備束上腰帶，竺珂卻搶先有了動作，她雙手環上他的腰，快速幫他繫好。短短一瞬間，謝紹腦中的火花又噼哩啪啦作響了。

「這腰帶我加固了兩層，冬天冷，束好之後不漏風。」

笁珂話還未落音，突然被緊緊抱了起來。

男人也不知哪來的一股子狠勁，單手箍著她的腰肢，一下子就緊緊將人固定在自己胸前，他的唇貼著她的耳垂，呼吸粗重。

笁珂被牢牢壓在謝紹胸膛上，感受到他身體傳來的熱度，她有些無奈也有些嬌嗔地說：

「你做什麼呀……」

謝紹眉心突突直跳，沈默了良久後，他忽然伸手扣住笁珂的後腦勺，狠狠親了下去。

他就像一個在沙漠裡渴了許久的人，一尋到甘冽清甜的泉水，便凶狠地汲取，笁珂只覺得他的唇又燙又急，像是要把她吞下去似的。

一開始笁珂還能承受，後來漸漸有點喘不過氣，她微微推著他的胸膛表示抗議，但不可否認的是男人的主動極大程度上也沸騰了她的內心，像是有一股糖漿滾滾發燙似的。

良久，謝紹終於鬆開了她。

笁珂雙臉緋紅，低頭揪著他的腰帶，一雙杏眼霧濛濛的，說不出的勾人。

謝紹也沒好到哪裡去，他渾身滾燙到恨不得沖上一個冷水澡。沈默了一會兒，他粗糙修長的手指抬起她的下巴，修長的眼眸凝視她的雙眼。

「我會補辦酒席，不讓妳受委屈。」

酒席？笁珂微微一愣，眸子裡透露出不解。

「當初委屈妳了，沒有花轎，也沒有酒席，補辦一場酒席，可以嗎？」

竺珂懂了，一時之間胸膛又火熱了起來，她環住謝紹的腰，嗓音甜軟可人。「不需要……能跟你一起過日子，就是我最大的福氣，我不在乎那些儀式，你不虧欠我。」

謝紹卻不肯。「那怎麼行——」

「怎麼不行？我都嫁過來一個多月了，你現在辦酒席，肯定有人要說閒話，反正我都說了不在乎，你幹麼花冤枉錢？」

「這不是冤枉錢。」謝紹說得斬釘截鐵。

竺珂抿嘴笑道：「都說你現在是窮光蛋了，怎麼還是記不住……不是說我管錢嗎？我說不用就不用，你要是想請客吃飯，等過年的時候擺兩桌就是了，別大張旗鼓辦了。」

謝紹回擁她，他內心火熱，嘴上卻輕聲道：「好，都聽妳的。」

兩人在新屋裡緊緊相擁，門外兩個姑娘的身影若隱若現，顯然才剛準備踏進房又停住了腳。謝靈悄悄向小豆芽比了個「噓」的手勢，拉著她走遠了。

「今晚我帶著妳睡，讓我哥哥跟我嫂嫂睡一起，行嗎？」

小豆芽似懂非懂地點點頭道：「我也聽妳的。」

走出房間的時候，竺珂的臉蛋還紅撲撲的，還好兩個姑娘在院子裡忙著跳皮筋，沒注意到他們，謝紹去廚房燒水，竺珂便招呼兩個小的進屋。

謝靈向小豆芽使了個眼色，兩人心照不宣地裝作若無其事。

竺珂已經想好了新衣的樣式，確定她們的尺寸就能動工，謝靈和小豆芽興致勃勃地看著面前的布料，眼中寫滿了期待。

「嫂嫂，妳怎麼什麼都會呀？」謝靈問道。

笠珂笑著回說：「等妳長大就會了。」

「我想跟妳學，可以嗎？」謝靈眨著一雙大眼睛問道。

「當然可以，妳想學什麼？」

「我什麼都想學，想跟妳學做飯，還想學刺繡！」

小豆芽躍躍欲試地說：「我也想學刺繡！」

笠珂笑著看她說：「還不行，妳太小了，針線會傷到妳的。」

聞言，小豆芽不禁有些失望。

笠珂安慰她道：「妳要是想幫我的忙，過一陣子我會做香膏，妳可以過來學。」

「嫂嫂妳還會做香膏?!」謝靈睜大了眼。

「瞎做的，以前我爹是做香粉生意的，學了一些。」這是笠珂對外的說辭。

「太好了！小豆芽有本書，就是關於香粉的，小豆芽，妳那書還在吧？」

小豆芽點了點頭，回道：「在包袱裡。」

其實小豆芽身邊一直有個小包袱，來謝家之後就放在新屋的窗臺上。小豆芽屁顛屁顛地跑過去拿來包袱，遞給笠珂。

笠珂接過來之後才發現這包袱是上好的綢緞料子，只是因為日子久了有些髒污。打開包袱，裡面靜靜躺著一本書、一塊玉，還有一條帕子，除此之外再無他物。

「小豆芽可寶貝這個包袱了，以前總是隨身藏在懷裡帶著，誰也不讓碰。」

竺珂有些驚訝地看了小豆芽一眼道：「這些東西是誰給妳的，還有印象嗎？」

小豆芽點點頭說：「是張阿娘，阿娘臨走前讓我一定要帶著這個，寸步不離。」

「張阿娘？」竺珂原本以為小豆芽這孩子什麼都不記得，結果細細一問，才曉得原來小豆芽從小是被一個大娘養大的，沒見過自己的父母，而這大娘前兩年因為瘟疫去世了，小豆芽才成了孤兒。

竺珂看了看那本書的名字——《香譜》，細細翻看，竟是上百種製香的方法，內容記錄得十分詳細，她一時看呆了。

回過神後，竺珂又查看起包袱裡剩下的東西。那塊玉——準確來說是一塊玦，只有表示決絕、分別的時候才會送這樣的玉，她看了小豆芽一眼，有些心酸，不知這孩子的身世究竟是怎麼回事……

竺珂將東西收好，還給小豆芽。「既然是妳的寶貝，我自然不可以取走，拿著吧。」

小豆芽搖搖頭，將包袱推給她。「嫂嫂不是別人，這本書送給妳。」

見竺珂猶豫，小豆芽繼續道：「我喜歡嫂嫂，嫂嫂用它來做香粉，來日送給小豆芽便是。」

幾句話把竺珂逗笑了。「好，那嫂嫂暫時拿來借閱，可以嗎？」

小豆芽重重地點了點頭。

洗漱過後，謝靈和小豆芽對視了一眼，跑到堂屋，竺珂正坐在桌子前算帳，謝紹也正在收拾牆上掛著的工具。

「哥哥、嫂嫂，我和小豆芽今晚睡裡屋吧，你們本就應該一起睡新屋，我們單獨睡覺沒關係。」謝靈說道。

話音剛落，兩個姑娘就轉身撒腿跑進裡屋關上門，留竺珂和謝紹兩人在堂屋裡一時沒反應過來。

「這兩個丫頭……我去把她們叫出來。」

竺珂邊說邊起身走向裡屋，誰知門竟已經被謝靈鎖上，推不動。

「嫂嫂！我們已經睡下了！」謝靈在裡面喊道。

竺珂哭笑不得地回頭望著謝紹，眼裡寫滿了無奈。

謝紹的唇角微微上揚，又很快被他壓下，只道：「我去找鑰匙開鎖。」

他剛要轉身，竺珂就拉住他說：「算了吧，孩子們都睡下了。」

謝紹知道她的意思，耳根隱隱熱了起來，竺珂看了他一眼，扭頭先回了新屋。

竺珂坐在鏡子前有一下沒一下地梳著頭髮，眼神時不時飄向門口。也不知道是不是自己的錯覺，她總覺得最近皮膚和頭髮愈來愈好了，原本她條件就不差，可這會兒……竺珂不禁掐了掐自己的手。她身上的膚質快趕上臉了，光滑細嫩、吹彈可破，可她分明沒用什麼香露來著……

門口傳來窸窸窣窣的聲音，謝紹侷促到幾乎是同手同腳進了屋子，見炕上隆起了一個小小的烏龜殼，他眼底閃過了一絲笑意。

「還出去嗎？」謝紹問道。

竺珂緊緊閉著眼裝作沒聽見，可等了好半天也沒盼到謝紹落鎖的聲音，她憋到內傷，終於忍不住顫悠悠地睜開了眼。

剛張開杏眼，就撞進一雙帶著笑意和戲謔的修長眼眸裡，謝紹不知何時走到了炕邊，正低著頭俯視她。

竺珂裝睡被看穿，臉一紅，頓時羞臊起來。「你出去！」她把被子一裹，蒙住頭轉身就滾到炕的最裡邊，不理謝紹了。

謝紹低低笑出聲，幾步走到門邊落了鎖，又走了回來。

他單手就把竺珂連人帶被撈過來，伸手想掀開她頭上的被子。「這樣睡會不舒服。」

「不要你管！」竺珂這會兒脾氣上來了，像一隻發怒的兔子。

房間裡飄著一股若有似無的香氣，桌上的花瓶插著一大把金茶花，幽幽吐露芬芳。

謝紹眼底深處漸漸變暗了，嗓音也有些沙啞。「那早些睡。」

竺珂在被窩裡咬了咬唇。謝紹早就把自己今年冬天才打的新棉被給了她，這會兒炕上就一床被子，意味著今天晚上，她會和謝紹睡在一個被窩。

靜靜聽著男人解衣的聲音，他的動作似乎有些慢……竺珂掀開被子迅速坐起來，她忘了他還有傷呢！

「我幫你。」

竺珂主動要幫他更衣，謝紹沒說話，只是默默看著她，眼眸越發幽深。

被窩裡多了一個人，溫度霎時升高。

第二十五章　臉紅心跳

兩個人規規矩矩地躺著，過了好一會兒，竺珂翻了個身。「我有事跟你說。」

謝紹睜開眼道：「怎麼了？」

「今天小豆芽給了我一本書，叫《香譜》，我瞧了瞧，不像是普通人家會有的書籍。」竺珂細細將小豆芽包袱裡的東西說給了謝紹聽。

「還有那條帕子，是上好的蜀繡，蜀繡多難得啊，我覺得……小豆芽的身世似乎不太簡單。」

謝紹聞言，沈默了好一會兒。「玦是決絕斷離之意，小豆芽身上帶著這樣的東西，很有可能是親生父母給的。」

「可不是嘛……你說這世上怎麼會有親生父母捨得拋棄自己的骨血，還送了這樣的訣別之物？真是太狠心了……」

竺珂小嘴一張一合，離謝紹的耳邊距離不過方寸，甜蜜溫熱的氣息有一下沒一下地撩撥著他的底線。他眉心又跳了起來，可這小囡囡還是不知死活，整個人都快黏上他了。

「妳別擔心。」謝紹喉結一滾，嗓音啞得不像話。

「我會想辦法試著找找看她的家人，萬一找到了，而他們不要小豆芽，我養著就是。」他一個大男人，不至於連一個女娃都養不起。

笁珂嗓音甜得快要泛出蜜了。「好，我也是這麼想的，我還想給她取個名字，好歹是個姑娘家，成日小豆芽小豆芽地叫，不太好。」

這對話實在太像夫妻倆商量給自家孩子取名的內容，謝紹腦中緊繃的弦「啪嗒」一聲斷掉，他猛地掀開被子，單手撐到笁珂上方。

笁珂被他嚇了一跳，杏眼睜得圓圓地說：「你幹麼……」

謝紹像一匹蓄勢待發的狼，心想獵物都已經被牢牢握在手心了，死到臨頭還不知死活地問他要幹麼。一向踏實的男人此刻突然變得有些痞，他邪魅地笑了笑，在她額上落下一吻。

「我說要辦酒席，結果妳不同意，但這無礙。依依，妳是我的。」

這話一字一句砸在笁珂耳邊，她心底的一汪湖水也泛起陣陣漣漪。雖然有些緊張，也有些害怕，但她水靈的雙眼裡蓄滿了情愫。

謝紹不禁吻了她的眼角。他愛極笁珂這雙眼，風情萬種而不自知。

直到此時，謝紹才終於承認自己根本不是什麼聖人，他第一次見到這雙眼時，心裡就起了慾念，才會在她需要的時候，毫不猶豫地將人掠奪過來，牢牢鎖在身邊。

說到底，他是個卑劣的小人。

不過小人就小人吧，只要笁珂肯跟他，他願意付出一切。

冬日清晨，鄉村的空氣格外清新，天地間還飄著白茫茫的霧氣，幾隻鳥兒在光禿禿的樹枝上蹦蹦跳跳，當阿旺和謝家院子裡的雞都還沒甦醒的時候，新屋的門卻開了。

謝紹走到院子裡，從雞窩裡掏出三個溫熱的雞蛋，然後又走到廚房起灶火、燒開水。

另一邊，謝靈睡到一半，坐起身來揉了揉眼睛，她下床披了件外衣，迷迷糊糊想到廚房找水喝。

謝紹正在灶臺周圍忙碌著，謝靈睡眼惺忪的，待她看清了前面的人，便問道：「哥你幹啥呢？」

聞言，謝紹抬起頭，平日冷漠嚴肅的臉上多了一絲柔情，只道：「給依依熬紅糖薑湯配雞蛋。」

謝靈想了一下才反應過來依依是誰，隨後咧嘴笑開。「哥哥跟嫂嫂感情真好！」

微微一笑，謝紹將灶臺上的水壺遞給她道：「水在這兒，喝了就回去，外頭冷。」

「謝謝哥。」

「對了，我一會兒要進城去，妳嫂子今天不太舒服，可能起得晚些。」

「好，哥你放心，我會照顧嫂嫂的。」

謝靈出去之後，謝紹專心熬起了鍋裡的紅糖。滾燙的紅糖水裡放了兩片薑，再窩上三個雞蛋，大火煮開後用小火煨著，等自家嬌嬌起床後吃剛剛好。

謝紹熬好紅糖薑湯配雞蛋，又換好了衣裳，這才回到新屋裡。竺珂還在睡，他輕手輕腳走到床邊，將竺珂伸出來的一隻腳丫子重新塞回被窩。

昨天晚上，嬌氣包嫌棄他身上熱，睡到一半便不停地推他，加上炕底還有炭火，她的腳丫子和胳膊時不時就會伸出來，但這樣容易著涼，謝紹還是幫她掖了掖被子。

笁珂迷迷糊糊地睜開眼，看見謝紹，她帶著濃濃的睏意問道：「你怎麼起這麼早……」

「乖，我進趟城裡，一會兒起來去廚房吃早飯，我很快就回來。」

笁珂睏得睜不開眼皮，謝紹的話也聽得朦朦朧朧。「好……那你早點回來呀……」

謝紹看著被窩裡的嬌妻，粉嘟嘟的側臉、櫻桃般的小唇，昨夜種種浮上心頭……心瞬間化成了一塊泥，他掐了掐掌心，強迫自己硬著心腸走出了屋子。

晨曦穿越濃厚的白霧，灑在謝家這個不算大的小院，謝靈已經起床了，像個小大人似的在院子裡為小豆芽打水洗漱。阿旺在院子裡跑來跑去，對兩個新來的女娃還是很好奇，不住地想上前同她們親熱玩鬧。

日上三竿，笁珂終於慢悠悠地從被窩裡爬了起來，痠痛感蔓延到全身，她忍不住揉了揉自己的腰。清醒過後，笁珂才想起昨晚……

那個禽獸！

她換好衣裳，走出房門才發現時間不早了，謝靈和小豆芽見她出來，都朝她跑了過去，小豆芽問道：「嫂嫂好點了嗎？」

謝靈關心地問道：「聽說妳不舒服，是生病了嗎？」

笁珂臉一紅。「誰說我不舒服了？」

「我哥呀！他說妳不舒服，讓我們不要打攪妳。對了，他還說給妳熬了紅糖薑湯配雞蛋，讓妳一起來就去吃呢。」

竺珂有些無言，心裡偷偷罵了一句：這個笨木頭！

「妳哥呢？」

「我哥一大早就進城去了，也沒說要幹什麼。」

竺珂臉頰上飛上兩朵紅暈，終於隱約記起來早上謝紹臨走前好像跟她說了什麼，她一邊揉著腰，一邊走到了廚房。雖說身體不舒服是因為小日子來了的緣故，但其他狀況可是跟謝紹脫不了關係……

灶火上煨著一小鍋紅糖薑湯配雞蛋，溫度剛好適合入口，竺珂一顆心甜滋滋的，拿起勺子小口小口吃了起來。

鍋裡一共三個雞蛋，竺珂給那兩丫頭一人分了一個，自己只吃一個。

謝紹此刻正走在青山城的大街上，街道集市旁熱鬧非凡，叫賣聲此起彼落。

「客官！剛出爐的熱包子，來嘗嘗！」

雖然已經到了中午，謝紹肚子卻不餓，他加快了腳步，朝慈善藥堂走去。

韓大夫正在櫃檯撥算盤，看見來人，喊了一聲。「真是稀客！什麼風把你給颳來了？」

這段時間謝紹不是沒來過城裡，但是拿藥的事情一向是元寶負責，他那天從藥堂回去就暫時沒見過韓大夫了。

謝紹抿抿唇，看了後院的方向一眼，韓大夫便心領神會，領著謝紹走到了後頭。

「你小子，到底是身板結實，恢復得快，來得正好，老夫看看你的傷。」

「好得差不多了。」謝紹也沒拒絕，露出了肩膀上的傷口——果然已經結痂，很快就能拆繃帶了。

「不錯啊，今天來拿藥？」韓大夫問道。

謝紹坐在韓掌櫃對面，說道：「問你一些事。」

「你說。」

「女子月事不準，是不是得開些藥？」

韓大夫抬頭看了他一眼，說道：「那得看是怎麼個不準法，一般前後波動個幾天也屬正常。」

謝紹在心裡默默盤算了一下，那回下雨到現在……

「三日左右。」

「那正常，一般七日之內都是正常情況，不用開藥。」

謝紹聞言鬆了口氣，繼而又壓低聲音道：「還有一事要麻煩你，就是……」

聽完謝紹說的話，韓大夫愣愣看了他半晌，不敢置信地說：「不是吧？你的意思是說，你娶了人家這麼久，還沒……」

「咳。」謝紹麥色的雙頰上閃過一絲不易察覺的紅。

韓大夫看了看謝紹的身板，喃喃道：「也難怪，你這身板……放心吧，老夫自然有辦法，你等著。」

說完，韓大夫走到屋子裡去，過了好一會兒，拿了些東西出來。「這是外用藥，可緩解女子不適，事前事後都可以用。」
「還有這個。」韓大夫遞給他一個長方形的木盒子。
謝紹打開盒子看了一眼，「砰」的一聲又飛快闔上了，力道之大，盒子都差點震碎。
「輕點！這可是玉石做的！」
謝紹以拳掩嘴，神色尷尬，他哪裡見過這樣的什物，當下覺得有些燙手。
韓大夫勸道：「你一個大男人，彆扭什麼？既然心疼你娘子，就要耐心點，慢慢來。這可是老夫珍藏之物，你總不能讓你娘子吃苦受痛吧？」
雖然昨晚一番嘗試宣告失敗，但想到竺珂的眼淚，謝紹一顆心都跟著疼了起來，他自然捨不得自家嬌嬌吃一點苦，當下沒再猶豫，將東西都收好了。
謝紹從簍筐裡拿了些藥材給韓大夫，說道：「這些你先拿著，過一陣子我還會進山，要是能挖到老參，你收不收？」
韓大夫一聽謝紹這話，眼睛立刻笑成了一條縫道：「收收收！你能挖到多少都拿過來，老夫統統都要！」
謝紹「嗯」了一聲，準備轉身離去。
「等會兒！謝紹啊，你想開了就好，整日跟野獸打交道容易受傷，山裡的寶物那麼多，幹麼非要看上活的，是吧？你以後幫我帶更多藥材來，放心，價格絕對虧待不了你！」
謝紹沒再說什麼，走出了藥堂。他有自己的盤算，不管是進山打獵還是採藥，說白了，都是靠天吃飯的活計，不夠穩定。他要成家立業，就必須有足夠的本事，這樣才能給家裡的嬌妻和妹妹更好的生活。

離開藥堂，謝紹拐過幾條巷子，很快就到了集市的內場入口。內場的人大部分都認識謝紹，聽說他前一陣子被野狼傷了，估計有段時間見不著，沒想到這麼快就碰面了，免不了跟他打起招呼。

「謝獵戶，好久不見啊！」

「今兒帶了什麼好東西來？」

謝紹隨意點了個頭，今天他不是來賣東西的。他加快了腳步，很快就走到內場最裡面、一間不起眼的鋪子前。

一個瘦小的男人正在鋪子門口搬著麻袋忙前忙後，謝紹上前拍了拍他的肩膀。那瘦小的男人回過頭，見是謝紹，立刻露出笑容道：「喔，謝哥，好久不見。」

這一天快到下午，謝紹才從內場走了出來。集市上的人都散得差不多了，他加快了回家的腳步。

「糯米糕，糯米糕！剛出爐的糯米糕唷！」

路過點心鋪子的時候，謝紹停住了。竺珂愛吃點心，家裡現在還有妹妹和小豆芽，想必她們也喜歡。

「來三塊糯米糕。」

「好咧，您稍等！」掌櫃的用油紙包包了三塊糯米糕，又道：「嘿嘿，給家中娘子帶的吧？我這兒還有綠豆酥和板栗酥，一種帶一點？」
謝紹想起竺珂愛吃板栗，點了點頭道：「再來一些板栗酥。」
揣著整整一大包點心，謝紹踏上返回三陸壩村的路。

與此同時，竺珂正打算做芸豆糕。金嬸昨天送了些芸豆來，芸豆堅硬，要煮要蒸，完了還要細細捻成芸豆泥，那捻細的任務，自然落在兩個姑娘身上。
芸豆屬於不起眼的豆類，但這是因為大部分的人都不會做，芸豆不管飽，好多人家用它和米飯一起蒸，由於火候不夠，所以沒什麼味道。
不過竺珂卻曉得芸豆糕的滋味，凝玉樓裡最賣錢的點心當中就有芸豆糕，她曾經無意間聽說芸豆糕好吃不長胖，還是目前達官貴人乃至宮廷人士都喜歡的糕點。
竺珂是第一次做芸豆糕，摸著石頭過河，量不多。細細的芸豆捻成了泥，混了蛋清和少量豆漿，再加上少許小麥粉，就能上鍋去蒸。豆漿是昨天買豆腐的時候竺珂順帶問那豆腐郎買的，吊到井裡保鮮，這個時節能保持一晚上。蒸好的芸豆糕和其餘糕點不太一樣，特點是蓬鬆細軟、口感綿密，雪白的糕點上再用紅豆泥蓋上一層，香甜軟糯、清甜不膩。
一個籠屜裡面蒸了十二塊，竺珂嘗了一塊，覺得味道不錯，便如法炮製，又蒸了兩大籠出來。兩個姑娘坐在院子裡吃著芸豆糕、喝著熱茶，兩眼笑得月牙彎彎，阿旺也得了一塊，正臥在自己的小屋子前大快朵頤。
謝紹剛推開院門，就看見了這一幕。

「哥哥！」謝靈歡快地朝他跑了過來。「你總算回來了！嫂嫂蒸了芸豆糕，可好吃了呢！」

謝紹摸了摸她的頭，朝廚房的方向看了一眼，竺珂當然聽見了，只是她佯裝不知情，還在灶臺前忙活著晚飯。

走進廚房，謝紹把身上的東西全放進櫃子裡，走到她身邊道：「累不累？在做什麼？」

竺珂不吭聲，一直到忙完手上的事，才抬頭瞪了他一眼道：「你去幹什麼了呀，現在才回來？你帶回來的是什麼？」

她眼尖，早就看見謝紹提了一大包東西，謝紹眼底閃過一絲緊張，連忙打開櫃子，把從慈善藥堂帶回來的物品往後挪了挪，才拿了點心出來。

「我給妳買了糯米糕和板栗酥，要吃嗎？」

竺珂一聽有點心，立刻被吸引了，可是她無奈地看著蒸籠說：「我都做了芸豆糕……」

「我不知道，看見剛出籠的，就買回來了。」

竺珂揚起精緻的下巴，哼了一聲道：「拿來我嘗嘗，看看我做的好吃還是別人做的好吃！」

謝紹趕緊遞上點心，之前他一路將東西護在懷裡，此刻從油紙包裡取出糯米糕，還冒著熱氣。

竺珂嘗了一口，像隻挑食的兔子一樣皺了皺眉道：「不吃了，裡面放了好多粗糖，一點兒也沒有我做的好吃。」

「依依做的點心最好吃，那不要了。」謝紹立刻道。

笁珂見他包起來就要扔，連忙攔住他說道：「別呀，多浪費！雖然比不上我做的，但是還行，留著吧，等會兒吃。」

「好。」謝紹什麼都依著她，又問：「那板栗酥呢？」

「你帶出去讓孩子們嘗嘗，再把飯桌收拾一下，馬上吃飯了。」

第二十六章　另有打算

一聽說要吃飯，兩個孩子立刻跑到井邊乖乖洗起手來，等擺好桌椅跟板凳，竺珂的飯菜也做好了。

今天竺珂燉了排骨湯，排骨湯裡放了白蘿蔔和蓮藕，香醇濃厚、溫暖滋補。一大鍋排骨湯端上桌，兩個小姑娘都忍不住嚥了嚥口水。

主食烙了餅子，用排骨湯泡餅，又香又管飽。燉湯看似麻煩，但燉一鍋排骨湯能吃兩天，今天吃了，明早還能下麵。

謝紹坐在桌邊，看著竺珂為他認真掰饃的樣子，心頭一軟道：「明天我去集市再買點新鮮的肉回來。」

「你明天還要去集市？」竺珂抬頭看他，小臉寫滿了訝異。

「別擔心，我之前總是給一個屠戶送肉，跟當家的很熟，他家遇到點事，我去幫忙，再帶點肉回來。」

「好吧……」

謝紹顯然被竺珂的反應取悅了，說道：「妳還想要什麼，我都買給妳。」

竺珂眼睛滴溜溜一轉道：「你要去的話，不如把我做的芸豆糕拿去賣，我看……也賣八十文一包，一包裡面放五塊，怎麼樣？」

謝紹眼裡閃過一絲笑意，回道：「好。」

「等等！反正都要去賣，我再做點別的，家裡醃肉跟臘肉這麼多，能做菌子肉醬，我現在就去！」竺珂說風就是雨，是個急性子。

謝紹一把拉住她道：「不急，等會兒再去，先吃飯。」

洗完澡，竺珂穿了件水綠色的中衣，此刻她脖頸上方的衣襟口被解開，雪白的皮膚若隱若現，還有幾道刺眼的紅痕。這些紅痕映入謝紹眼裡，昨晚的記憶頓時浮現在腦海中，讓人羞得避開了眼。

「好了，睡吧。」竺珂烘乾、順過頭髮，就掀開被窩鑽了進去。

「頭髮都乾了嗎？」

「這樣就行了，快睡吧。」

謝紹沈默了一下，轉身去櫃子前找起了東西，竺珂不知道他在幹麼，只見他返回的時候，手上多了個小藥瓶。

「這是什麼？」

「……給妳買的藥。」

「藥？什麼藥？」竺珂不明所以地看著他。

男人露出一絲窘迫的神情說：「妳不是疼嗎？我就去了慈善藥堂。」

竺珂呆呆地看了他片刻，終於反應過來。她的臉頓時紅得像個蘋果，羞臊得恨不得一腳把謝紹踹下床去。「誰讓你去了呀！」

謝紹不懂女人的心思，自然也不明白竺珂的意思，回道：「那……妳不疼了？」

「當然疼了！」竺珂沒好氣地瞪了他一眼。

「可我沒進……」

「你還說?!」竺珂臉紅得快滴出血了。她從沒經歷過這種事，他竟直白地說出來，而且昨晚他還在她耳邊吐出一些直白熱情的話，都要讓竺珂懷疑這人不是謝紹了。

謝紹識趣地抿住嘴，不說話了。

竺珂又把自己窩成了一個龜殼，謝紹想了想，掀開被子鑽了進去。

「你幹麼?!」

「給妳暖肚子。」

他的大掌很溫暖，貼在竺珂冰涼的小肚皮上的確舒服，竺珂哼唧了兩聲，由他去了。

安靜了一會兒，謝紹又開口問道：「真的……很疼？」

竺珂頓時炸了毛，反手就想撓他一爪子，無奈謝紹皮糙肉厚，她那點力氣，對他來說就跟調情差不多。

「你……你不要說了！」

可謝紹想起了韓大夫說的話，繼續鄭重地說道：「我今日問了，都說女子剛開始會比較辛苦，昨晚妳後面又來了小日子……等妳養好，我們再試試。」

還……還要再試？竺珂睫毛微顫，昨晚前半夜她半條命都快沒了。

「不，不要了！」她凶巴巴的，像會咬人的兔子，可轉瞬間又沒了氣勢。「真的好疼……」

昨晚兩人都是第一次，生疏緊張，即使沒進行到底也讓竺珂心有餘悸，何況下半夜也不知道是緊張還是什麼的，小日子就這樣來了，到了快四更天時她才睡下。

「別怕。今天韓大夫給了我一樣東西，到時候慢慢試。我心疼妳，捨不得讓妳受苦的。」

東西？什麼東西啊……竺珂臉上寫滿了疑惑。

竺珂小日子一來就貪睡，醒來的時候謝紹已經出門了。她掩唇打了個呵欠，霧濛濛的眼神落在床頭那個木盒上，臉頰瞬間一燙，飛快收起了盒子，放進被窩裡還覺得不對，又拿出來藏到枕頭下。

昨夜謝紹的話還言猶在耳。「我們慢慢來……先從小的開始……以後妳就能容下我……」

竺珂雙頰滾燙，這東西放到哪裡她都覺得燙手得很。

「嫂嫂！」謝靈在外頭叫她。

「馬上來！」最後竺珂無奈地將木盒藏進衣櫃，換衣、梳頭，整理了一下才走出房門。

今日她帶著謝靈和小豆芽，把昨天蒸好的芸豆糕送了兩份給金嬸家，元寶樂得合不攏嘴，又被金嬸敲打了一頓。

看著謝靈和小豆芽，金嬸喜歡得很，笑著摸了摸兩人的頭說：「這兩姑娘瞧著就可人疼！中午就留嬸子家吃飯吧？」

「不了，方娘子說一會兒來找我呢。」竺珂笑著回道。今日是她和王桃桃約好的日子，估計過一會兒她就會搬來好幾大罈蜂蜜在院子裡等她了。

竺珂和金嬸說了一會兒話，將城中幾家小姐訂製的繡品交給金嬸之後，才帶著小豆芽和謝靈朝自家方向去。

一路上，時不時有人在打量她們。

「這就是謝紹的妹子嗎……那小的那個又是誰？」

對這些人的眼光，竺珂一向是不予理會，倒是謝靈，年紀不大脾氣卻不小，有些話飄到她耳朵裡，她會毫不猶豫地甩個眼刀過去，倒把那些人一時嗆得說不出話。

「靈靈還挺厲害的。」

謝靈聽到竺珂這樣說，有些靦覥地笑了。

王桃桃果然已經在院子裡等候了，她腳邊放了一共三大罈蜂蜜，一看見竺珂，她立刻笑著迎了上去。「謝娘子。」

竺珂也笑著跟她打了招呼。「我剛去了金嬸家，才說著妳可能已經到了呢。」

兩人一邊說笑一邊把蜂蜜都搬進了院子裡。「今日做不了這麼多，先做一罈蜂蜜的量吧。」竺珂道。

「都聽妳的！我還拿了一口大鍋，我們家以前用來炒過板栗，是不是正好能用？」竺珂看向王桃桃身後那口大鍋，笑道：「正好，我那天還跟謝紹說家裡的鐵鍋有些小了，就先用妳那個吧。」

兩人一陣忙活，謝家小院裡又熱鬧了起來。

謝靈和小豆芽一人得到了一塊完整的蜂巢蜜，兩個孩子吃得不亦樂乎，時不時舔舔手指頭，阿旺則在兩個小傢伙身邊打轉，饞得直流口水。

青山城集市內場最裡面的鋪子門口，謝紹坐在門檻上擦了擦汗，接過了旁人遞給他的饅頭。

「謝哥，這回想通了？」

謝紹上回見的男人叫曹貴，身材瘦小，卻也是一身肌肉，看得出是常年幹體力活的人。見謝紹咬了口饅頭沒吭聲，曹貴又遞上水壺道：「謝哥，你看看你這傷，還是別再進山了，過來吧，憑你的本事，哪裡不能成就一番事業了？這次見你主動過來，我心裡也有數，你看看現在咱這鋪子，不說多大，至少一家老小溫飽不成問題，還能在城裡置辦一間院子，這日子不飛起來過？」

謝紹默默吃著饅頭，還是沒鬆口。

曹貴看他懷裡一直抱著一個油紙包，問道：「謝哥，這是啥？」

謝紹低頭一看。「沒啥。」

曹貴嘿嘿一笑道：「你不說我也知道，是嫂子做的吧？上回我瞧見你賣芝麻糖了。不過謝哥，你真打算一直陪嫂子這樣玩過家家嗎？現在官府風口鬆，各地鹽商都在活動，正是好——」

「官府今年對鹽稅管控怎麼樣？」謝紹突然開口問道。

「還能怎麼樣，老樣子唄！全都讓那幾個狗官把控得死死的，老百姓要吃鹽，只能去官鋪買，貴就算了，品質還逐年下降。要不這樣，你回去跟嫂子商量一下，帶一袋回去讓嫂子看看。」

「這事暫時不能讓她知道。」謝紹沈聲道。

曹貴嘆了口氣道：「謝哥你就是死心眼，這事一不犯法、二不傷人，不是我往臉上貼金，這對百姓也是好事啊，畢竟誰家不吃鹽？」

「我知道，但官府禁令畢竟是禁令。」

「狗屁禁令！現在私底下投機倒把的多得去了，官府自己都在做些見不得人的生意。」

謝紹吃完了一個饅頭後站了起來，他左肩的傷勢還沒好徹底，但剛才為了幹活，鬆開了繃帶。

「幫個忙。」他把繃帶遞給曹貴。

「我懂我懂，謝哥成了親，是大不一樣了，怕嫂子擔心吧。」曹貴幫他把繃帶原封不動地包紮了回去，看不出一點痕跡。

想到竺珂，謝紹的臉閃過一瞬柔情，要是讓家裡那個嬌嬌知道他出門拆了繃帶，他今晚可能就別想進屋睡覺了。

謝紹嘗試著活動了一下肩膀，說道：「走了。」

「等一下！謝哥，這是這兩天的分，你收下。」曹貴遞上一個荷包。

「不用，都說了這兩天是白幹，來看看情況的。」

「咋能讓你白幹呢，收下吧。」

見曹貴堅持，謝紹也沒矯情，接過荷包就大步朝集市走了。依依交代的事他不能忘，畢竟一大包芸豆糕和幾瓶菌子肉醬可是讓她昨天忙活了好一陣子……

謝紹推門回來的時候，王桃桃剛離開不久，竺珂忙著把今天做好的芝麻糖從廚房搬到院子裡時，就瞧見了謝紹的身影。

「回來了？」

「嗯，回來了。」

竺珂打水讓他洗手，順便問道：「那家屠戶咋了，出了啥事呀？」

「……沒什麼，他家養的豬要生了，我去幫忙接生豬崽。」

遞帕子的手停在半空中，竺珂有些訝異地問：「你還會接生豬崽?!」

「……嗯。」

竺珂眼裡迸發出閃亮的小星星，謝紹從她的眼神裡，讀出了「崇拜」兩個字。竺珂不用開口，謝紹也知道她下一句話一定是——

「你怎麼什麼都會呀！」

不得不說，謝紹有些享受這種恭維。

「豬崽是不是很可愛啊？我還沒見過豬崽呢！多大？身上有毛嗎？」

「咳咳……」

正在喝水的謝紹突然被水嗆到，竺珂忙拍了拍他的背。

「怎麼了呀……你看我幹什麼？我沒見過豬產崽崽嘛，好奇也正常呀。」

謝紹剛要開口，王桃桃突然去而復返，氣喘吁吁地跑回來了。

「謝、謝獵戶，我公公來請……請你……」她著急得很，說話上氣不接下氣的。

「別著急，慢慢說。」竺珂忙道。

「我家羊要產崽了，我公公說你懂接生，拜託你去看看。」

王桃桃話剛落音，竺珂和謝紹同時沈默了，兩人對視一眼，竺珂先憋不住地笑了起來。

謝紹臉上帶笑，故意逗她。「豬崽看不成了，羊崽要不要看？」

冬天幫羊接生不是簡單的事，方家裡裡外外都忙活開來，乾草墊子一摞一摞地搬，熱水也是一鍋一鍋地燒。

謝紹帶著竺珂到了方家，竺珂想看又不想看，一直在外頭糾結。

見狀，謝紹揚了揚唇角道：「過程有點難看，妳在外頭等我，好了再叫妳進來。」

竺珂當然知道接生的過程不好看，但她就是好奇，猶豫了一陣子，她還是跟著謝紹進去了，只是一直躲在他身後，時不時地探出小腦袋。

方家這隻母羊是頭胎，可肚子出奇的大，此刻牠側倒在草墊子上，「咩咩咩」直叫喚。

謝紹走過去摸了摸，表情變得有些嚴肅。「得餵藥了。」

那方家公也是經驗豐富，點點頭道：「看來這窩多，拿藥吧，不然三姊還有苦頭吃。」

三姊？竺珂好奇地看了地上的羊一眼，王桃桃在她身後偷偷道：「我公公是個愛羊如命的人，我們家的羊，大姊、二姊、三姊，一直到十二，都有名字。」

竺珂看著三姊，忍不住笑了。

餵了藥，又有謝紹和方家公在，很快的三姊的頭胎就產下四隻羊崽，每隻都健康平安，三姊也沒什麼問題，眾人全都放下心來。

竺珂看著謝紹一隻一隻地抱出羊崽，一個大男人動作小心翼翼的，這情景一下就戳中竺珂的心窩——這有些不搭調的感覺，好可愛……

方家公笑得嘴都合不攏，一定要留謝紹和竺珂吃飯，方家人樂得和過年一樣，擺了整整一大桌的菜，方家公還拿出了燒高粱，非要讓謝紹也喝一杯。

謝紹推辭不過，跟著方家公乾了幾杯。這燒高粱可不比一般的酒，謝紹被連勸了四、五杯之後，臉都紅了。

竺珂適時勸道：「他傷還沒好，喝不了太多。」

方家人看著謝紹肩膀上的繃帶，這才作罷。

第二十七章　上山小聚

一頓飯吃到快天黑，男人們還在飯桌上高談闊論，竺珂和王桃桃則跑到羊圈去看小羊。三姊和四隻羊崽齊齊窩在一起，場面十分溫馨，小羊們臥在母羊肚子旁，眼睛還沒睜開，只會一拱一拱地找奶喝。

「這麼快就有奶水了嗎？」

「嗯，我聽我公公說這是羊崽的本能，小崽吸著吸著就有了。」

王桃桃說著，眼睛突然一亮道：「謝娘子，妳喝過羊奶沒？羊奶營養豐富，帶點回去啊！」

竺珂剛要開口說不用，方家公已經和謝紹從屋子走了出來，正巧聽到王桃桃這番話。

「這個主意好！桃桃啊，妳快去和妳小姑子給謝娘子擠一大壺羊奶帶回去。」

王桃桃立刻應下，飛快地轉身拿工具去了。最後，竺珂提著整整一壺的羊奶離開了方家。

路上，竺珂犯愁道：「這麼多羊奶，怎麼喝得完？」

謝紹牽著她，輕聲道：「慢慢喝，家裡還有靈靈和小豆芽呢。」

竺珂看了謝紹一眼，知曉他現在已有三分醉意，嗔怪道：「你真是死心眼，人家勸酒你就喝啊？你還傷著呢，自己不知道嗎？」

「快好了，馬上就能拆繃帶。」

「想都不要想！過一陣子我跟你一起去慈善藥堂，韓大夫說可以了才能拆。」

謝紹抿抿唇，有些心虛地說：「好。」

「這麼多羊奶放幾天就不好了，一會兒回去讓小豆芽和靈靈多喝些，剩下的要不做成奶豆腐，明天吃吧？」

「依依……」

「怎麼啦？」

竺珂走得飛快，謝紹伸手拉住了她。「明天周家人要來接我們。」

「完了……你不說我都忘了！確定是明天嗎？」竺珂完全把之前周家說要請他們吃飯的事拋在腦後。大山跟小山回去好幾天了，周家好像的確是跟他們約明天。

謝紹點點頭道：「明天一早他們就會趕牛車過來。」

竺珂皺起了小巧的鼻子道：「好吧……可是去周家村，是不是要爬山啊？」

「沒事，有牛車，要是到了車走不了的地方，我背妳。」

竺珂看看他的肩膀，搖搖頭說：「算了吧，你還傷著呢。明天再說，快回去了，小豆芽和靈靈還在家等我們呢！」

謝靈和小豆芽圍著那一壺羊奶看得稀奇，竺珂笑道：「煮開了才能喝。」

小豆芽皺了皺鼻子，謝靈也有些嫌棄地說：「這羊奶好腥啊！」

「剛擠出來的羊奶就是這樣，等我煮開再加點糖，就能好一些。」

聽到竺珂這麼說，謝靈和小豆芽這才露出了期待的表情。

天色晚了，謝家小院裡的廚房卻還亮著光。灶上的小鍋裡滾著熱騰騰的羊奶，竺珂放了兩大塊冰糖下去，又撈掉表面一些浮沫。放羊奶進去的碗事先鋪上了紅豆泥，睡前喝一碗熱奶，能暖和身子、助人安眠。

竺珂心想，可惜家裡沒有燕窩，在燕窩上澆上乳，滋味才是最好的，但燕窩是昂貴的吃食，就連凝玉樓的頭牌，一個月也就兩碗的分例。

小豆芽和謝靈美滋滋地喝過奶，就跑到院子裡漱口，回裡屋去睡了。

謝紹掀開廚房的簾子，見竺珂還在收拾灶臺，面前的羊奶卻沒動。「怎麼不喝？」

竺珂扭捏了半天，才慢慢開口道：「其實我不喜歡喝羊奶，總覺得有一股腥味……」她有些不好意思，畢竟乳製品對於任何一家來說都算是不常見的「奢侈品」，她卻還挑三揀四的。

謝紹笑著搖了搖頭，他早就從竺珂今天路上那副嫌棄的小表情看出來了。「那就不喝了，以後有機會我給妳買牛乳回來，那個不腥。」

牛乳？竺珂眼神一亮，隨即又黯淡了下去。這十里八村的牛都是幹活的牛，哪裡有產奶的牛？

謝紹被她這副小模樣逗笑，忍不住捏了捏她的臉頰道：「快回去睡吧，明早還要早起，放著讓我收拾。」

竺珂臉一紅道：「好吧……那你記得把剩下的羊奶喝了，不然浪費，我去睡了。」

謝紹一一應下，竺珂走後，他就在心裡盤算了起來。這村裡的肉牛多，奶牛則是幾乎沒有，牛乳的確難得，要是能把奶牛養起來的話……

曹貴白天那番話又浮現在腦海裡，不管怎麼樣，他是男人，男人就要養家，以後他也會讓依依過上吃穿不愁的日子。

次日，天剛剛亮，竺珂就醒了，比謝紹還起得早。

側躺在枕頭上，竺珂細細打量著謝紹的側臉，見他下巴的鬍碴有冒頭的趨勢，她忍不住用手去碰了碰——有些扎手。

謝紹睡得警覺，竺珂剛伸手碰他的時候他就睜開了眼，目光還有些凌厲，嚇得竺珂立刻把手縮了回去。

看清懷裡的人，謝紹的眼神瞬間和緩了下來，問道：「醒這麼早？」

竺珂撇了撇嘴道：「太陽快曬屁股啦，還早？誰教你昨晚喝酒，難受了吧？」

謝紹捏了捏眉心，燒高粱的後勁的確大，他不僅有些頭痛，胃也隱隱有點翻騰。

竺珂輕哼了一聲，從床上爬了起來，穿好衣服就去廚房，從罈子裡舀了一勺蜂蜜出來，用溫水沖開，給謝紹拿了過去。

「喝吧，蜂蜜水解酒，喝完就不難受了。」

謝紹接過碗，一飲而盡。

「周家人什麼時候來啊？」

「估計吃完早飯就到了。」謝紹一邊換衣，一邊看了看窗外。

「那敢情好，我先去做早飯了，你去叫一下那兩個丫頭。」

謝靈和小豆芽一聽說今天要去周家村找大山跟小山，一骨碌爬了起來，兩人還煞有介事地換上竺珂為她們做的新衣，美滋滋地坐在院子裡互相梳著頭髮。

早飯時間剛結束沒多久，周家人就到了。

周家的牛車寬敞帶棚，舒適得跟馬車差不多，謝紹抱兩個丫頭上馬車之後，就轉身把手遞給了竺珂。

竺珂瞪了他一眼，壓低聲音道：「這兒還有外人在呢。」

謝紹眼裡閃過一絲戲謔，小聲道：「我不拉妳，妳能上來嗎？」

竺珂癟了癟嘴——她還真上不去，這牛車可是比金叔家的還要高。

謝紹牽著竺珂的手把人半抱著拉了上去，還乘機摟了摟她的腰肢，換來她凶巴巴的一爪子。

竺珂這模樣惹得謝紹眼底的笑意擴大，他轉身走到棚前坐在周家郎後面，兩個男人一起趕車更穩當，輕輕一揚鞭子，牛車就晃晃悠悠地出發了。

竺珂坐在牛車裡面，聽見謝紹和周家郎在外說話，原來周家幹的是蔬菜的營生。周家村比三陸壩村還靠近山頭，村子裡的農戶大多種地，但很多農戶都是老人，不太可能每天從周家村到集市賣菜再返家，所以周家便擔起這營生，從農戶手裡收菜，再到集市上去賣，中間收取的利潤還算合理，兩邊都能接受，所以周家時時刻刻都靠這牛車上山下山。

竺珂細細聽著，心中感嘆，這在山裡，有輛車的話的確是方便得多。

牛車行進間，兩個小傢伙已經打起盹來了，竺珂也有些犯睏，今天起得太早了，這會兒牛車搖搖晃晃的，還真讓人想夢一回周公。

車棚的簾子被掀開，謝紹彎著腰走了進來。

「睏了？」他看見竺珂的模樣就知道，這嬌嬌定是犯了睏，他走到她身邊坐下道：「睏了就睡一會兒。」

牛車裡只有一個長軟榻，兩個姑娘在上面睡得香，竺珂正犯愁呢，謝紹就進來了。

竺珂想也不想地就倒在他肩膀上，打了個呵欠道：「那你一會兒叫我喔，我就瞇一下下。」

「好。」

謝紹的肩膀寬闊又結實，靠上去雖然有點硬，卻十分讓人有安全感，竺珂沒多久就陷入了夢鄉。

牛車行過彎彎曲曲的山路，沒多久的工夫就穩穩地停在周家門口了。

雖然周家的光景不如謝家好，但院子卻收拾得很乾淨，還有一個鴨圈，幾隻鴨子正在裡面叫得歡快。

周娘子早早就站在門口了，見著來人，熱情地打起了招呼。「來來來！快進來！」

笁珂一眼看過去，就瞧見大山、小山站在周娘子身邊，穿著新做的棉衣，頭髮也束了起來，看起來精神了許多。

「謝紹哥、嫂嫂！」他們異口同聲地喊道。

「乖，回來的日子還習慣嗎？」笁珂摸了摸兩人的頭，問道。

兩兄弟靦覥地笑了笑，齊齊點頭。

笁珂總算放下心，孩子們吃了太多的苦，往後終於能好好過日子了。

打過招呼，周娘子就回廚房忙活去了。

周家人熱情非凡，在院子裡擺上過年才會用上的大圓桌，謝紹一家人抵達的時候，桌上已經擺了好幾道涼菜。

「謝獵戶、謝娘子，你們快坐！」周家郎招呼兩人坐下。

院子裡除了兩夫妻，還有周家郎的弟弟二郎，正在為殺好的雞拔毛。

笁珂笑道：「你們先聊，我去廚房給嫂子幫幫忙。」

「唉呀，不用不用，哪有讓客人幫忙的道理！」

「沒事，周大哥，你們男人之間的話我聽不懂，閒著也是閒著，我過去了。」

周家郎見攔不住，便不再多說，大山、小山則和小豆芽、靈靈四人在院子裡逗鴨子玩。

笁珂走進廚房說道：「嫂子，少做些菜，我來幫忙。」

「唉唷，妳咋進來了呢？我這都快好了，沒啥要幫忙的。」

笁珂看了看周家的灶臺，光是魚就殺了兩條，還有一隻剛拔了毛的鴨子，估計也是今天才從鴨圈裡抓出來的，這陣仗真是讓她有些受寵若驚。

「嫂子，妳這也弄得太豐盛了。」

「沒什麼，都是自家食材，我們是做蔬菜生意的，家裡啥都缺，就是不缺菜。」

竺珂把自己帶來的禮物遞給周娘子，周娘子一開始說什麼也不收，最後竺珂說「不收下就不吃飯」，周娘子這才接受。

「嫂子，妳這鴨處理得不錯，我來做吧。」

周娘子下意識就想拒絕，然而轉念一想，自家兩個兒子回來之後念叨了幾次竺珂的手藝好，說不定她就是喜歡下廚……

「好，妳喜歡就做吧，鴨子是自家養的，肉質絕對鮮嫩！」

竺珂當然相信這一點，好的鴨肉她一眼就能分辨，眼前這隻鴨子光看就知道肥美，她想了想，心裡已經有了盤算。

「嫂子，家裡有酸蘿蔔沒？」

「有，冬天白蘿蔔多得是，在那個罈子裡，要多少有多少！」

竺珂笑咪咪地走過去，從罈子裡撈出了幾條酸蘿蔔，切成了長條。泡椒、泡薑也撈出一些切好備用，鴨肉切塊放在滾燙的開水裡，和蔥段、生薑一起汆燙煮沸，去除浮沫之後撈出來放在一旁。

鍋內熱油，油熱後下入蔥段、薑片、泡椒跟泡薑炒香，再下入酸蘿蔔塊，翻炒片刻後就倒入焯好水的鴨塊，用熱水淹過所有食材，大火燒開轉中小火燉煮。這道菜是酸蘿蔔老鴨湯，酸蘿蔔緩解了鴨肉的油膩，兩者搭配起來格外爽口，既滋補又美味。鴨肉湯燉至八成熟時調味，放少許白糖提鮮、中和酸味，加入少量鹽巴，最後再根據湯的味道淋上一點白醋，就能離火了。

周娘子被這稀奇的作法吸引了視線，忍不住用勺子舀了一些品嘗，當下便拍響大腿道：「我的老天爺！這湯味道咋這麼好呢?!」

她養了多年的鴨子，料理的時候要麼清燉、要麼烤熟，還不知道鴨肉能和酸蘿蔔搭配，而且竟是出乎意料的美味。

竺珂擦了擦手，笑道：「嫂子以後可以按照我這方子做，有很多東西能跟鴨肉一塊兒料理，像是和黃瓜一起燉，再放上粉絲，這樣做會比清燉爽口。」

周娘子這會兒是佩服得五體投地。清燉的鴨子一般油重，剛吃還行，到後頭就有些膩了，這樣混合其他食材，倒有不一樣的風味。

兩人說話間，其餘的菜都好了。

謝紹和周家郎在飯桌上你退我迎不停地勸酒，雖然大家都知道謝紹有傷在身，可周家備下的卻不是白酒。

「謝兄弟！我喊你一聲兄弟，這酒你就得喝，這是我家自己釀的葡萄酒，不醉人，也不傷身！」

竺珂端著菜走出來說道：「先吃飯吧，吃完再喝。」

「就是就是，你們快來嘗嘗謝娘子這道湯，真是新鮮好喝！」周娘子也端著湯鍋走了出來。

「謝兄弟，你是我周家的再造父母，今日你可別拒絕，一定要在我家吃飽喝足才能走！」

周家人這頓飯總共八道涼菜、八道熱菜，還有兩鍋湯，是標準的農村大事宴席，竺珂和謝紹自然不能拂了人家的面子，道過謝就開動了。

眾人嘗了酸蘿蔔老鴨湯一口，很是驚豔，謝靈驕傲地揚起了下巴說：「我嫂嫂做什麼都好吃，大山跟小山也知道的。」

兩兄弟連連點頭道：「沒錯沒錯。」

周家郎道：「謝兄果然好福氣啊，謝娘子，這道酸蘿蔔老鴨湯也讓我家娘子學學，味道真是妙極了！」

「嫂子這魚也很不錯，改日教教我吧。」竺珂道。

周娘子笑道：「這道麻辣魚是我娘教我的，謝娘子喜歡的話就多吃些！」

一時之間，飯桌上歡聲笑語，氣氛很是熱絡。

竺珂也嘗了嘗周家人自己釀的葡萄酒，味道的確不錯，甜絲絲的，不醉人。

兩個女孩得了兩隻鴨腿，兩個男孩得了兩隻雞腿，各自抱著自己的碗，吃得不亦樂乎。

第二十八章　夫妻之實

這頓飯足足吃了一個多時辰，竺珂捂著自己的肚子，悄悄向謝紹搖了搖頭，表示自己真的吃不下了。

謝紹眼底閃過笑意，放下了筷子道：「今日就到這裡了，多謝周大哥與嫂子款待，以後咱們還有機會常來常往。」

周家人辦席是為了傳達謝意，也曉得雙方盡興便好，不必強留客人，便點了頭。周家郎說要趕牛車送他們回去，誰知他剛站起來就晃悠了兩下，還是謝紹伸手把人扶了扶，他才沒跌倒。

「不用送了，周大哥，我們從北面下山，回了城裡就能搭車了。」

「不！不……我沒醉……我可以趕車……」

周家郎還硬撐著要趕車送人，周娘子哭笑不得地說：「算了吧，就你這鬼樣子，趕車？還沒出村子車子就翻了！」

經過謝紹一再婉拒，周家郎這才作罷。周家村的北面能下小青山，再到青山城就快了，雖然有點繞路，但是這條路很好走，並不需要牛車。

周家人把他們送到村子口，又叮囑了好幾句，看著四人的身影逐漸消失後才返家。

竺珂一邊走，一邊皺著眉頭捂著肚子說：「我真的吃太多了，周娘子一個勁兒地往我碗裡挾菜，可撐死我了。」

謝紹笑著摸了摸她的頭說：「下山正好走走路，消食。」

竺珂點點頭，正想問那兩個丫頭還能不能走時，卻發現她們走得比她快、跑得比她脫，這幾個人當中，還是她最不習慣走山路。

謝紹看出竺珂的想法，寵溺地捏了捏她的臉說：「沒事，走不動了哥哥背妳。」

這人還來啊?!

「你……你流氓！」竺珂小聲罵了他一句，邊罵邊留意前面那兩個丫頭的反應，這種話萬一被她們聽見就不好了。

這會兒周圍都沒有外人，謝紹眼底幽深道：「自稱一聲哥哥就是流氓了？妳還沒見過真的流氓呢……」說著他就朝竺珂靠了過去。

謝靈在前方發現了一隻喜鵲，驚訝地回頭喊他們看。「嫂嫂快看！這個時候竟還有喜鵲！」

竺珂捂著嘴，飛快地點了點頭，倒是謝紹佯裝無事地走上前道：「可能有鳥蛋了，在找地方搭窩。」

看著謝紹的背影，竺珂在心裡狠狠腹誹了好幾句。這個大流氓！以前怎麼沒看出來他還有這一面，她嘴都快吻腫了！

下山的路還算好走，今天日頭好，冬日的山路也沒有茂密的草叢，不用擔心會突然跑出什麼蛇和蟲子，走著走著，竺珂的心情也愈來愈愉快。

「今日就當出來踏青了，慢些走，趕著天黑前回去就成！」她笑道。

「喝口水。」謝紹朝竺珂遞了水壺來。

竺珂抿了一口——是山泉水，很是清甜。「你也喝。」她把水壺還給謝紹。

「腳疼嗎？要不要我背？」

「不疼，沒事。」竺珂想起當初要去謝家生活那天，穿著繡鞋走山路，腳都磨破了，現在她可不會犯這樣的錯，鞋底納了好幾層，舒適柔軟又耐穿。

謝紹抿了抿唇，突然覺得有些可惜。他好久沒背她了，就算他現在只用一隻手撐著，也是沒問題的。

竺珂和謝靈、小豆芽說說笑笑的，很快就到了小青山半山腰。

這些年小青山來往的人比大青山多了很多，山路也整理得不錯，謝紹一邊看著前面的三個人，一邊留神觀察四周。

「等等。」謝紹忽然喊道。

聞言，竺珂停住腳步回頭看他，問道：「怎麼了？」

謝靈跟小豆芽則是有些緊張，不曉得是不是發生了什麼事。

「那邊的山崖上有人參，我去挖過來，妳們在這兒等我。」

竺珂順著他的眼神看過去，那山崖邊上一塊土裡似乎是有東西，可這麼遠，謝紹怎麼確定那是人參呢？況且那山崖看起來很危險……她蹙了蹙眉，有些猶豫地喊住他。

謝紹回道：「別怕，我有工具。」

工具？竺珂注意到謝紹隨身背著的一個包袱，裡面有一捆繩子，繩子盡頭是三爪彎鈎。只見謝紹輕輕一甩，彎鈎就準確無誤地勾住了那塊土周圍，接著他輕輕一拽，那塊土就帶著一根人參掉了下來。

「哥哥好厲害！」謝靈和小豆芽直拍手。

謝紹回頭一笑，大步朝山崖底下走了過去，拍掉人參上頭的土，就把它放進了包袱裡頭。

竺珂笑著過去看了看，好奇地問道：「這麼大，能賣多少錢？」

謝紹笑而不語，竺珂便擰了他的手臂一下道：「你還跟我賣關子？」

「不是，人參品種多且雜，要讓韓大夫看看才知道，不過這個大小……應該至少有二十兩。」

竺珂臉上綻開了花，崇拜地說：「真的呀？二十兩就這樣到手了，你好厲害，這筆買賣真不錯……」

謝紹顯然被自己女人這番誇讚取悅，他揚了揚唇道：「走，去捉野兔。」

「野兔?!」竺珂和兩個丫頭異口同聲地叫道。

「嗯，小青山上沒有大的獵物，野兔最多，現下還沒到牠們回窩的時候，下個套，能捉兩隻。」

謝紹一邊收拾工具一邊道，還看了竺珂一眼。上回進山沒捉到野兔，也沒能為竺珂做張小毯子，這回他得彌補她。
「那……那會不會來不及回家啊？」竺珂問道。畢竟他們今天還要趕回三陸壩村去。
「很快。」在這件事上，謝紹有著絕對的自信。
一家人在一個空曠平坦的地方燒起了火堆，謝紹在不遠處下了三個套子，接下來只需靜靜等候便可。
坐在火堆旁取暖，竺珂突然想起臨走前周娘子要給他們一袋地瓜，竺珂嫌重，推辭了好幾次，最後只接了四個讓謝紹背著，這會兒生了火，不正好烤來吃嗎？一人一個，不多也不少！
一聽要烤地瓜，兩個小傢伙也躍躍欲試。
「我會我會！」
「嫂嫂，我幫妳烤吧。」
烤地瓜不是什麼難事，竺珂也樂得讓她們來。「行啊，妳們注意別燒著手就好。」
用柴火烤地瓜，一定要時不時地翻面，謝紹為她倆用樹枝做了類似筷子的東西，方便用來翻動地瓜，兩個丫頭聚精會神，認真極了。
「你以前上山的時候是不是也經常生火，自己烤點什麼東西吃？」竺珂靠著謝紹，小聲問道。
「嗯，山裡東西多，烤雞、烤兔，還有菌子，都可以吃。」

竺珂看了他一眼道：「日子還挺不錯的，不過肯定沒我做的好吃，今天要是抓到了野兔，我回去就做爆炒兔肉丁給你。」

謝紹正在翻柴火，聞言笑道：「好。」

話音剛落，下的套子那邊似乎有了動靜，謝紹示意大家不要出聲，起身快速走了過去，竺珂和兩個丫頭則緊張兮兮地等著。

「上套了！」

「真的?!」

原地等候的三人立刻站了起來，朝謝紹走去。

三個套子一共捉住了兩隻，謝靈興奮得直拍手，只見謝紹將野兔的腿兒一綁，捉了過來。

「這隻好肥啊……」說著，竺珂看了看旁邊那隻道：「這隻好小，好像才出生沒多久。」

「嗯，小的算了，妳們玩玩，放了吧。」謝紹說道。

小野兔被小豆芽抱在懷裡不住地順毛，一旁的謝靈急得直跺腳道：「給我嘛，我也想抱。」

竺珂摸了摸那隻大兔子的毛說：「真的好肥，皮毛也不錯。」

見她喜歡，謝紹立刻道：「皮毛可以脫下來，給妳做張小毯子。」

「啊？」竺珂睜大了眼。

謝紹皺著眉，瞧了瞧大兔子說：「一隻可能不夠，要不做個圍脖吧。」

看著這隻灰蓬蓬的兔子，竺珂拒絕的話在舌尖滾了滾，最後卻只回道：「好的。」

吃肉便罷了，可她從來沒使用過動物毛皮做的東西，不禁有些害怕。不過她實在不想讓謝紹失望，畢竟那是他的一片心意。

玩了一會兒，小野兔被放了，地瓜也烤熟了。地瓜皮被輕輕剝開，裡面的肉呈現金黃色，冒著熱呼呼的香氣，外焦裡嫩、入口軟綿、香甜可口。

幾人一邊吃著烤地瓜，一邊朝山腳下走去。

今天去了周家村，又走了大半日的山路，從青山城返回謝家小院的時候，竺珂已經累癱了，根本做不了爆炒兔肉丁。所幸晚飯已經在城裡的飯鋪解決，回到家後她不用做飯，燒過水就能洗漱了。

那兩個小傢伙也是，玩鬧的時候開心，回來之後便早早去裡屋倒頭就睡，只有謝紹，還是勤勞地幹完了院子裡的活兒。

竺珂坐在炕邊迷迷糊糊的直犯睏，要不是頭髮還沒乾，她肯定倒頭就睡，正在打盹的時候，門「吱呀」一聲開了。

謝紹端了個木盆走進來道：「走了一天山路，讓我看看妳的腳。」

一句話，竺珂的瞌睡蟲立刻飛了。

還來不及反應，謝紹已經蹲下去替她脫去鞋襪，大掌托起她的雙腳放入木盆中。

水溫稍稍有些燙，竺珂忍不住縮了一下，同時也反應了過來——謝紹居然在替她洗腳！

從古至今，向來都是女子服侍相公淨足，小到鄉村莽夫，大至皇帝官員，從來沒有男子為女子洗腳的事。可現下自家的漢子就蹲在她面前，粗糙帶著繭子的手撫過她的腳背，細細為她搓洗，虔誠得像是在做一件了不得的事一樣。

「我……我自己來……」竺珂雙頰慢慢紅了，她咬了咬下唇，聲音細如蚊蚋。

「妳腳底還是磨紅了，怎麼不說？」

竺珂臉紅得快滴出血了。「沒有啊……不疼……」

謝紹見她否認，也不說話，只將一旁早就備下的藥草包投進水裡，細細地為她按摩著腳底每一寸皮膚。

竺珂只覺得臊得慌，她就這樣被謝紹捧著腳，溫熱的水澆在她的腳背上，他的動作輕柔，和平時硬邦邦、不解風情的模樣完全不同。

「好了，我去倒水，妳進被窩。」謝紹站起身端著木盆走到屋外倒水。

竺珂一顆心暖洋洋的，她脫掉外衣後鑽進了被窩，裡頭暖烘烘的，讓人舒服得忍不住伸展全身。

謝紹很快重新返回新屋，手上還拿著一個藥瓶，他上了炕，大掌探進被窩，又捉住了竺珂的小腳。

竺珂忍不住笑道：「還要做什麼啊，癢……」

「沒破皮也得上藥，忍一忍。」

謝紹打開藥瓶，將竺珂的雙腳放在自己大腿上，準備幫她上藥，竺珂一動不動靜靜等著，結果等了好一會兒，卻沒見他有動作。

「怎麼了呀？」她嗓音甜得要擰出水來了。

「拿、拿錯了。」

男人的嗓音瞬間有些沙啞，竺珂覺出了一絲不對勁。

「你拿成什麼了呀？」

「……上回韓大夫給的藥。」

整個房間頓時陷入了一片靜默，謝紹有些手足無措，慌亂地準備下榻。「我去換……」只是他還未直起上半身，一雙纖細的小腿輕輕一勾，就貼在他滾燙的腰腹上。

「我小日子已經走了……」竺珂臉頰滾燙，雙目緊閉地說出了這句話。

這次她的小日子來得突然，也結束得意外，明明天數還未到的……不過女人的身體情況很難說，剛到了新環境，小日子有些波動也難免。

謝紹渾身僵硬，肌肉瞬間緊繃了起來。他不可置信地看著竺珂的臉，啞著嗓子問：「真的？」

竺珂羞憤欲死，只好胡亂地點了點頭道：「你、你先關燈。」

謝紹眸色越發幽深，眼裡的溫度幾欲將人烤化，他急喘了一聲，整個人埋頭伏在竺珂身上，不得章法地要解開她脖頸間的盤扣。沒多久，雪白的肌膚映入眼簾，他像個毛頭小子一樣，唇舌生澀，把竺珂逗弄得有些癢。

「別咬我呀……你怎麼還和之前一樣？」

不過，男人的動作雖是青澀，但其中還有一股蠻勁，讓人跟著沈淪。

謝紹來勢洶洶，只是進行到一半，他猛然想起藥瓶的事，說道：「我、我先給妳上藥。」上回不太順利的記憶浮現在腦海裡，他不敢冒險。

竺珂氣喘吁吁，暗罵他是個笨蛋，可是見到他手忙腳亂、額頭快要沁出汗的模樣，又有些心疼。她主動用腿勾住他的腰肢，將人往下帶。

「我不怕，只要能做你的人就行……」

「別上藥了，直接來，你是不是男人？」

這兩句話讓謝紹失去理智，「哐噹」一聲，藥瓶從炕上滾落了下去。他是不是男人？今晚就要讓她好好體會一下！

烏雲驟起，白日還是好日頭，到了後半夜，竟是淅淅瀝瀝地下起了小雨。

北風帶來一陣陣寒意，吹得謝家小院的窗子簌簌直響，卻吹不冷院子西頭剛蓋的這間小屋。

屋裡暖融融，新打的炕結實又暖和，被窩裡一片春色，時不時從被縫裡漏出幾聲輕吟和粗重的呼吸聲，一直斷斷續續，直到天明……

第二十九章　野味添趣

一場雨讓天氣徹底變得寒冷，次日謝紹早早起身，左肩上的繃帶已卸下，他回頭看了看新屋的方向，眼神灼熱，渾身上下都充滿了幹勁。

和他一般高的炭火被他劈好之後又碼放得整整齊齊，寒冬凜冽，家裡不多備下柴火可不行，從今日起，炭火斷不了。

屋裡一共三個火盆，堂屋裡要擺一個，兩個姑娘的裡屋要擺一個，還有一個自然是在新屋裡。謝紹想起昨晚竺珂捂著被子怕熱，可掀了被子又怕冷，直往他懷裡拱的模樣，下腹又是一陣火熱。

強迫自己收回心思，謝紹去做早飯，竺珂昨日真累到不行，估計沒那麼快起來，而昨日捉的那隻野兔，也要趕緊處理。

束好褂子，謝紹拿著工具走到山洞口，兩三下便把野兔打理好，再去井邊沖洗。他料理這些動物的手法嫻熟，很快的，一盆清理乾淨的兔肉就放進了廚房裡——小嬌嬌說過今天要給他做爆炒兔肉丁，謝紹不禁揚了揚唇。

早飯是謝紹端到屋裡的，竺珂剛醒，整個人渾身又疼又乏，坐在桌前提不起精神來。

謝紹哄著人吃了飯，又道：「我處理好兔肉了，皮毛一會兒洗乾淨曬乾，妳先做個圍脖，等後面遇到好的皮毛，再做毯子，嗯？」

竺珂一聽這話，眼神亮了起來。「兔肉這麼快就處理好了？太好了，今天中午吃爆炒兔肉丁，我現在就去做！」

做爆炒兔肉丁要準備很多乾辣椒，謝家門前掛著曬乾的那一串串紅辣椒終於有了用武之地。竺珂找了把剪刀將紅辣椒全剪了下來，交給兩個姑娘一個任務——把這些乾辣椒全剪成小段。不過辣椒辣手，竺珂幫她們一人找了一塊布包著手，又囑咐了幾句，便回廚房料理兔肉。

今天謝紹要去金叔家拉炭火，臨走前跟竺珂說了幾句話，竺珂頭也不抬地說：「你去呀，早些回來。」她嗓音嬌滴滴的，但注意力都放在面前的兔肉上。

謝紹抿了抿唇，轉身離開，一路還回頭看了竺珂好幾次，直到走到屋外被冷風吹了吹才醒過神來，不禁自嘲地搖了搖頭。都說老婆孩子熱炕頭，以前他還不以為意，現在自己竟也生出幾分不願出門的旖旎心思，只想天天守著嬌妻。

收了心思，謝紹換了套衣裳走到院子裡，又囑咐了那兩個小傢伙幾句，便拿著筐子和麻袋朝金叔家的方向走去。

見謝紹出門，竺珂有些心虛地回房拿出小瓷瓶，打開蓋子將指尖的泉液盡數滴入。

這泉液用處似乎頗多，明明她並未每日用香露護理身體，可上回她不小心把它打翻在浴桶裡之後，她的皮膚一日比一日好、一天比一天嫩，還有之前不慎滴入料理時，食物滋味發生的變化……

竺珂本以為指尖的泉液只是曇花一現，沒想到今日竟然又有了，雖還搞不懂規律，但這東西頗為寶貝，自然要好好收集。

兩個姑娘很快便把幾串乾辣椒全部剪成一段一段送到竺珂面前，謝靈說道：「嫂嫂，我們都弄完了！」

竺珂讚賞地摸了摸兩人的頭道：「辛苦了，出去玩吧！」

兔肉已經全洗乾淨，切成了大小均勻的肉丁，和蔥、薑、蒜跟黃酒簡單地醃製入味，朝碗裡放少量的麵粉，均勻地裹住每一塊兔肉丁，抓勻備用。

做兔肉費油，油燒至五成熱時就可以放入醃好的兔肉，「啪啦」一聲，油鍋裡泛起陣陣氣泡，來回翻炸，直到兔肉炸成金黃色，就撈出來放在一旁涼一下。

多餘的油倒進小罈子裡，後面還能用，鍋裡只留少許油，丟入足量的花椒、大蒜、蔥段爆香，再倒入一盆剪好的乾辣椒段。這些材料被熱油一燙，麻辣味瀰漫得整個廚房都是，竺珂忍不住打了個噴嚏，兩個小傢伙也被香味吸引了過來，站在廚房門口直瞧。

乾辣椒翻炒幾下，待顏色變深後，就可以放入方才瀝乾油的兔肉丁，調大火候，這時候要快速爆炒，竺珂炒得胳膊都有些痠了，不過兔肉和辣椒、花椒的味道已經完美地融合在一起，色澤紅潤，看著就讓人口舌生津。

兔肉丁起鍋，淋上少許香油，再撒上白芝麻，一道麻辣鮮香的爆炒兔肉丁就做好了。

謝靈和小豆芽已經看呆也饞呆了，竺珂卻笑道：「得等一會兒，爆炒兔肉丁要涼了才入味，一頓吃不完，剩下的我放在罐子裡一封，能吃好幾天呢！」

兩人點了點頭，乖乖等待這盆兔肉放涼。

冬天唯一的葉菜只剩大白菜，在蒸白米飯的空檔，竺珂去院子摘大白菜，準備再做一道醋溜白菜，午飯便可解決了。

謝紹背了整整一筐和一麻袋的炭火返家，他一時拿不了那麼多，元寶便跟著來了。

竺珂放下手中的菜迎上去道：「怎麼背這麼多？你才解了繃帶，不能分批次去拿嗎？」

謝紹擦了把汗道：「沒事，不重！」

元寶和謝紹把炭火收到後頭的山洞，他們從面前經過時竺珂看了一眼，是品質好一點的銀絲炭，並不是最便宜的木炭。她之前無意跟謝紹提了句木炭的煙太重，沒想到這男人竟上了心，還多花錢買了好一點的炭。

這讓竺珂一顆心就像裹了蜜一樣，甜滋滋的。

「快進來歇歇，馬上就要吃午飯了，元寶留飯吧。」

元寶嘿嘿一笑，自從謝家新屋起了以後，他便好久沒吃到竺珂做的飯菜了，這會兒，還真有些饞。

當那盆紅通通的爆炒兔肉丁端上桌的時候，元寶整個人眼睛都直了。

「吃啊，別客氣，這是謝紹自己打的兔子，還多著呢。」

謝紹也拿起筷子道：「吃吧，開春以後還得讓你幫忙。」

元寶點點頭，拿起了筷子。

眾人第一筷都朝那盆兔肉丁伸了過去，麻、辣和兔肉原本的鮮香充斥在嘴裡，後勁十足，是極大的味覺享受，加上屋裡燃著炭火，謝紹和元寶都吃得滿頭大汗。兩個姑娘也是頻頻吸氣，明明很辣，可又忍不住一直吃，只好不停地喝涼水。

竺珂笑咪咪的，見自家男人吃得這麼滿足，感覺比自己享用美食更開心。

「這隻兔子十幾斤呢，我全拿來做這道菜了，冬天這個能擱，元寶一會兒帶一罐回去。」

元寶辣得說不出話，但又連連點頭，謝紹的筷子也一直沒停過，冬日吃辣驅除寒氣，好不痛快。

謝紹心想，早知道她做得這麼好吃，就應該多下幾個套子、多捉幾隻回來才對。

飽餐一頓之後，元寶滿足地抱著罐子回去了。

竺珂在廚房收拾，謝紹主動走到她身邊說：「我來。」

聞言，竺珂翹了翹唇角，由著他去，反正她今日本來就還累著。

「那我去睡一會兒，你記得把這些都洗乾淨，剩下的兔肉丁放到旁邊的罐子裡，要擰緊啊。」

謝紹一一應下，竺珂淨了手，回了西邊新屋。昨日疲累得緊，今日又花了大半日做出爆炒兔肉丁，這會兒竺珂整個人快要散架了，她脫了外衣鑽進被窩，準備睡個午覺。

只是剛閉上眼，她突然想起一件重要的事。

竺珂取出小豆芽送給她的《香譜》，她隱約記得裡面記載著……

女子破身，可用桃花二錢……茉莉三兩……乳香、檀香……

竺珂看得耳根發紅。

但轉念一想，如今她到底不是姑娘家了，該注意的要注意，該保養的也不能落下，她默默將方子記在心裡，琢磨著改日去香料鋪子買。

竺珂又翻了翻其餘內容，一頁記載「桂花香」的文字映入眼簾。上面說，桂花香氣濃郁，卻略顯老氣，若是佐以柚子皮、陳皮一同入香，可中和桂花黏膩——這個說法倒教竺珂覺得新鮮。

繼續翻看，她發現了寶貝似的東西——綠中一點紅，這不正是她花錢從那香粉鋪子買來的梅花香膏作法？

竺珂頓時沒了睡意，細細捧著這本《香譜》研究了起來，愈看愈令人咋舌，這哪裡是一本書這麼簡單，分明是傳家寶藏！

她那精明的小腦袋瓜此刻轉得飛快，連謝紹何時進來都未曾發覺。

「看什麼呢？」

竺珂被他嚇了一跳，將書本一闔放在櫃子上，鑽進被窩捂住腦袋道：「沒看什麼！」

又開始撒嬌了……謝紹發出低低的笑聲，迅速脫下外衣上了炕。

「你做什麼？」

「睡午覺。」

字。

笠珂翻了個白眼——太陽莫不是打西邊出來了，竟能從謝紹嘴裡聽到「睡午覺」三個

她用腳踹他道：「下去！」

「不下去。」男人這會兒開始沒皮沒臉，長腿一壓，笠珂就動彈不得了。「活兒都幹完了，冬天下不了田、進不了山，不睡覺做什麼？」

笠珂咬了咬唇，這話怎麼聽起來有點……「現在可是白天，你安分點。」

男人不說話，只是低聲笑，大掌順著曲線下移，覆了上去。「還疼嗎？」

笠珂全身直冒熱氣道：「你說呢？」

「我給妳上藥。」

謝紹一個翻身坐了起來，不顧笠珂訝異的眼神，將昨日滾落到床腳的藥瓶拿了起來，細細地塗抹在瓷器做的圓柄上，就要分開她的腿。

笠珂驚恐地直踢他道：「不要！」

「乖，聽話。」謝紹捉住了她的腳，不容她掙脫。

笠珂羞憤欲死地說：「那我自己來，你走開……」

現在還是白天，她死也不要這麼做！

窗外冬日的陽光正好，不少人家都有歇晌的習慣，誰也不知道謝家西邊新屋裡正上演著讓人臉紅心跳的一幕……

竺珂一張小臉冷若冰霜，謝紹小心翼翼地走在她身邊，察言觀色道：「依依，那邊有糖葫蘆。」

儘管謝紹賣力討好，竺珂仍是毫不領情地撇開臉去。今日要去慈善藥堂看看謝紹的傷，一家人早早便進了城。

一路上，竺珂拒絕跟謝紹說一句話，氣呼呼地鼓著臉頰。

謝紹自知理虧，路過首飾鋪子的時候，彷彿看到救星似的說：「有沒有想買的首飾，我買給妳！」他早就下定決心要給自己的嬌嬌送件像樣的首飾了。

竺珂聽了他這話，才堪堪把小臉扭了過來，看了那首飾鋪子一眼，終於開口了。「我要一支簪子，銀簪。」

謝紹長長地吐了一口氣，現在就是她開口要金簪，他也會咬牙買下來的。

竺珂見他這副傻不拉幾的模樣，氣消了些。其實也不是氣，主要是羞臊，被他這樣那樣欺負了那麼久，要一支簪子也不算過分，哼。

不過她說歸說，當然還是心疼銀子，挑來挑去，最後挑了一支頂部是一朵白色玉蘭花的簪子，淡雅別致。

「好看嗎？」她重新用嬌滴滴的語氣跟謝紹說話，他受寵若驚，連連點頭。

「那你幫我戴上。」竺珂把簪子遞給謝紹。

謝紹心跳有些快，這是他第一回以她男人的身分買東西給她，而且還是簪子這樣別具意義的物品，這讓他一顆心火熱不已。

一簪定情，當簪子插在竺珂的髮髻上時，謝紹只恨不得把人擁進懷裡沒命地疼。

「好看嗎？」竺珂又問了一遍。

「好看。」謝紹不會說什麼甜言蜜語，頓了頓，又道：「以後再買金釵，妳想買多少就買多少。」

竺珂笑靨如花地說：「你以為你暴發戶啊，還想買多少買多少呢……這個就夠啦，我很喜歡。」

謝紹卻暗暗下了決心，他一定要讓自家小嬌嬌過上不必羨慕別人的日子。

慈善藥堂，韓大夫仔細看了看謝紹的傷口，又替他把了把脈，笑道：「恢復得不錯，沒事了！」

竺珂終於鬆了口氣，俏皮地朝謝紹眨了眨眼睛，謝紹則是勾了勾唇。

「這枝人參，您開個價吧。」謝紹從竹筐裡取出那枝在小青山上取得的人參，遞給了韓大夫。

韓大夫立刻細細打量起來。「不錯，是枝老參，品相完好，三十兩，你出嗎？」

三十兩……竺珂睜大了眼睛。

謝紹平靜地點了點頭說：「出。」

當韓大夫把三十兩現銀遞到竺珂手上的時候，她還覺得像是在作夢，山貨獵物都這麼值錢，難怪那麼多人想進山。可現在不一樣了，她不願再讓謝紹犯險，這筆銀子，就是她和謝紹共同的本錢。

韓大夫順帶又替竺珂診脈，開了一些補氣血的調理藥方，兩人便離開了慈善藥堂，跟在外面等候的謝靈和小豆芽會合。

「還有什麼想買的嗎？」謝紹問竺珂。

竺珂搖了搖頭道：「問問兩個丫頭。」

「我們什麼也不需要。」謝靈跟小豆芽異口同聲道。

竺珂拍了拍腦袋，說道：「瞧我這記性，我還想去趟香粉鋪子買些香料，可以嗎？」

謝紹當然同意，只是他一個大男人陪著進去那樣的地方不太合適，索性就在巷子口等她們。

第三十章　暗中測試

在巷子口將東西放下後，謝紹犀利的目光審視起了周圍的一切，這座城鎮他再熟悉不過，他的視線在一堆亂糟糟的廢舊竹筐那邊停住，接著便喊道：「出來吧。」竹筐後閃出了一個身影，是曹貴。他有些不好意思地撓撓頭道：「謝哥，好巧啊，我不是故意跟著你的，我剛從那邊辦完事，就看到你了。」

「什麼事，直說吧。」

曹貴左右看了看，上前道：「變天了，謝哥。朝廷馬上要加重賦稅，你還沒考慮好嗎？」

謝紹態度淡然，對曹貴所說之事避而不談，只道：「我上回讓你幫我打聽碼頭扛貨的事情，怎麼樣了？」

曹貴愣了愣，回道：「有戲，只是做那事錢來得慢，又辛苦，謝哥何必……」

謝紹心裡有自己的盤算，示意他不必再說。「就這樣定下來吧，也算你在碼頭有個可信的人，如何？」

曹貴自然是樂意，幹倒賣的鹽販子，最怕的就是運輸這環節出了問題，謝紹能幹又機警，由他在碼頭替自己看著最好不過，只是曹貴也不傻，知道謝紹這是怕牽扯進倒賣的行當，給自己找了個安全的活計。萬一哪天出了事，這些只負責扛活的夥計，大可說不知道那些麻布袋裡裝的到底是什麼東西。

以前曹貴被謝紹救過一命，對他一直心存感激和敬佩之意，加上現在沒有更好的人選，自然應下。

不過，曹貴自然想不到，謝紹這個舉動，當然不可能只是幫他看哨那麼簡單。鹽商走水，無論是私家鹽販子還是官府鹽鋪，都要經過碼頭這個重要地點，在此處能獲得最多訊息。況且，如今朝廷加重賦稅、碼頭征丁，多的是賣苦力的人混跡其中，就更不會引人注意了。

「那就這麼定了，明日碼頭見。」

謝紹點點頭，目光掠過香粉鋪子門口，見竺珂跟兩個丫頭正往外走，立刻給曹貴使了個眼色，曹貴便心領神會地撤了。

竺珂領著兩個姑娘到了巷子口，說道：「怎麼傻乎乎地在這兒等？」

「這兒能曬著太陽，暖和。」謝紹看了她提著的小袋子一眼，問道：「買了什麼？」

竺珂偷偷湊近謝紹，在他耳邊說了一句。「晚上回家再告訴你。」

謝紹臉一紅，輕咳了一聲。兩個姑娘還在這裡呢，她也真是太愛捉弄他了。

四個人要採買的東西都齊了，便慢慢朝三陸壩村往回走，今日日頭好，一邊走一邊歇息，倒也愜意。竺珂這些日子鍛鍊了不少，走這種山路，已經不像第一次時費勁了。

「再過一陣子，家裡就會有車了。」謝紹漫不經心地說道。

竺珂原本停下腳步在喝水，聽到這話，當即嗆了兩口，緩過氣後說道：「你說什麼？

車？」

她有些驚訝地看著謝紹。要讓車派得上用場，家裡得有能趕腳力的牲畜，像是牛、馬、驢這幾種。馬自然是不可能，可牛一般是有地要犁田，驢則是要拉磨，這兩樣和謝家目前的光景都不沾邊，她自然感到疑惑。

見謝紹故意跟她賣關子，竺珂有些著急地說：「跟我說嘛，你要是告訴我，那我也告訴你我的打算。」

謝紹笑而不語，任憑竺珂急得直在他身邊轉悠。

一路走回謝家小院，謝紹把白天買的東西都歸置好，竺珂簡單地下了一鍋麵，四人隨便一吃，就回房睡了。

竺珂坐在炕上的小桌子前，神色嚴肅，非要謝紹跟她交代，謝紹無奈地笑了笑，說道：「明天開始我要去碼頭扛貨了。」

「扛貨?!」

「嗯。朝廷加重賦稅，大家日子都不好過，碼頭征丁，按勞給銀。」

竺珂蹙起了眉頭。扛貨是體力活，謝紹有本事，犯不上幹這活，且不說他身體才剛恢復，他們也不缺這點錢。

謝紹像是看出她的心思，說道：「我自然不可能一直扛貨，乘機在碼頭觀察觀察，找準了路子，後面才有好營生。」

原來是這樣……竺珂放下心道：「那你要去多久？要扛多重的貨？若只是為了探路子和看風聲，可別太賣命了。」

謝紹低低一笑，應下她這些囑咐。「別擔心，不會太久，每天日落前回。」

竺珂這才點了點頭，隨即像是想起了什麼，說道：「不對，剛才還在說車的事，你怎麼突然扯開話題了！」

「買隻驢，打個磨，怎麼樣？」

竺珂一愣，其實這也是她正想和謝紹商量的……謝紹家沒田地，當然不需要牛，但是她卻想擁有自己的香粉鋪子，製作香粉過程中的一道工序「碾汁磨木」，恰恰需要磨石。

她一五一十地向謝紹說明自己的想法，還將那本《香譜》拿給他看，說道：「現在就差原料了，今日我去了香粉鋪子，那女掌櫃不肯透露太多，你若是去了碼頭，幫我留意留意可好？」

聞言，謝紹有些猶豫，竺珂一眼就看出了他的心思，她把書一闔，小臉怒氣騰騰的。「喂！我可不要天天在家白吃白喝，再這樣下去，很快就成黃臉婆了！賺錢置辦鋪子這事我辦得到，難道你要攔我嗎？」

謝紹不願她辛苦賺錢，但更不希望竺珂生氣，見她委屈不滿的樣子，他立刻捧住她的臉道：「當然支持妳了，依依做什麼，我都支持。」

聽到這句話，竺珂馬上綻放出一個甜甜的笑，說：「是你說的唷。」

謝紹見她翻臉比翻書還快，微微愣了一下，但到底還是寵溺地摸了摸她的臉，默許了。

次日一早，竺珂朦朦朧朧睜開眼，謝紹已經站在床頭束好了腰帶，見她醒了，回頭笑了笑道：「還早，再睡一會兒。」

竺珂卻猛地翻身坐起來說：「那怎麼行，我得去為你準備中飯！」

謝紹今日要去碼頭，中午肯定不會回來吃飯，竺珂立刻到廚房生火。

豌豆滷肉燜飯，做起來簡單又方便帶，在鐵盒裡還能保溫，中午吃也不至於太涼。竺珂切了小半條肥瘦相間的五花肉，和豌豆一起下鍋煸炒，再倒入昨天剩下的米飯翻炒，加水一燜，燜好的米飯粒粒被油裹著，油亮亮的，顆顆豌豆翠綠欲滴，既解膩味，口感也脆。

燜好飯，竺珂又將水壺灌滿了茶，然後偷偷在裡頭加了一滴泉液。準備好以後，竺珂將飯和茶裝在一個包袱裡。

院子外，謝紹正在井邊洗漱，水順著他的額髮落在褂子上，順著脖子流到了胸膛。

竺珂走過去掏出她的小帕子，踮起腳尖，替他擦了擦道：「慢些呀。」

謝紹眉目含笑，低下頭讓彼此的額頭互碰，這個親暱的小動作，令竺珂分外窩心。

「早些回來，我等你。」

謝紹喉結一滾，就想低頭香一口眼前粉白軟嫩的臉頰，他怎麼就這麼稀罕她呢，真是邪門了。

只是謝紹還沒得逞，院門口就傳來了一聲尷尬的咳嗽聲，還帶著一絲戲謔。「謝紹哥，該走了。」

是元寶。竺珂沒想到他也要去碼頭扛貨，有些吃驚。

謝紹鬆開了摟住她的手，解釋道：「現在是朝廷在碼頭征丁，大部分人都得去。」

竺珂點了點頭。她不懂這些，只心疼自家漢子，她將包袱遞給他，又囑咐道：「趁熱吃，別太賣力了。」

謝紹接過包袱應了聲「好」，便和元寶一起出發了。竺珂目送他們一直到小路盡頭，這才轉身返回院子。

屋裡兩個丫頭還沒起來，竺珂便把飯放在鍋裡溫著，這樣過一會兒她們起來的時候方便吃。她淨了手，開始研究起那本《香譜》。

竺珂心裡小算盤打得噼啪響。做繡活雖然賺錢，但一個人的力量太小，沒日沒夜地繡東西，賺的也是辛苦錢，她想好好研究這本《香譜》，若能走通這條路，以後不必太過辛苦也能賺錢。至於繡活……等香粉鋪子起來了，再考慮繡鋪也不遲。

金嬸介紹的那幾家小姐又訂了些繡活，她想等到研究出香粉，趁送貨給那幾家小姐的時候當作禮物。

富貴人家的女子們最喜歡討論這些東西，有了口碑，也就不愁後面的事了。

青山城的碼頭上聚集了一堆男人，幾個簡易的棚子裡放著幾口碩大的鐵鍋，這些被朝廷征丁的百姓們，中午都能吃上一頓「官飯」。雖說是官飯，可從天子手中撥下來的糧食再經過層層的地方官吏，真正能到百姓手裡的，又有多少呢。

元寶從那個棚子裡走出來的時候，蹙著眉頭，滿臉寫著不高興。

謝紹沒去棚子，而是在碼頭旁的石柱邊蹲著休息，元寶朝他走近，罵罵咧咧地抱怨。

「這也叫飯？稀得不能再稀的米湯而已！就喝這個，能有力氣幹活才怪！」

聞言，謝紹瞥了元寶的碗一眼，只見清湯寡水上漂著一些稀稀疏疏的米粒，他不驚訝，這種情況其實不難預料。

「今年收成不行，西北那邊鬧災荒，能有多少糧食？青山城還過得去，不然也得餓肚子了。」

謝紹一邊說，一邊打開自己帶的那個包袱，鐵盒一打開，泛著肉香的氣味立刻就飄了出來。

元寶看直了眼——是帶著滷肉的燜飯！再低頭看看自己碗裡……真是天上地下之別。

謝紹瞧見他發直的眼神，勾了勾唇道：「快喝，騰出碗來給你一些。」

元寶不可置信地愣了一下才回過神，馬上仰著脖子兩三下把碗裡的米湯喝乾淨了。可當謝紹端著飯要跟他分享的時候，元寶突然又有些不好意思了。「這是嫂子特地給你做的，我要是吃了，不太好吧……」

「你嫂子不是那麼小氣的人，快吃，吃完幹活。」

謝紹把碗裡的飯分了一半給元寶，他立刻埋頭大口大口吃了起來。

「過一陣子，還要你過來幫忙。」謝紹說道。

元寶嘴裡嚼著飯，含糊地問道：「什麼忙？」

「搭牛棚、驢棚，搬個磨石。」
元寶把飯嚥了下去，疑惑地說：「謝紹哥……你要養牛跟養驢了？」
「驢用來拉車，至於牛……」謝紹笑了笑，沒再往下說。
元寶雖然不知道他的用意，但謝家的事就是他的事，忙拍了拍胸脯道：「包在我身上，隨叫隨到！」
兩人吃過飯，謝紹喝了口家中嬌妻為他備下的茶，也不知怎的，突然覺得精神一振，疲憊瞬間褪去，全身像是有使不完的力氣。
此時總工在催人了。「吃完了都趕緊活動起來！」
謝紹和元寶這才朝碼頭走去。
一袋一袋的貨物扛在肩膀上，謝紹常年扛貨，不用秤也知道這是幾斤幾兩，稍稍有一些變化都瞞不過他，眼下這一袋，明顯比上一袋沈了許多。
謝紹眸色一暗，很快就發現了曹貴的人在看他。這個時節，走水路的無非是些年貨、水果，這麼沈，明顯是鹽巴吸了水造成的。
只見謝紹波瀾不驚，順著人群的方向走，在一個不經意間，他和人對了頭，原本肩膀上的那個麻布袋，已經換了一個了。
整個過程行雲流水，就連跟他擠在一起的元寶也沒有發現，一整個下午，謝紹經手的不明麻布袋一共有七、八個，沒有一絲差錯，到最後，負責跟謝紹接頭的漢子，看他的眼神完全不一樣了。

謝紹全程沒有其他表情，只做著自己該做的事，直到太陽快要下山。

「好了好了！今天就到這裡了，大家辛苦了，領完今天的酬勞就回去吧！」

傍晚，竺珂炒了一碗回鍋肉，燒開了水等著下餃子的時候，謝紹回來了。

「哥哥你回來了！」謝靈從屋裡衝了出去。

竺珂也從廚房裡走了出來，朝他遞了一杯水。

謝紹接過水喝了一大口，揉了揉她的頭髮，笑了笑說：「進屋去吧。」

打了盆水，謝紹簡單地洗過臉和手，竺珂就把晚飯端上桌。

「吃吧，今天的餃子都是兩個丫頭包的！」

竺珂心疼自家男人，為他下了足足一大碗公的餃子，謝靈和小豆芽也吃得格外的香。

「快吃吧，我多包了一些，明天給你做煎餃。」說著，竺珂也把回鍋肉推到了謝紹面前。

謝紹一口一個餃子，一副餓壞了的模樣，竺珂心疼地說：「碼頭中午不管飯嗎？」

「管，可都是米湯，所以我把飯分了一半給元寶。」謝紹一連吃了二十個餃子，才有了一些飽腹感。

「官府的人真的是……」竺珂憤憤不平，又挾了點菜給他道：「慢點吃，吃太快了不消化。」

謝紹聽她的話，慢慢吃完了一大碗餃子後才走到院子裡，脫掉上衣開始幹活。

笠珂收拾完了廚房後走到他身邊道：「在做什麼呀？」

「要買驢了，驢車後面的車板自己做，給妳做個舒服寬敞的。」

「也不用太寬敞……那驢多大啊，太大了牠也拉不動吧。」

謝紹聞言抬頭一笑道：「放心，是成年驢。」

笠珂搬了張小板凳坐下，她最喜歡在一旁看謝紹做木工了。他幹活的時候，鋒利深邃的劍眉會微微蹙起，也是因為這樣，有人會說他經常流露出一股狠意，然而她只覺得他認真又有魅力。

看著看著，她目光不經意一掃，隨即注意到他肩膀上的幾道痕跡。

笠珂立刻站起身查看道：「這怎麼弄的呀？」

謝紹右邊肩膀上有幾道蹭紅的痕跡，應該是扛貨留下的。他撇過頭看了一眼——一點感覺也沒有。

「怎麼這麼不小心，你今天扛了多重的貨？」

見笠珂隱隱有些不高興，謝紹避重就輕道：「我就扛了七、八袋而已，元寶都扛得比我多，應該是不小心蹭的，沒事，不疼的。」

「左邊肩膀才好，右邊又受了傷，你可真有能耐。」笠珂心裡又酸又氣，丟下一句話後就回了房，把門一關，不理他了。

謝紹知道她小脾氣上來了，當下也不敢耽擱，連忙走到井邊洗手，有些心虛地進了屋。

——未完，待續，請看文創風957《逐香巧娘子》下

為流浪貓狗加油 和貓寶貝 狗寶貝

廝守終生(一定要終生喔！)的幸福機會

對人來說，貓寶貝狗寶貝只是生活的一部分，
但妳（你）對牠們來說，卻是生活的全部，領養前請一定要考慮清楚——

▲ 聽明討喜的三花妹妹 美珍

性　　別：女生
品　　種：米克斯
年　　紀：約5歲
個　　性：親人親貓不怕生
健康狀況：已結紮，經口炎治療洗牙拔牙、
二合一及貓瘟快篩皆陰性，並施打三合一預防針注射
目前住所：新北市中和區（麥擱喵中途貓屋）

本期資料來源：麥擱喵中途貓屋

『美珍』的故事：

當時只是單純出門散步而已，沒承想會在路邊遇到正在流浪的美珍，我想這就是緣分天注定吧！初遇美珍時，牠不像其他的流浪貓一樣見人就躲，反而與牠見面不到一分鐘，就直接跑來親近我，不停的往我身上磨蹭撒嬌，可以說是毫無畏懼且極度親人。

因流浪的關係，美珍曾罹患上「口炎」，經過治療目前已痊癒，後續只要給予安穩的環境、合適的食物，和適當的醫療輔助（吃藥&保健品）即可，原則上挑選雞肉底的飼料或罐頭，避免其他肉類及海鮮類的飲食；若真的食慾不佳時，去醫院拿藥加在食物裡或是打一針類固醇就沒問題了。

美珍現在五歲了，個性穩定、親人、不怕生，還能繼續陪伴您很長一段時間，若您想跟美珍簽下往後十年的家人合約，請上麥擱喵FB登記參訪，看看您跟牠是否有緣成為親人嘍！

認養資格：

1. 限北北基地區的認養人。
2. 不接受代認養，請認養者本人至麥擱喵臉書粉絲專頁約時間看貓，私訊聯繫時請注意禮貌。
3. 須同意施做門窗防護（粉專相簿內有照片可參考），不敲釘子，也不會破壞您的房屋結構。
4. 認養前會進行家訪，通過後須同意簽認養寵物切結書。
5. 須同意送養人日後不定期之追蹤探訪，對待美珍不離不棄。

來信請說明：

a. 個人基本資料：姓名、性別、年齡、家庭狀況、職業與經濟來源等。
b. 想認養美珍的理由。
c. 過去養寵物的經驗，及簡介一下您的飼養環境。
d. 若未來有結婚、懷孕、出國或搬家等計劃，將如何安置美珍？

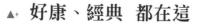

榛苓

偷心蜜方，醫有獨鍾

6/1(二)上市

▷▷▷ 一同來尋找，誰是妳此生的甜蜜藥方呢？ ▷▷▷

他教她熬的膏糖甘潤如蜜，甜得她想貪心，
願以兩世相思當藥引，換取與他廝守一生的解方……

文創風 958-960《藥香蜜醫》全三冊

和哥哥隨著母親二嫁到白米村康家，成天挨餓受欺不說，還差點被康家人毒死，
保住小命實在太不容易，重生的秦念決定養好身子，替母親和哥哥出一口惡氣，
往後得吃好穿好、兜裡有錢不說，想在這種虎狼窩討生活，不立起來可是不行！
而醫好她的韓醫工與韓啟父子真是她的大恩人，尤其韓啟，更讓她惦念了兩世，
他教她習醫採藥，練武強身；康家人趁繼父不在欺負他們母子，也是他使計維護，
還拿出韓家的中藥秘方，指點她熬出甘甜潤肺的梨膏糖，讓她拿到鎮上賣了換錢。
除了親爹娘與哥哥，唯有韓啟能這般待她了，但她心裡埋著一個存了兩世的疑問——
這樣出眾的他，為何甘願蝸居山中不肯出村一步，連陪她去賣梨膏糖都不行呢？
前世她沒找到答案，但今生她不會再錯過他了，定要與他醫生醫世醫雙人，
憑他倆的本事，就算一生待在山裡又何妨，也能活出甜甜蜜蜜的好滋味來！

白折枝

6/8(二)上市

收服古代男神，做道專屬我的盤中飧！

身為一名廚子，注重色香味俱全，
既然色字排第一……
有點重「色」輕友也是正常的吧？

文創風 961-963

《炊妞巧手改運》

全三冊

人都離不開吃，做吃的生意，絕對不愁銷路。
葉小玖來到此處，不願依循原身追尋「愛情」致死的命運，
而是停下腳步、挽起袖子，打算依靠她一手廚藝闖出一片天。
不過單打獨鬥並非明智之舉，所幸她很快找到能信任的對象，
與這故事中的倒楣鬼男神——唐柒文一家合作，
只要避開狼心狗肺的「男主」，想必她與他的命運都能改變！
從大清早擺攤賣早點開始，日子樸實而忙碌，
雖說生活不如現代便利，可勝在踏實，還有斯文美男養眼。
這古代男神彬彬有禮、溫潤如玉的氣質，與現代人就是不同，
幫她取下髮絲間不小心沾上的柴草，也要先來一句「得罪了」。
可是，把東西取下後，他居然就跟見鬼一樣地轉身就走了！
她摸了摸頭頂……嗚嗚嗚，昨天沒洗頭，把男神嚇跑了怎麼辦？
原身本該有的情緣，不會被她的油頭給毀了吧？

感謝有妳，我的朋友 My Friend

謝謝大家對狗屋的愛與支持，好禮大放送就是要給您滿載而歸！

活動1 ▸ 狗屋2021年問卷調查活動

抽獎辦法　活動期間內，請至 f 狗屋天地 或是掃描下方QR Code，皆可參加問卷活動。加入狗屋會員者，還有好禮抽獎等著您。

得獎公佈　6/30(三)於 f 狗屋天地 公佈得獎名單

我是QR Code

獎項

- 20名 紅利金 100元
- 2 名《藥香蜜醫》全三冊
- 2 名《炊妞巧手改運》全三冊

活動2 ▸ 購書獎很大

抽獎辦法　活動期間內，只要在官網購書並成功付款，系統會發e-mail給您，並附上抽獎專用之流水編號，買一本就送一組，買十本就能抽十次，不須拆單，買越多中獎機率越大。

得獎公佈　6/30(三)於狗屋官網公佈得獎名單

獎項　6 名 紅利金 300元

週年慶 購書注意事項：

(1) 請於訂購後**三日內**完成付款，最後訂購於2021/6/13前完成付款才算有效訂單喔！

(2) 購書滿千元(含)以上免郵資。未滿千元部分：
郵資65元(2本以下郵資50元)／超商取貨70元(限7本以內)／宅配100元。

(3) 特賣書籍因出書時間較久，雖經擦拭、整理，仍有褪色或整飾痕跡，故難免不如新書亮麗。
除缺頁、倒裝外無法換書，因實在無書可換，但一定會優先提供書況較良好的書給大家。
若有個人原因需要換書，需自付來回郵資。

(4) 各書籍庫存不一，若遇缺書情形可選擇換書或退款。

(5) 歡迎海外讀者參與(郵資另計)，請上網訂購或是mail至love小姐信箱
(love@doghouse.com.tw)詢問相關訊息。

狗屋有權修改優惠活動的實施權益及辦法。

文創風

956

逐香巧娘子 上

國家圖書館出版品預行編目資料

逐香巧娘子 / 桃玖著. --
初版. -- 臺北市 : 狗屋出版社有限公司, 2021.05
冊 ; 公分. --（文創風 ; 956-957）
ISBN 978-986-509-213-9（上冊 : 平裝）. --

857.7 110005619

著作者	桃玖
編輯	連宓均
校對	黃薇霓
發行所	狗屋出版社有限公司
地址	台北市104中山區龍江路71巷15號1樓
電話	02-2776-5889～0
發行字號	局版台業字845號
法律顧問	蕭雄淋律師
總經銷	知遠文化事業有限公司
電話	02-2664-8800
初版	2021年5月
國際書碼	ISBN-13 978-986-509-213-9

本著作物由北京晉江原創網絡科技有限公司授權出版

定價260元

狗屋劃撥帳號：19001626

網址：love.doghouse.com.tw E-mail：love@doghouse.com.tw